Патрик
ЗЮСКИНД

Парфюмер

История одного убийцы

АЗБУКА

Санкт-Петербург

УДК 821.112.2
ББК 84(4Шва)-44
    З 98

Patrik Süskind
Das Parfüm

Перевод с немецкого Эллы Венгеровой

Серийное оформление Вадима Пожидаева

Оформление обложки Валерия Гореликова

ISBN 978-5-389-05917-7

ЧАСТЬ ПЕРВАЯ

1

В восемнадцатом столетии во Франции жил человек, принадлежавший к самым гениальным и самым отвратительным фигурам этой эпохи, столь богатой гениальными и отвратительными фигурами. О нем и пойдет речь. Его звали Жан-Батист Гренуй, и если это имя, в отличие от имен других гениальных чудовищ вроде де Сада, Сен-Жюста, Фуше, Бонапарта и т. д., ныне предано забвению, то отнюдь не потому, что Гренуй уступал знаменитым исчадиям тьмы в высокомерии, презрении к людям, аморальности, — короче, в безбожии, но потому, что его гениальность и его феноменальное тщеславие ограничивались сферой, не оставляющей следов в истории, — летучим царством запахов.

В городах того времени стояла вонь, почти невообразимая для нас, современных людей. Улицы воняли навозом, дворы воняли мочой, лестницы воняли гнилым деревом и крысиным пометом, кухни — скверным углем и бараньим салом; непроветренные гостиные воняли слежавшейся пылью, спальни — грязными простынями, влажными перинами и остро-сладкими испарениями ночных горшков. Из каминов несло серой, из дубилен — едкими щелочами, со скотобоен — выпущенной кровью. Люди воняли потом и нестираным платьем; изо рта у них пахло сгнившими зубами, из животов — луковым соком, а их тела, когда они старели, начинали пахнуть старым сыром, и кислым молоком, и болезненными опухолями. Воняли реки, воняли площади, воняли церкви, воняло под мостами и во дворцах. Воняли крестьяне и священники, подмастерья и жены мастеров, воняло все дворянское сословие, вонял даже сам король — он вонял, как хищный зверь, а королева — как старая коза, зимой и летом. Ибо в восемнадцатом столетии еще не была поставлена преграда разлагающей активности бактерий, а потому всякая человеческая деятельность, как созидательная, так и разрушительная, всякое проявление зарождающейся или погибающей жизни сопровождались вонью.

И разумеется, в Париже стояла самая большая вонь, ибо Париж был самым большим городом Франции. А в самом Париже было такое место между улицами О-Фер и Ферронри под названием Кладбище Невинных, где стояла совсем уж адская вонь. Восемьсот лет подряд сюда доставляли покойников из Отель-Дьё и близлежащих приходов, восемьсот лет подряд сюда на тачках дюжинами свозили трупы и вываливали в длинные ямы, восемьсот лет подряд их укладывали слоями, скелетик к скелетику, в семейные склепы и братские могилы. И лишь позже, накануне Французской революции, после того как некоторые из могил угрожающе обвалились и вонь переполненного кладбища побудила жителей предместья не только к протестам, но и к настоящим бунтам, кладбище было наконец закрыто и разорено, миллионы костей и черепов сброшены в катакомбы Монмартра, а на этом месте сооружен рынок.

И вот здесь, в самом вонючем месте всего королевства, 17 июля 1738 года был произведен на свет Жан-Батист Гренуй. Это произошло в один из самых жарких дней года. Жара как свинец лежала над кладбищем, выдавливая в соседние переулки чад разложения, пропахший смесью гнилых арбузов и жженого рога. Мать Гренуя, когда начались схватки, стояла у рыбной лавки на улице О-Фер и чистила белянок, которых перед этим вынула из ведра. Рыба, якобы только утром выуженная из Сены, воняла уже так сильно, что ее запах перекрывал запах трупов. Однако мать Гренуя не воспринимала ни рыбного, ни трупного запаха, так как ее обоняние было в высшей степени нечувствительно к запахам, а кроме того, у нее болело нутро, и боль убивала всякую чувствительность к раздражителям извне. Ей хотелось одного — чтобы эта боль прекратилась и омерзительные роды как можно быстрее остались позади. Рожала она в пятый раз. Со всеми предыдущими она справилась здесь, у рыбной лавки, все дети родились мертвыми или полумертвыми, ибо кровавая плоть, вылезавшая тогда из нее, не намного отличалась от рыбных потрохов, уже лежавших перед ней, да и жила не намного дольше, и вечером все вместе сгребали лопатой и увозили на тачке к кладбищу или вниз к реке. Так должно было произойти и сегодня, и мать Гренуя, которая была еще молода (ей как раз исполнилось двадцать пять), и еще довольно миловидна, и еще сохранила почти все зубы во рту и еще немного волос на голове, и, кроме подагры, и сифилиса, и легких головокружений, ничем серьезным не болела, и еще надеялась жить долго, может быть пять или десять лет, и, может быть, даже когда-нибудь выйти замуж и родить настоящих детей в качестве уважаемой супруги овдовевшего ремесленника... мать Гренуя желала от всей души, чтобы все поскорее кончилось. И когда схватки усилились, она забралась под свой разделочный стол и родила там, где рожала уже четыре раза, и отрезала новорожденное создание от пуповины рыбным ножом. Но потом из-за жары и вони, которую она воспринимала не как таковую, а только как нечто невыносимое, оглушающее, разящее — как поле лилий или как тесную комнату, в которой стоит слишком много нарциссов, — она потеряла сознание, опрокинулась на бок, вывалилась из-под стола на середину улицы и осталась лежать там с ножом в руке.

Крик, суматоха, толпа зевак окружает тело, приводят полицию. Женщина с ножом в руке все еще лежит на улице, медленно приходя в себя.

Спрашивают, что с ней.

— Ничего.

Что она делает ножом?

— Ничего.

Откуда кровь на ее юбках?

— Рыбная.

Она встает, отбрасывает нож и уходит, чтобы вымыться.

И тут, против ожидания, младенец под разделочным столом начинает орать. Люди оборачиваются на крик, обнаруживают под роем мух между требухой и отрезанными рыбными головами новорожденное дитя и вытаскивают его на свет Божий.

Полиция отдает ребенка некой кормилице, а мать берут под стражу. И так как она ничего не отрицает и без лишних слов признает, что собиралась бросить ублюдка подыхать с голоду, как она, впрочем, проделывала уже четыре раза, ее отдают под суд, признают виновной в многократном детоубийстве и через несколько недель казнят на Гревской площади.

Ребенок к этому моменту перешел уже к третьей кормилице. Ни одна не соглашалась держать его у себя дольше нескольких дней. Они говорили, что он слишком жадный, что сосет за двоих и тем самым лишает молока других грудных детей, а их, мамок, — средств к существованию: ведь кормить одного-единственного младенца невыгодно. Офицер полиции, в чьи обязанности входило пристраивать подкидышей и сирот, некий Лафосс, скоро потерял терпение и решил было отнести ребенка в приют на улице Сент-Антуан, откуда ежедневно отправляли детей в Руан, в государственный приемник для подкидышей. Но поскольку транспортировка осуществлялась пешими носильщиками и детей переносили в лыковых коробах, куда из соображений экономии сажали сразу четырех младенцев; поскольку из-за этого чрезвычайно возрастал процент смертности; поскольку носильщики по этой причине соглашались брать только крещеных младенцев и только с выправленным по форме путевым листом, на коем в Руане им должны были поставить печать; и поскольку младенец Гренуй не получил ни крещения, ни имени, каковое можно было бы по всей форме занести в путевой лист; и поскольку, далее, со стороны полиции было бы неприлично высадить безымянного младенца у дверей сборного пункта, что было бы единственным способом избавиться от прочих формальностей... поскольку, стало быть, возник ряд трудностей бюрократического характера, связанных с эвакуацией младенца, и поскольку, кроме того, время поджимало, офицер полиции Лафосс отказался от первоначального решения и дал указание сдать мальчика под расписку в какое-нибудь церковное учреждение, чтобы там его окрестили и определили его дальнейшую судьбу. Его сдали в монастырь Сен-Мерри на улице Сен-Мартен.

Он получил при крещении имя Жан-Батист. И так как приор в тот день пребывал в хорошем настроении и его благотворительные фонды не были до конца исчерпаны, ребенка не отправили в Руан, но постановили воспитать за счет монастыря. С этой целью его передали кормилице по имени Жанна Бюсси, проживавшей на улице Сен-Дени, которой для начала в качестве платы за услуги предложили три франка в неделю.

2

Несколько недель спустя кормилица Жанна Бюсси с плетеной корзиной в руках явилась к воротам монастыря и заявила открывшему ей отцу Террье — лысому, слегка пахнущему уксусом монаху лет пятидесяти: «Вот!» — и поставила на порог корзину.

— Что это? — сказал Террье и, наклонившись над корзиной, обнюхал ее, ибо предполагал обнаружить в ней нечто съедобное.

— Ублюдок детоубийцы с улицы О-Фер!

10

Патер поворошил пальцем в корзине и открыл лицо спящего младенца.

— Он хорошо выглядит. Розовый и упитанный...

— Потому что он обожрал меня. Высосал до дна. Но теперь с этим покончено. Теперь можете кормить его сами козьим молоком, кашей, реповым соком. Он жрет все, этот ублюдок.

Патер Террье был человеком покладистым. По долгу службы он распоряжался монастырским благотворительным фондом, раздавал деньги бедным и неимущим. И он ожидал, что за это ему скажут спасибо и не будут обременять другими делами. Технические подробности были ему неприятны, ибо подробности всегда означали трудности, а трудности всегда нарушали его душевный покой, а этого он совершенно не выносил. Он сердился на себя за то, что вообще открыл ворота. Он желал, чтобы эта особа забрала свою корзину, и отправилась восвояси, и оставила его в покое со своими младенцами и проблемами. Он медленно выпрямился и втянул в себя сильный запах молока и свалявшейся овечьей шерсти, источаемый кормилицей. Запах был приятный.

— Я не понимаю, чего ты хочешь. Я действительно не понимаю, чего ты добиваешься. Я могу лишь представить себе, что этому младенцу отнюдь не повредит, если ты еще некоторое время покормишь его грудью.

— Ему не повредит, — отбрила Жанна, — а мне вредно. Я похудела на десять фунтов, хотя ела за троих. А чего ради? За три франка в неделю!

— Ах, понимаю, — сказал Террье чуть ли не с облегчением, — я в курсе дела: стало быть, речь опять о деньгах.

— Нет! — сказала кормилица.

— Не возражай! Речь всегда идет о деньгах. Если стучат в эти ворота, речь идет о деньгах. Иной раз я мечтаю, чтобы за дверью оказался человек, которому нужно что-то другое. Который, например, идучи мимо, захотел бы оставить здесь маленький знак внимания. Например, немного фруктов или несколько орехов. Мало ли по осени вещей, которые можно было бы занести, идучи мимо. Может быть, цветы. Пусть бы кто-нибудь просто заглянул и дружески сказал: «Бог в помощь, отец Терье, доброго вам здоровья!» Но, видно, до этого мне уже не дожить. Если стучат — значит, нищий, а если не нищий, так торговец, а если не торговец, то ремесленник, и если он не попросит милостыню, значит, предъявит счет. Нельзя на улицу выйти. Не успеешь пройти по улице и трех шагов, как тебя уж осаждают субъекты, которым вынь да положь деньги.

— Это не про меня, — сказала кормилица.

— Вот что я тебе скажу: ты не единственная кормилица в приходе. Есть сотни превосходных приемных матерей, которые только и мечтают за три франка в месяц давать этому прелестному младенцу грудь, или кашу, или соки, или иное пропитание...

— Вот и отдайте его такой!

— ...но, с другой стороны, нехорошо так швыряться ребенком. Кто знает, пойдет ли ему на пользу другое молоко? Дитя, знаешь ли, привыкло к запаху твоей груди и к биению твоего сердца.

И он снова глубоко втянул в себя аромат теплого пара, который распространяла кормилица, но, заметив, что слова его не возымели действия, прибавил:

— А теперь бери ребенка и отправляйся домой. Я обсужу это дело с приором. Я попрошу его платить тебе в дальнейшем четыре франка в неделю.

— Нет, — сказала кормилица.

— Ну так и быть: пять!

— Нет.

— Так сколько же ты требуешь? — вскричал Террье. — Пять франков — это куча денег за такие пустяки, как кормление младенца!

— Я вообще не хочу никаких денег, — сказала кормилица. — Я не хочу держать ублюдка в своем доме.

— Но почему же, моя милая? — сказал Террье и снова поворошил пальцем в корзине. — Ведь дитя очаровательное. Такое розовое, не плачет, спит спокойно, и оно крещено.

— Он одержим дьяволом.

Террье быстро вытащил палец из корзины.

— Невозможно! Абсолютно невозможно, чтобы грудное дитя было одержимо дьяволом. Дитя не человек, но предчеловек и не обладает еще полностью сформированной душой. Следовательно, для дьявола оно не представляет интереса. Может, он уже говорит? Может, у него судороги? Может, он передвигает вещи в комнате? Может, от него исходит неприятный запах?

— От него вообще ничем не пахнет.

— Вот видишь! Вот оно, знамение. Будь он одержим дьяволом, от него бы воняло.

И чтобы успокоить кормилицу и продемонстрировать свою собственную смелость, Террье приподнял корзину и принюхался.

— Ничего особенного, — сказал он, несколько раз втянув воздух носом, — действительно ничего особенного. Правда, мне кажется, что из пеленок чем-то попахивает. — И он протянул ей корзину, дабы она подтвердила его впечатление.

— Я не о том, — угрюмо возразила кормилица и отодвинула от себя корзину. — Я не о том, что в пеленках. Его грязные пеленки пахнут хорошо. Но сам он, сам ублюдок, не пахнет.

— Потому что он здоров, — вскричал Террье, — он здоров, вот и не пахнет! Пахнут только больные дети, это же всем известно. К примеру, если у ребенка оспа, он пахнет конским навозом, а если скарлатина, то старыми яблоками, а чахоточный ребенок пахнет луком. Этот здоров — вот и все. Так зачем ему вонять? Разве твои собственные дети воняют?

— Нет, — сказала кормилица. — Мои дети пахнут так, как положено человеческим детям.

Террье осторожно поставил корзину обратно на землю, потому что почувствовал, как в нем нарастают первые приливы ярости из-за упрямства этой особы. Нельзя было исключить вероятности того, что в ходе дальнейшей дискуссии ему понадобятся обе руки для более свободной жестикуляции, и он не хотел тем самым причинить вред младенцу. Впрочем, для начала он крепко сцепил руки за спиной, выпятил свой острый живот по направлению к кормилице и строго спросил:

— Стало быть, ты утверждаешь, что тебе известно, как должно пахнуть дитя человеческое, каковое в то же время всегда — позволь тебе об этом напомнить, тем более что оно крещено — есть дитя Божие?

— Да, — сказала кормилица.

— И ты утверждаешь далее, что если оно не пахнет так, как должно пахнуть, по твоему разумению — по разумению кормилицы Жанны Бюсси с улицы Сен-Дени, — то это дитя дьявола?

Он выпростал из-за спины левую руку и угрожающе сунул ей под нос указательный палец, согнутый, как вопросительный знак. Кормилица задумалась. Ей было не по нутру, что разговор вдруг перешел в плоскость теологического диспута, где она была обречена на поражение.

— Я вроде бы так не говорила, — отвечала она уклончиво. — При чем здесь дьявол или ни при чем, решайте сами, отец Террье, это не по моей части. Я знаю только одно: на меня этот младенец наводит ужас, потому что он не пахнет, как положено детям.

— Ага, — сказал удовлетворенно Террье и снова заложил руки за спину. — Значит, слова насчет дьявола мы берем обратно. Хорошо. А теперь будь так любезна растолковать мне: как пахнут грудные младенцы, если они пахнут так, как, по твоему мнению, им положено пахнуть? Ну-с?

— Они хорошо пахнут, — сказала кормилица.

— Что значит «хорошо»? — зарычал на нее Террье. — Мало ли, что хорошо пахнет. Пучок лаванды хорошо пахнет. Мясо из супа хорошо пахнет. Аравийские сады хорошо пахнут. Я желаю знать, чем пахнут младенцы?

Кормилица медлила с ответом. Она, конечно, знала, как пахнут грудные младенцы, она знала это совершенно точно, через ее руки прошли дюжины малышей, она их кормила, выхаживала, укачивала, целовала... Она могла учуять их ночью, даже сейчас она явственно помнила носом этот младенческий запах. Но она еще никогда не обозначала его словами.

— Ну-с? — ощетинился Терье и нетерпеливо щелкнул пальцами.

— Стало быть, — начала кормилица, — так сразу не скажешь, потому как... Потому как они не везде пахнут одинаково, хотя они везде пахнут хорошо, понимаете, святой отец, ножки у них, к примеру, пахнут, как гладкие теплые камешки... Нет, скорее, как горшочки... Или как сливочное масло, свежее масло, да, в точности, они пахнут, как свежее масло. А тельце у них пахнет... Ну вроде галеты, размоченной в молоке. А голова, там, сверху, с затылка, где закручиваются волосы, ну вот тут, святой отец, где у вас ничего уже не осталось, — и она постучала Терье, остолбеневшего от этого шквала дурацких подробностей и покорно склонившего голову, по лысине, — вот здесь, точно здесь, они пахнут лучше всего. Они пахнут карамелью, это такой чудный, такой сладкий запах, вы не представляете, святой отец! Как их тут понюхаешь, так и полюбишь, все одно — свои они или чужие. Вот так и должны пахнуть малые дети, а больше никак. А если они так не пахнут, если они там, сверху, совсем не пахнут, ровно как холодный воздух, вроде вот этого ублюдка, тогда... Вы можете объяснять это как угодно, святой отец, но я, — и она решительно скрестила руки на груди и с таким отвращением поглядела на корзину у своих ног, словно там сидела жаба, — я, Жанна Бюсси, больше не возьму это к себе!

Патер Терье медленно поднял опущенную голову и несколько раз провел пальцем по лысине, словно хотел пригладить там волосы, потом как бы случайно поднес палец к носу и задумчиво обнюхал.

— Как карамель?.. — спросил он, пытаясь снова взять строгий тон. — Карамель! Что ты понимаешь в карамели? Ты хоть раз ее ела?

— Не то чтобы... — сказала кормилица. — Но я была однажды в большой гостинице на улице Сент-Оноре и видела, как ее готовят из жженого сахара и сливок. Это пахло так вкусно, что я век не забуду.

— Ну-ну. Будь по-твоему, — сказал Террье и убрал палец из-под носа. — Теперь помолчи, пожалуйста! Мне стоит чрезвычайного напряжения сил продолжать беседу с тобой на этом уровне. Я констатирую, что ты отказываешься по каким-то причинам впредь кормить грудью доверенного тебе младенца Жан-Батиста Гренуя и в настоящий момент возвращаешь его временному опекуну — монастырю Сен-Мерри. Я нахожу это огорчительным, но, по-видимому, не могу ничего изменить. Ты уволена.

С этими словами он поднял корзину, еще раз вдохнул исчезающее тепло, шерстяное дуновение молока, и захлопнул ворота. Засим он отправился в свой кабинет.

3

Патер Террье был человек образованный. Он изучал не только теологию, но читал и философов и попутно занимался ботаникой и алхимией. Он старался развивать в себе критичность ума. Правда, он не стал бы в этом отношении заходить так далеко, как те, кто ставит под вопрос чудеса, пророчества или истинность текстов Священного Писания, — даже если они часто не поддавались разумному объяснению и даже прямо ему противоречили. Он предпочитал не касаться подобных проблем, они были ему слишком не по душе и могли бы повергнуть его в самую мучительную неуверенность и беспокойство, а ведь для того, чтобы пользоваться своим разумом, человек нуждается в уверенности и покое. Однако он самым решительным образом боролся с суевериями простого народа. Колдовство и гадание на картах, ношение амулетов, заговоры от дурного глаза, заклинания духов, фокусы в полнолуние... Чем только эти люди не занимались! Его глубоко удручало, что подобные языческие обычаи после более чем тысячелетнего существования христианской религии все еще не были искоренены. Да и большинство случаев так называемой одержимости дьяволом и связи с сатаной при ближайшем рассмотрении оказывались суеверным спектаклем. Правда, отрицать само существование сатаны, сомневаться в его власти — столь далеко отец Террье не стал бы заходить; решать подобные проблемы, касающиеся основ теологии, не дело простого, скромного монаха, на это есть иные инстанции. С другой стороны, было ясно как день, что, если такая недалекая особа, как эта кормилица, утверждает, что она обнаружила какую-то чертовщину, значит, сатана никак не мог приложить руку к этому делу. Именно потому, что ей кажется, будто она его обнаружила. Ведь это верное доказательство, что никакой чертовщины нет и в помине, — сатана не настолько глуп, чтобы позволять обнаружить себя кормилице Жанне Бюсси. Да еще нюхом! Этим самым примитивным, самым низменным из чувств! Как будто ад воняет серой, а рай — ладаном и миррой! Да это самое темное суеверие, достойное диких языческих времен, когда люди жили как животные, когда зрение их было настолько слабым, что они не различали цветов, но считали, что слышат запах крови, что могут по запаху отличить врага от друга, что их чуют великаны-людоеды и оборотни-волки, что на них охотятся эринии, — и потому приносили своим омерзительным богам сжигаемые на кострах вонючие чадящие жертвы. Ужасно! «Дурак видит носом» — больше, чем глазами, и, вероятно, свет богоданного разума должен светить еще тысячу лет, пока последние остатки первобытных верований не рассеются, как призраки.

— При чем же здесь это бедное малое дитя! Это невинное создание! Лежит в своей корзине и сладко спит и не ведает о мерзких подозрениях, выдвинутых против него. А эта наглая особа дерзает утверждать, что ты, мол, не пахнешь, как положено пахнуть человеческим детям! Ну и что мы на это скажем? У-тю-тю!

И он тихонько покачал корзину на коленях, погладил младенца пальцем по голове и несколько раз повторил «у-тю-тю», поскольку полагал, что это восклицание благотворно и успокоительно действует на грудных младенцев.

— Так тебе, значит, положено пахнуть карамелью, что за чепуха, у-тю-тю!

Через некоторое время он вытащил из корзины палец, сунул его себе под нос, принюхался, но услышал только запах кислой капусты, которую ел на обед.

Некоторое время он колебался, потом оглянулся — не наблюдает ли за ним кто-нибудь, поднял корзину с земли и погрузил в нее свой толстый нос, погрузил очень глубоко, так что тонкие рыжеватые волосики ребенка защекотали ему ноздри, и обнюхал голову младенца, ожидая втянуть некий запах. Он не слишком хорошо представлял себе, как должны пахнуть головы младенцев. Разумеется, не карамелью, это-то было ясно, ведь карамель — жженый сахар, а как же младенец, который до сих пор пил только молоко, может пахнуть жженым сахаром. Он мог бы пахнуть молоком, молоком кормилицы. Но молоком от него не пахло. Он мог бы пахнуть волосами, кожей и волосами, и, может быть, немного детским потом. И Терье принюхался и затем уговорил себя, что слышит запах кожи, волос и, может быть, слабый запах детского пота. Но он не слышал ничего. Как ни старался. Вероятно, младенцы не пахнут, думал он. Наверное, в этом дело. В том-то и дело, что младенец, если его содержать в чистоте, вообще не может пахнуть, как не может говорить, бегать или писать. Эти вещи приходят только с возрастом. Строго говоря, человек начинает источать сильный запах только в период полового созревания. Да, так оно и есть. Так — а не иначе. Разве в свое время Гораций не написал: «Юноша пахнет козленком, а девушка благоухает, как белый нарцисса цветок...»? Уж римляне кое-что в этом понимали! Человеческий запах всегда — запах плоти, следовательно, запах греха. Так как же положено пахнуть младенцу, который еще ни сном ни духом не повинен в плотском грехе? Как ему положено пахнуть? У-тю-тю! Никак!

Он снова поставил корзину на колено и бережно покачал ее. Ребенок все еще крепко спал. Его правая рука, маленькая и красная, высовывалась из-под крышки и дергалась по направлению к щеке. Террье умиленно улыбнулся и вдруг почувствовал себя очень уютно. На какой-то момент он даже позволил себе фантастическую мысль, что будто бы он — отец этого ребенка. Будто бы он стал не монахом, а нормальным обывателем, может быть честным ремесленником, нашел себе жену, теплую такую бабу, пахнущую шерстью и молоком, и родили они сына, и вот он качает его на своих собственных коленях, своего собственного сына, у-тю-тю... Эта мысль доставляла удовольствие. В ней было что-то такое утешительное. Отец качает своего сына на коленях, у-тю-тю, картина была старой как мир и вечно новой и правильной картиной, с тех пор как свет стоит, вот именно! У Террье потеплело на душе, он расчувствовался.

Тут ребенок проснулся. Сначала проснулся его нос. Крошечный нос задвигался, задрался кверху и принюхался. Он втянул воздух и стал выпускать его короткими толчками, как при несостоявшемся чихании. Потом нос сморщился, и ребенок открыл глаза. Глаза были неопределенного цвета — между устрично-серым и опалово-бело-кремовым, затянуты слизистой пленкой и явно еще не слишком приспособлены для зрения. У Террье сложилось впечатление, что они его совершенно не воспринимали. Другое дело нос. Если тусклые глаза ребенка косились на нечто неопределенное, то его нос, казалось, фиксировал определенную цель, и Террье испытал странное ощущение, словно этой целью был он лично, его особа, сам Террье. Крошечные крылья носа вокруг двух крошечных дырок на лице ребенка раздувались, как распускающийся бутон. Или, скорее, как чашечки тех маленьких хищных растений, которые растут в королевском ботаническом саду. Кажется, что от них исходит какая-то жуткая втягивающая сила. Терье чудилось, что ребенок видит его, смотрит на него своими ноздрями резко и испытующе, пронзительнее, чем мог бы смотреть глазами, словно глотает своим носом нечто исходящее от него, Терье, нечто, чего он, Терье, не смог ни спрятать, ни удержать.

Ребенок, не имевший запаха, бесстыдно его обнюхивал, вот что. Ребенок его чуял! И вдруг Терье показался себе воняющим — потом и уксусом, кислой капустой и нестираным платьем. Показался себе голым и уродливым, будто на него глазел некто, ничем себя не выдавший. Казалось, он пронюхивал его даже сквозь кожу, проникая внутрь, в самую глубь. Самые нежные чувства, самые грязные мысли обнажались перед этим маленьким алчным носом, который даже еще и не был настоящим носом, а всего лишь неким бугорком, ритмично морщившимся, и раздувающимся, и трепещущим крошечным дырчатым органом. Терье почувствовал озноб. Его мутило. Теперь и он тоже дернул носом, словно перед ним было что-то дурно пахнущее, с чем он не хотел иметь дело. Прощай, иллюзия, что тут его собственная плоть и кровь. Растоптана сентиментальная идиллия об отце, сыне и благоухающей матери. Словно оборван мягкий шлейф ласковых мыслей, который он нафантазировал вокруг самого себя и этого ребенка: чужое, холодное существо лежало на его коленях, враждебное животное, и, если бы не самообладание и богобоязненность, если бы не разумный взгляд на вещи, свойственный характеру Терье, он бы в припадке отвращения стряхнул его с себя, как какого-нибудь паука.

Одним рывком Террье встал и поставил корзину на стол. Он хотел избавиться от этого младенца и от этого дела как можно быстрей, сейчас, немедленно.

И тут младенец заорал. Он сощурил глаза, разверз свой красный зев и заверещал так пронзительно и противно, что у Террье кровь застыла в жилах. Он тряс корзину на вытянутой руке и кричал «у-тю-тю!», чтобы заставить ребенка замолчать, но тот ревел все громче, лицо его посинело, и он, казалось, готов был лопнуть от рева.

Убрать его прочь! — думал Террье, сей момент убрать прочь этого... «дьявола», хотел он сказать, но спохватился и прикусил язык... Прочь это чудовище, этого невыносимого ребенка! Но куда? Он знал дюжину кормилиц и сиротских домов в квартале, но они были расположены слишком близко, слишком вплотную к нему, а это создание надо было убрать подальше, так далеко, чтобы его нельзя было в любой момент снова поставить под дверь, по возможности его следует отправить в другой приход, еще лучше — на другой берег Сены, лучше бы всего — за пределы города, в предместье Сент-Антуан, вот куда! Вот куда мы отправим этого крикуна, далеко на восток от города, по ту сторону Бастилии, где по ночам запирают ворота.

И, подобрав подол своей сутаны, он схватил ревущую корзину и бросился бежать — бежать по лабиринту переулков к Сент-Антуанскому предместью, бежать вдоль Сены, на восток, прочь из города, дальше до улицы Шаронн и вдоль этой улицы почти до конца, где он недалеко от монастыря Магдалины знал адрес некой мадам Гайар, которая брала на полный пансион детей любого возраста и любого происхождения, лишь бы ей платили, и там он отдал все еще оравшего младенца, заплатил за год вперед и бежал обратно в город. Добравшись до монастыря, он сбросил свое платье, словно нечто замаранное, вымылся с головы до ног и забрался в своей келье в постель, где много раз перекрестился, долго молился и наконец уснул.

4

Мадам Гайар, хотя ей еще не было и тридцати лет, уже прожила свою жизнь. Внешность ее соответствовала ее действительному возрасту, но одновременно она выглядела вдвое, втрое, в сто раз старше, она выглядела как мумия девушки; но внутренне она давно была мертва. В детстве отец ударил ее кочергой по лбу, прямо над переносицей, и с тех пор она потеряла обоняние, и всякое ощущение человеческого тепла и человеческого холода, и вообще всякие сильные чувства. Одним этим ударом в ней были убиты и нежность, и отвращение, и радость, и отчаяние. Позже, совокупляясь с мужчиной и рожая своих детей, она точно так же не испытывала ничего, ровно ничего. Не печалилась о тех, которые у нее умирали, и не радовалась тем, которые у нее остались. Когда муж избивал ее, она не вздрагивала, и она не испытала облегчения, когда он умер от холеры в Отель-Дьё. Единственные два известных ей ощущения были едва заметное помрачение души, когда приближалась ежемесячная мигрень, и едва заметное просветление души, когда мигрень проходила. И больше ничего не чувствовала эта умершая заживо женщина.

С другой стороны... А может быть, как раз из-за полного отсутствия эмоциональности мадам Гайар обладала беспощадным чувством порядка и справедливости. Она не отдавала предпочтения ни одному из порученных ее попечению детей и ни одного не ущемляла. Она кормила их три раза в день, и больше им не доставалось ни кусочка. Она пеленала маленьких три раза в день, и только до года. Кто после этого еще мочился в штаны, получал равнодушную пощечину и одной кормежкой меньше. Ровно половину получаемых денег она тратила на воспитанников, ровно половину удерживала для себя. В дешевые времена она не пыталась увеличить свой доход, но в тяжкие времена она не докладывала к затратам ни одного су, даже если дело шло о жизни и смерти. Иначе предприятие стало бы для нее убыточным. Ей нужны были деньги, она все рассчитала совершенно точно. В старости она собиралась купить себе ренту, а сверх нее иметь еще достаточно средств, чтобы позволить себе помереть дома, а не околевать в Отель-Дьё, как ее муж. Сама его смерть оставила ее равнодушной. Но ей было отвратительно это публичное совместное умирание сотен чужих друг другу людей. Она хотела позволить себе частную смерть, и для этого ей нужно было набрать необходимую сумму полностью. Правда, бывали зимы, когда у нее из двух дюжин маленьких постояльцев помирало трое или четверо. Но тем не менее этот результат был значительно лучше, чем у большинства частных воспитательниц, и намного превосходил результат больших государственных или церковных приютов, чьи потери часто составляли девять десятых подкидышей. Впрочем, заменить их не составляло труда. Париж производил ежегодно свыше десяти тысяч новых подкидышей, незаконнорожденных и сирот. Так что с некоторыми потерями легко мирились.

Для маленького Гренуя заведение мадам Гайар было благословением. Вероятно, нигде больше он бы не выжил. Но здесь, у этой бездушной женщины, он расцвел. Сложения он был крепкого и обладал редкой выносливостью.

Тот, кто подобно ему пережил собственное рождение среди отбросов, уже не так-то легко позволит сжить себя со свету. Он мог целыми днями хлебать водянистые супы, он обходился самым жидким молоком, переваривал самые гнилые овощи и испорченное мясо. На протяжении своего детства он пережил корь, дизентерию, ветряную оспу, холеру, падение в колодец шестиметровой глубины и ожоги от кипятка, которым ошпарил себе грудь.

Хоть у него и остались от этого шрамы, и оспины, и струпья, и слегка изуродованная нога, из-за которой он прихрамывал, — он жил. Он был вынослив, как приспособившаяся бактерия, и неприхотлив, как клещ, который сидит на дереве и живет крошечной каплей крови, раздобытой несколько лет назад.

Для тела ему нужно было минимальное количество пищи и платья. Для души ему не нужно было ничего. Безопасность, внимание, нежность, любовь и тому подобные вещи, в которых якобы нуждается ребенок, были совершенно лишними для Гренуя. Более того, нам кажется, он сам лишил себя их, чтобы выжить, — с самого начала.

Крик, которым он заявил о своем рождении, крик из-под разделочного стола, приведший на эшафот его

26

мать, не был инстинктивным криком о сострадании и любви. Это был взвешенный, мы чуть было не сказали — зрело взвешенный, крик, которым новорожденный решительно голосовал против любви и все-таки за жизнь. Впрочем, при данных обстоятельствах одно было возможно только без другого, и потребуй ребенок всего — он, без сомнения, тут же погиб бы самым жалким образом. Хотя... Он мог воспользоваться тогда предоставленной ему второй возможностью — молчать и выбрать путь от рождения до смерти без обходной дороги через жизнь, тем самым избавив мир и себя от огромного зла. Однако, чтобы столь скромно уйти в небытие, ему понадобился бы минимум врожденного дружелюбия, а им он не обладал. Он был с самого начала чудовищем. Он проголосовал за жизнь из чистого упрямства и из чистой злобности.

Разумеется, он решился на это не так, как решается взрослый человек, использующий свой более или менее сильный разум и опыт, чтобы выбрать между двумя различными перспективами. Но все же он сделал выбор — вегетативно, как делает выбор зерно: нужно ли ему пускать ростки или лучше оставаться непроросшим. Или как клещ на дереве, коему жизнь тоже не предлагает ничего иного, кроме перманентной зимовки. Маленький уродливый клещ скручивает свое свинцово-серое тело в шарик, дабы обратить к внешнему миру минимальную поверхность; он делает свою кожу гладкой и плотной, чтобы не испускать наружу ничего — ни малейшего излучения, ни легчайшего испарения. Клещ специально делает себя маленьким и неприметным, чтобы никто не заметил и не растоптал его. Одинокий клещ, сосредоточившись в себе, сидит на своем дереве, слепой, глухой и немой, и только вынюхивает, годами вынюхивает на расстоянии нескольких миль кровь проходящих мимо живых, которых он никогда не догонит. Клещ мог бы позволить себе упасть. Он мог бы позволить себе упасть на землю леса, проползти на своих крошечных ножках несколько миллиметров туда или сюда и зарыться в сухую листву — умирать, и никто бы о нем не пожалел. Богу известно, что никто. Но клещ, упрямый, упорный и мерзкий, притаился, и живет, и ждет. Ждет, пока в высшей степени невероятный случай подгонит прямо к нему под дерево кровь в виде какого-нибудь животного. И только тогда он отрешается от своей скрытности, срывается, и вцепляется, и ввинчивается, впивается в чужую плоть.

Таким клещом был маленький Гренуй. Он жил, замкнувшись в свою оболочку, и ждал лучших времен. Миру он не отдавал ничего, кроме своих нечистот: ни улыбки, ни крика, ни блеска глаз, ни даже запаха. Любая другая женщина оттолкнула бы этого ребенка. Но не мадам Гайар. У нее ведь не было обоняния, она не знала, что он не пахнет, и не ждала от него никакого душевного движения, потому что ее собственная душа была запечатана.

Зато другие дети тотчас почувствовали, что с Гренуем что-то неладно. С первого дня новенький внушал им неосознанный ужас. Они обходили его колыбель и теснее прижимались друг к другу на своих лежанках, словно в комнате становилось холоднее. Те, что помоложе, иногда плакали по ночам: им казалось, что в спальне дует. Другим снилось, что он отбирает у них дыхание. Однажды старшие дети сговорились его задушить. Они навалили ему на лицо лохмотья, и одеяло, и солому. Когда мадам Гайар на следующее утро раскопала его из-под кучи тряпья, он был весь измочален, истерзан, весь в синяках, но не мертв. Они попытались проделать это еще пару раз — напрасно. Просто так, собственными руками, сдавить ему глотку или зажать ему нос или рот, что было бы более надежным способом, — они боялись. Они не хотели к нему прикасаться. Он вызывал у них чувство омерзения, как огромный паук, которого не хочется, противно давить.

Когда он подрос, они отказались от покушений на его жизнь. Они, кажется, поняли, что уничтожить его невозможно. Вместо этого они стали чураться его, убегать прочь, во всяком случае избегать соприкосновения. Они его не ненавидели. Они его и не ревновали, и не завидовали ему. Для подобных чувств в заведении мадам Гайар не было ни малейшего повода. Им просто мешало его присутствие. Они не слышали его запаха. Они его боялись.

5

При этом, с объективной точки зрения, в нем не было ничего устрашающего. Подростком он был не слишком высок, не слишком силен, пусть уродлив, но не столь исключительно уродлив, чтобы пугаться при виде его. Он был не агрессивен, не хитер, не коварен, он никого не провоцировал. Он предпочитал держаться в стороне. Да и интеллект его, казалось, менее всего мог вызвать ужас. Он встал на обе ноги только в три года, первое слово произнес — в четыре, это было слово «рыбы» —

оно вырвалось из него в момент внезапного возбуждения, как эхо, когда на улицу Шаронн явился издалека какой-то торговец рыбой и стал громко расхваливать свой товар. Следующие слова, которые он выпустил из себя наружу, были: «герань», «козий хлев», «савойская капуста» и «Жак Страхолюд» (прозвище помощника садовника из ближайшего монастыря Жен-Мироносиц, мадам Гайар иногда нанимала его для самой тяжелой работы, и он отличался тем, что не мылся ни разу в жизни). Что касается глаголов, прилагательных и частиц, то их у Гренуя было и того меньше. Кроме «да» и «нет» — их, впрочем, он сказал впервые очень поздно, — он произносил только основные слова, по сути только имена собственные и названия конкретных вещей, растений, животных и людей, да и то лишь тогда, когда эти вещи, растения, животные или люди ненароком вторгались в его обоняние.

Сидя под мартовским солнцем на поленнице буковых дров, потрескивавших от тепла, он впервые произнес слово «дрова». До этого он уже сотни раз видел дрова, сотни раз слышал это слово. Он и понимал его: ведь зимой его часто посылали принести дров. Но самый предмет — дрова — не казался ему достаточно интересным, чтобы произносить его название. Это произошло только в тот мартовский день, когда он сидел на поленнице. Поленница была сложена в виде скамьи у южной стены сарая мадам Гайар под крышей, образующей навес. Верхние поленья пахли горячо и сладко, из глубины поленницы поднимался легкий аромат моха, а от сосновой стены сарая шла теплая струя смоляных испарений.

Гренуй сидел на дровах, вытянув ноги и опираясь спиной на стену сарая, он закрыл глаза и не двигался. Он ничего не видел, ничего не слышал и не ощущал. Он просто вдыхал запах дерева, клубившийся вокруг него и скапливавшийся под крышей, как под колпаком. Он пил этот запах, утопал в нем, напитывался им до самой последней внутренней по́ры, сам становился деревом, он лежал на груде дерева, как деревянная кукла, как пиноккио, как мертвый, пока, спустя долгое время, может быть полчаса, он изрыгнул из себя слово «дрова». Так, словно он был до краев полон дровами, словно он был сыт дровами по горло, словно его живот, глотка, нос были забиты дровами, — вот как его вытошнило этим словом.

И это привело его в чувство, спасло от пересиливающего присутствия самого дерева, от его аромата, угрожавшего ему удушьем. Он подобрался, свалился с поленницы и поковылял прочь на деревянных ногах. Еще несколько дней спустя он был совершенно не в себе от интенсивного обонятельного впечатления и, когда воспоминание с новой силой всплывало в нем, бормотал про себя, словно заклиная: «Дрова, дрова».

Так он учился говорить. Со словами, которые не обозначали пахнущих предметов, то есть с абстрактными понятиями, прежде всего этическими и моральными, у него были самые большие затруднения. Он не мог их запомнить, путал их, употреблял их, даже уже будучи взрослым, неохотно и часто неправильно: право, совесть, Бог, радость, ответственность, смирение, благодарность и т. д. — то, что должно выражаться ими, было и осталось для него туманным. С другой стороны, обиходного языка вскоре оказалось недостаточно, чтобы обозначить все те вещи, которые он собрал в себе как обонятельные представления. Вскоре он различал по запаху уже не просто дрова, но их сорта: клен, дуб, сосна, вяз, груша, дрова старые, свежие, трухлявые, гнилые, замшелые, он различал на нюх даже отдельные чурки, щепки, опилки — и различал их так ясно, как другие люди не смогли бы различить на глаз. С другими вещами дело обстояло примерно так же.

То, что белый напиток, который мадам Гайар ежеутренне раздавала своим подопечным, всегда назывался молоком, хотя он каждое утро совершенно по-другому воспринимался Гренуем на запах и на вкус, — ведь оно было холодное или горячее, происходило от той или иной коровы, с него снимали больше или меньше сливок... то, что дым, ежеминутно, даже ежесекундно переливавшийся сотнями отдельных ароматов и образующий композицию запахов, смешивающихся в новое единство, и дым костра имели лишь одно, именно это, название: «дым»... то, что земля, ландшафт, воздух, которые на каждом шагу, с каждым вздохом наполнялись иным запахом и потому одушевлялись иной идентичностью, тем не менее должны были обозначаться всего тремя, именно этими, неуклюжими словами — все эти гротесковые расхождения между богатством обонятельно воспринимаемого мира и бедностью языка вообще заставили маленького Гренуя усомниться в самом языке; и он снисходил до его использования, только если этого непременно требовало общение с другими людьми.

К шести годам он обонятельно полностью постиг свое окружение. В доме мадам Гайар не было ни одного предмета, в северной части улицы Шаронн не было ни одного места, ни одного человека, ни одного камня, дерева, куста или забора, ни одного даже самого маленького закоулка, которого он не знал бы на нюх, не узнавал и прочно не сохранял бы в памяти во всей его неповторимости. Он собрал десять тысяч, сто тысяч специфических, единственных в своем роде запахов и держал их в своем распоряжении так отчетливо, так живо, что не только вспоминал о них, если слышал их снова, но и на самом деле их слышал, если снова вспоминал о них; более того — он даже умел в своем воображении по-новому сочетать их и таким образом создавал в себе такие запахи, которых вообще не существовало в действительности.

Он вскоре овладел огромным словарем, позволявшим ему составлять из запахов любое число новых фраз, — и это в том возрасте, когда другие дети, с трудом подбирая вколоченные в них слова, лепечут банальные короткие предложения, отнюдь не достаточные для описания мира. Пожалуй, точнее всего было бы сравнить его с музыкальным вундеркиндом, который из мелодий и гармоний извлек азбуку отдельных звуков и вот уже сам сочиняет совершенно новые мелодии и гармонии, правда с той разницей, что алфавит запахов был несравненно больше и дифференцированней, чем звуковой, и еще с той, что творческая деятельность вундеркинда Гренуя разыгрывалась только внутри него и не могла быть замечена никем, кроме его самого.

Внешне он становился все более замкнутым. Ему нравилось бродяжничать в северной части Сент-Антуанского предместья, рыскать по огородам, полям, виноградникам. Иногда он не возвращался ночевать, пропадал из дому на несколько дней. Положенную за это экзекуцию он выносил безропотно. Домашний арест, лишение пищи, штрафная работа не могли изменить его поведения. Нерегулярное посещение (в течение полутора лет) приходской школы при церкви Нотр-Дам-де-Бон-Секур не оказало на него сколько-нибудь заметного влияния. Он научился немного читать по складам и писать свое имя, и ничему больше. Учитель считал его слабоумным. Зато мадам Гайар заметила, что у него были определенные способности и свойства, весьма необычные, чтобы не сказать сверхъестественные. Так, ему, казалось, был совершенно неведом детский страх темноты и ночи. Его можно было в любое время за любым делом послать в подвал, куда другие дети едва решались входить с фонарем; или за дровами — в сарай на дворе, в самую непроглядную ночную тьму. И он никогда не брал с собой фонаря и все же точно находил и немедленно приносил требуемое, не сделав ни единого неверного движения, не споткнувшись и ничего не опрокинув. Но, конечно, еще более странным было то, что Гренуй, как неоднократно замечала мадам Гайар, умел видеть сквозь бумагу, ткань, дерево и даже сквозь прочно замурованные каменные стены и плотно закрытые двери. Он знал, кто именно из воспитанников находится в дортуаре, не входя туда. Он знал, что в цветной капусте притаилась улитка, прежде чем кочан успевали разрубить. А однажды, когда мадам Гайар так хорошо припрятала деньги, что и сама не могла их найти (она меняла свои тайники), он, ни секунды не сомневаясь, указал на место за стояком камина, и надо же — там-то они и нашлись! Он даже будущее мог предвидеть: случалось, он докладывал о визите какого-либо человека задолго до его прихода или безошибочно предсказывал приближение грозы, хотя на небе еще не появилось ни малейшего облачка.

О том, что всего этого он, конечно, не видел, не видел глазами, а все острее и точнее чуял носом: улитку в капусте, деньги за стояком, человека за стеной на расстоянии нескольких кварталов, — об этом мадам Гайар не догадалась бы и во сне, даже если бы ее обоняние не пострадало от того удара кочергой. Она была убеждена, что у этого мальчика — слабоумный он или нет — есть второе лицо. А поскольку она знала, что двуличные приносят несчастья и смерть, ей стало жутко.

Еще более жуткой, прямо-таки невыносимой была мысль, что под одной с нею крышей живет некто имеющий дар сквозь стены и балки видеть тщательно спрятанные деньги, и как только она открыла эту ужасную способность Гренуя, она постаралась от него избавиться, и так все удачно сложилось, что как раз в это время — Греную было восемь лет — монастырь Сен-Мерри, не объясняя причин, прекратил свои ежегодные выплаты. Мадам не стала напоминать монастырю о его задолженности. Ради приличия она подождала одну неделю, и, когда недостающие деньги все еще не поступили, она взяла мальчика за руку и отправилась с ним в город.

На улице Мортельри недалеко от реки жил один ее знакомый — кожевник по фамилии Грималь, которому постоянно нужны были мальчишки для работы — не в качестве учеников или подмастерьев, а в качестве дешевых чернорабочих. Ведь в этом ремесле приходилось выполнять настолько опасные для жизни операции — мездрить гниющие звериные шкуры, смешивать ядовитые дубильные и красильные растворы, выводить едкие протравы, — что порядочный мастер, обычно жалея губить своих обученных помощников, нанимал безработный и бездомный сброд или беспризорных детей, чьей судьбой в случае несчастья никто не станет интересоваться. Разумеется, мадам Гайар знала, что в дубильне Грималя у Гренуя — по человеческим меркам — не было шанса остаться в живых. Но не такая она была женщина, чтобы задумываться о подобных вещах. Она же выполнила свой долг. Опека кончилась. Что бы ни случилось с воспитанником в будущем, ее это не касалось. Выживет он — хорошо, помрет — тоже хорошо, главное, чтоб все было по закону. И потому она попросила господина Грималя письменно подтвердить передачу мальчика, в свою очередь расписалась в получении пятнадцати франков комиссионных и отправилась домой на улицу Шаронн.

Она не испытывала ни малейших угрызений совести. Напротив, полагала, что поступила не только по закону, но и по справедливости, поскольку пребывание в приюте ребенка, за которого никто не платил, было возможно лишь за счет других детей или даже за ее собственный счет, а может быть, и угрожало будущему других детей или даже ее собственному будущему, и в итоге ее собственной огражденной, частной смерти — единственному, чего она еще желала в жизни.

Поскольку здесь мы расстаемся с мадам Гайар, да и позже уже не встретимся с нею, опишем в нескольких фразах ее последние дни. Хотя душой мадам умерла еще в детстве, она дожила, к несчастью, до глубокой, глубокой старости. В лето от Рождества Христова 1782-е, на семидесятом году жизни, она оставила свое ремесло, купила, как и намеревалась, ренту, сидела в своем домишке и ожидала смерти. Но смерть не приходила. Вместо смерти пришло нечто, на что не мог рассчитывать ни один человек на свете и чего еще никогда не бывало в стране, а именно революция, то есть происшедшее с бешеной скоростью коренное изменение всех общественных, моральных и трансцендентных отношений. Поначалу эта революция не оказывала влияния на личную судьбу мадам Гайар. Но потом — ей уже было под восемьдесят — выяснилось, что человек, плативший ей ренту, лишился собственности и вынужден был эмигрировать, а его имущество купил с аукциона фабрикант брюк. Некоторое время еще казалось, что и эта перемена обстоятельств не скажется роковым образом на судьбе мадам Гайар, потому что брючный фабрикант продолжал исправно выплачивать ренту. Но потом настал день, когда она получила свои деньги не монетой, а в форме маленьких бумажных листков, и это было началом ее материального конца.

Через два года ренты стало не хватать даже на оплату дров. Мадам была вынуждена продать свой дом по смехотворно низкой цене, потому что, кроме нее, внезапно объявились тысячи других людей, которым тоже пришлось продавать свои дома. И снова она получила взамен лишь эти нелепые бумажки, и снова через два года они почти ничего не стоили, и в 1797 году — ей тогда было под девяносто — она потеряла все свое скопленное по крохам, нажитое тяжким вековым трудом имущество и ютилась в крошечной меблированной каморке на улице Кокий. И только теперь с десяти-, с двадцатилетним опозданием подошла смерть — она пришла к ней в образе опухоли, болезнь схватила мадам за горло, лишила ее сначала аппетита, потом голоса, так что она не могла возразить ни слова, когда ее отправляли в богадельню Отель-Дьё. Там ее поместили в ту самую залу, битком набитую сотнями умирающих людей, где некогда умер ее муж, сунули в общую кровать к пятерым другим совершенно посторонним старухам (они лежали тесно прижатые телами друг к другу) и оставили там на три недели принародно умирать. Потом ее зашили в мешок, в четыре часа утра вместе с пятьюдесятью другими трупами швырнули на телегу и под тонкий перезвон колокольчика отвезли на новое кладбище в Кламар, что находится в миле от городских ворот, и там уложили на вечный покой в братской могиле под толстым слоем негашеной извести.

Это было в 1799 году. Но мадам, слава Богу, не предчувствовала своей судьбы, возвращаясь домой в тот день 1747 года, когда она покинула мальчика Гренуя — и наше повествование. Иначе она, вероятно, потеряла бы веру в справедливость и тем самым в единственный доступный ей смысл жизни.

6

С первого взгляда, который он бросил на господина Грималя, — нет, с первого чуткого вдоха, которым он втянул в себя запах Грималя, — Гренуй понял, что этот человек в состоянии забить его насмерть за малейшую оплошность. Его жизнь стоила теперь ровно столько, сколько его работа, его жизнь равнялась лишь той пользе, которой измерял ее Грималь. И Гренуй покорно лег к ногам хозяина, ни разу не сделав ни единой попытки привстать. Изо дня в день он снова закупоривал внутрь себя всю энергию своего упрямства и строптивости, применяя ее лишь для того, чтобы, подобно клещу, пережить предстоявший ледниковый период: терпеливо, скромно, незаметно, сохраняя огонь жизненной надежды на самом маленьком, но тщательно оберегаемом костре. Теперь он стал образцом послушания, непритязательности и трудолюбия, ловил на лету каждое приказание, довольствовался любой пищей. По вечерам он послушно позволял запирать себя в пристроенный сбоку к мастерской чулан, где хранилась утварь, рабочие инструменты и висели просоленные сырые кожи. Здесь он спал на голом утрамбованном земляном полу. Целыми неделями он работал, пока было светло, зимой — восемь, летом — четырнадцать, пятнадцать, шестнадцать часов: мездрил издававшие страшное зловоние шкуры, вымачивал их в воде, сгонял волос, обмазывал известью, протравливал и мял, колол дрова, обдирал кору с берез и тисов, спускался в дубильные ямы, наполненные едкими испарениями, укладывал слоями, как приказывали ему подмастерья, кожи и кору, раскидывал раздавленные чернильные орешки, забрасывал этот жуткий костер ветками тиса и землей. Через несколько лет ему приходилось снова раскапывать и извлекать из этой могилы трупы шкур, мумифицированные до состояния дубленых кож.

Если он не закапывал и не выкапывал шкуры, то таскал воду. Месяцами он таскал с реки наверх воду, всегда по два ведра, сотни ведер в день, ибо кожевенное дело требует огромного количества воды для мытья, вымачивания, кипячения, крашения. Месяцами он работал водоносом, промокая до нитки, вечерами его одежда сочилась водой, а кожа была холодной, мягкой и набухшей, как замша.

Через год такого — скорее животного, чем человеческого — существования он заболел сибирской язвой, этой страшной болезнью кожевников, которая обычно имеет смертельный исход. Грималь уже поставил на нем крест и начал подыскивать ему замену, — впрочем, не без сожаления, поскольку он еще никогда не имел более скромного и старательного работника, чем этот Гренуй. Однако, против всякого ожидания, Гренуй выздоровел. Только за ушами, на шее и на щеках у него остались шрамы от больших черных нарывов, которые уродовали его и делали еще безобразней, чем прежде. Зато у него остался — бесценное преимущество — иммунитет к сибирской язве, так что теперь он мог мездрить самые плохие шкуры даже кровоточащими, растрескавшимися руками, не подвергаясь опасности заразиться снова. Этим он выгодно отличался не только от других учеников и подмастерьев, но и от своих собственных потенциальных преемников. И поскольку теперь его стало не так легко заменить, стоимость его работы повысилась, а тем самым и цена его жизни. Ему вдруг разрешили не спать больше на голом полу, а сколотить себе деревянный лежак в сарае, застелить его соломой и укрываться одеялом. Его больше не запирали на ночь. Еда стала более сносной. Грималь обращался с ним теперь не просто как с животным, а как с полезным домашним животным.

Когда ему исполнилось двенадцать лет, Грималь стал освобождать его от работы на полдня по воскресеньям, а с тринадцати ему даже в будни разрешалось на час после работы выходить из дому и делать что он хотел. Он одержал победу, ибо остался в живых, и у него была некоторая свобода, чтобы жить дальше. Время зимовки прошло. Клещ Гренуй снова ожил. Он чуял утренний воздух. Его охватил охотничий азарт. Перед ним открылся величайший в мире заповедник запахов: город Париж.

7

Это было как в сказке. Уже близлежащий квартал Сен-Жак-де-ля-Бушри и улицы в районе церкви Св. Евстахия были сказкой. В переулках, ответвлявшихся от улиц Сен-Дени и Сен-Мартен, люди жили так плотно, дома в пять, шесть этажей стояли так тесно, что закрывали небо, и воздух был стоячим, как вода в канавах, и насквозь пропитан запахами. В нем мешались запахи людей и животных, испарения пищи и болезни, воды и камня, золы и кожи, мыла и свежеиспеченного хлеба и яиц, сваренных в уксусе, лапши и до блеска начищенной латуни, шалфея, и пива, и слез, жира и мокрой и сухой соломы. Тысячи и тысячи запахов создавали невидимую лаву, наполнявшую пропасти улиц, которая над крышами исчезала лишь изредка, а с мостовой — никогда. Люди, обитавшие там, давно принюхались к этой смеси: ведь она возникла из них и снова и снова пропитывала их, ведь это был воздух, которым они дышали и жили, он был как заношенная теплая одежда — ее не чувствуешь на теле, ее запаха не замечаешь. Но Гренуй все это слышал впервые. И он не только воспринимал мешанину ароматов во всей ее полноте — он расщеплял ее аналитически на мельчайшие и отдаленнейшие части и частицы. Его тонкий нюх распутывал узел из испарений и вони на отдельные нити основных, более неразложимых запахов. Ему доставляло невыразимое удовольствие распутывать и прясть эти нити.

Он часто останавливался, прислонившись к стене какого-нибудь дома или забившись в темный угол, и стоял там, закрыв глаза, полуоткрыв рот и раздувая ноздри, неподвижный, как хищная рыба в глубокой, темной, медленно текущей воде. И когда наконец дуновение воздуха подбрасывало ему кончик тончайшей ароматной нити, он набрасывался на этот один-единственный запах, не слыша больше ничего вокруг, хватал его, вцеплялся в него, втягивал его в себя и сохранял в себе навсегда. Это мог быть давно знакомый запах или его разновидность, но мог быть и совсем новый, почти или совсем не похожий на все, что ему до сих пор приходилось слышать, а тем более видеть: например, запах глаженого шелка, запах тимьянового чая, запах куска вышитой серебром парчи, запах пробки от бутылки с редким вином, запах черепахового гребня. Гренуй гонялся за такими еще незнакомыми ему запахами, ловил их со страстностью и терпением рыбака и собирал в себе.

Досыта нанюхавшись густого запаха переулков, он уходил в места, где запахи были тоньше, смешивались с ветром и разносились почти как духи: скажем, на рыночную площадь, где вечерами крепко держались запахи дня — незримые, но в то же время столь явственные, словно в толпе еще кишели торговцы, стояли корзины с овощами и яйцами, бочонки, полные вина и уксуса, мешки с пряностями и картофелем и мукой, ящики с гвоздями и гайками, мясные столы, столы, заваленные тканями, и посудой, и подметками, и сотнями других вещей, которые продавались днем... Вся эта сутолока и суета до мельчайших подробностей присутствовала в воздухе, который она оставляла после себя. Гренуй, так сказать, носом видел весь этот базар. И носом он видел его точнее, чем другой увидел бы глазами, поскольку Гренуй воспринимал его «вслед» и потому более возвышенно: как эссенцию, как дух чего-то прошлого, не нарушенного обычными атрибутами настоящего — такими, как шум, яркость, отвратительная толкотня живых людей.

Или он шел туда, где казнили его мать, на Гревскую площадь, которая подобно огромному языку высовывалась в реку. Здесь, вытащенные на берег или причаленные к тумбам, стояли корабли и лодки и пахло углем, и зерном, и сеном, и мокрой пенькой канатов.

А с запада, по той единственной просеке, которую река провела через город, проникал широкий поток ветра и приносил запахи полей, лугов под Нейи, лесов между Сен-Жермен и Версалем, далеких городов вроде Руана и Канна, а иногда даже и моря. Море пахло как надутый парус, в котором запутались вода, соль и холодное солнце. Оно пахло просто, это море, но запах был одновременно большим и своеобразным, так что Гренуй не решался расщепить его на рыбное, соленое, водянистое, водоросли, свежесть и так далее. Он предпочел не разбивать его, сохранил в памяти целиком и наслаждался им во всей полноте. Запах моря понравился ему настолько, что он захотел когда-нибудь получить его чистым, без примесей, и в таком количестве, чтобы от него можно было опьянеть. И позже, когда из рассказов он узнал, что море большое и по нему можно целыми днями плыть на кораблях, не встречая суши, он обычно представлял, что сидит на таком корабле высоко наверху, в корзине на самой передней мачте, и летит куда-то вдаль по бесконечному запаху моря, который даже и не запах вовсе, а дыхание, выдох, конец всех запахов, и от удовольствия он словно растворяется в этом дыхании. Но этому не дано было сбыться, ибо Греную, стоявшему на Гревской площади на берегу Сены и многократно вдыхавшему маленький обрывок морского ветра, попавший ему в нос, не суждено было никогда в жизни увидеть море, настоящее море, великий океан, лежащий на западе, не позволено было смешаться с его запахом.

Квартал между церковью Св. Евстахия и городской ратушей он скоро изучил на нюх так точно, что не заблудился бы там и самой темной ночью. И тогда он расширил поле своей охоты — сначала на запад к предместью Сент-Оноре, потом вверх по улице Сент-Антуан до Бастилии и, наконец, даже на другой берег реки до квартала Сорбонны и предместья Сен-Жермен, где жили богатые люди. Сквозь чугунные решетки ворот пахло кожей карет и пудрой в париках пажей, а через высокие стены из садов переливался аромат дрока и роз и только что подстриженных кустов бирючины. И здесь же Гренуй впервые услышал запах духов — в собственном смысле слова. Это была простая лавандовая или розовая вода, которую в торжественных случаях подмешивали в садовые фонтаны, но и более сложные, более драгоценные ароматы мускусной настойки, смешанной с маслом померанца и туберозы, жонкилий, жасмина или корицы, которые по вечерам, как тяжелый шлейф, тянулись за экипажами. Он запоминал эти ароматы, как запоминал вульгарные запахи, с любопытством, но без особого изумления. Впрочем, он заметил, что духи намеренно старались одурманить и привлечь его обоняние, и он признал достоинства отдельных эссенций, из которых они состояли. Но в целом они казались ему все же грубыми и пошлыми, разбавленными, а не скомпонованными, и он знал, что мог бы изготовить совершенно другие благовония, имей он в своем распоряжении такие же исходные материалы.

Многие из этих материалов он уже встречал прежде, на рынке — в цветочных рядах и рядах с пряностями, другие были для него новыми, и их он фильтровал из ароматических смесей и безымянными сохранял в памяти: амбру, цибетин, пачули, сандаловое дерево, бергамот, ветиверию, опопанакс, росной ладан, цвет хмеля, бобровую струю...

Он не был привередлив. Между тем, что повсеместно обозначалось как хороший запах или дурной запах, он не делал различий — пока не делал. Он был алчен. Цель его охотничьих вылазок состояла в том, чтобы просто-напросто овладеть всеми запахами, какие мог предложить ему мир, и единственное условие заключалось в том, чтобы запахи были новыми. Запах конского пота значил для него столько же, сколько нежный аромат распускающегося розового бутона, острая вонь клопа — не меньше, чем пар жаркого из телятины, просачивавшийся из господских кухонь. Он поглощал, вбирал в себя все, все подряд. Но и в синтезирующей кухне его воображения, где он постоянно составлял новые комбинации запахов, еще не господствовал никакой эстетический принцип. Это были причудливые фантазии, он создавал и тут же разрушал их, как ребенок, играющий в кубики, — изобретательно и деструктивно, без различимого творческого принципа.

8

Первого сентября 1753 года, в годовщину восшествия на престол короля, город Париж устроил фейерверк на Королевском мосту. Зрелище не было таким роскошным, как фейерверк в честь бракосочетания короля или как легендарный фейерверк по случаю рождения дофина, но все же это был весьма впечатляющий фейерверк. На мачтах кораблей были укреплены золотые солнечные колеса. Так называемые огненные звери изрыгали с моста в реку пылающий звездный дождь. Повсюду с оглушительным шумом взрывались петарды, и на мостовых лопались шутихи, а в небо поднимались ракеты и рисовали белые лилии на черном пологе небосвода. Многотысячная толпа, собравшаяся на мосту и на набережных с обеих сторон реки, сопровождала этот спектакль восторженными ахами и охами и криками «Браво!» и даже «Виват!» — хотя король вступил на трон тридцать восемь лет назад и пик народной любви давно уже остался позади. Вот что в состоянии совершить фейерверк.

Гренуй молча стоял в тени павильона Флоры, на правом берегу, напротив Королевского моста. Он не участвовал в ликовании, даже ни разу не взглянул на летящие вверх ракеты. Он пришел в надежде унюхать что-нибудь новое, но скоро выяснилось, что фейерверк в смысле запахов ничего ему не обещает. Все, что искрилось, и сияло, и трещало, и свистело там в расточительном многообразии, представляло собой в высшей степени однообразную смесь запахов серы, масла и селитры.

Он уже собрался покинуть это скучное мероприятие, чтобы, держась вдоль галереи Лувра, направиться домой, но тут ветер что-то донес до него, что-то крошечное, едва заметное, обрывок, атом нежного запаха — нет, еще того меньше: это было скорее предчувствие, чем действительный запах, и одновременно уверенная догадка, что ничего подобного он никогда не слышал. Он снова отпрянул к стене, закрыл глаза и раздул ноздри. Аромат был так нежен и тонок, что снова и снова ускользал от восприятия, его нельзя было удержать, его перекрывал пороховой дым петард, блокировали испарения человеческих масс, разрывали и стирали тысячи других запахов города. Но потом — вдруг — он снова появлялся, какую-то короткую секунду маленький лоскуток благоухал роскошным намеком... И тут же исчезал. Гренуй мучительно страдал. Впервые страдал не только его алчный характер, натолкнувшийся на оскорбление, но действительно страдало его сердце. У него появилось смутное ощущение, что этот аромат — ключ к порядку всех других ароматов, что нельзя ничего понять в запахах, если не понять этого единственного, и он, Гренуй, зря проживет жизнь, если ему не удастся овладеть им. Он должен заполучить его не просто для того, чтобы утолить жажду обладания, но ради спокойствия своего сердца.

Ему чуть не стало дурно от возбуждения. Он еще даже не установил, откуда вообще исходил этот аромат. Иногда интервалы между дуновениями длились минуты, и каждый раз на него нападал жуткий страх, что он потерял его навсегда. Наконец он пришел к спасительному заключению, что аромат доносится с другого берега реки, откуда-то с юго-востока.

Оторвавшись от стены павильона Флоры, Гренуй нырнул в человеческую гущу и стал прокладывать себе путь через мост. Он то и дело останавливался, приподнимался на носках, чтобы принюхаться поверх голов, сперва от страшного возбуждения не слышал ничего, потом наконец что-то улавливал, вцеплялся в аромат даже крепче, чем прежде, убеждался, что движется к цели, снова нырял в толпу зевак и пиротехников, беспрестанно подносивших свои факелы к фитилям шутих, терял свой ориентир в едком пороховом дыму, впадал в панику, снова локтями и всем корпусом проталкивался вперед... Через несколько бесконечных минут он оказался на другом берегу, миновал особняк Майи, набережную Малакэ, то место, где подходит к реке улица Сены...

Здесь он остановился, перевел дух и принюхался. Он поймал его. Теперь он его не упустит. Аромат, словно лента, спускался по улице Сены, неповторимый и отчетливый, но все такой же очень нежный и очень тонкий. Гренуй почувствовал, как бьется его сердце, и понял, что бьется оно не от напряжения бега, а от вдруг возникшей беспомощности перед присутствием этого запаха. Он попытался вспомнить что-нибудь похожее, сравнимое с ним, но все сравнения не годились. В этом запахе была свежесть; но не свежесть лиметты или померанцев, не свежесть мирры, или коричного листа, или кудрявой мяты, или березового сока, или камфары, или сосновых иголок, не свежесть майского дождя, или морозного ветра, или родниковой воды... И одновременно он источал тепло; но не так, как бергамот, кипарис или мускус, не как жасмин и нарцисс, не как розовое дерево и не как ирис... В этом запахе сливалось и то и другое, летучее и тяжелое, но они не просто смешивались, а были чем-то единым и к тому же небольшим и слабым и в то же время прочным и крепким, как кусок тонкого переливчатого шелка... Но нет, это было не как шелк, а как медовой сладости молоко, в котором растворяется пирожное, — но тогда одно с другим не вязалось при всем желании: молоко и шелк! Какой-то непостижимый аромат, неописуемый, он не помещался никуда, собственно, его вообще не должно было быть. И все-таки он был — в самой великолепной неоспоримости. Гренуй следовал за ним с колотящимся от страха сердцем, потому что смутно догадывался, что не он следует за ароматом, но что аромат захватил его в плен и теперь непреодолимо влечет к себе.

Он двинулся вверх по улице Сены. На улице не было ни души. Дома стояли пустые и тихие. Люди ушли вниз к реке любоваться фейерверком. Здесь ему не мешали ни лихорадочный запах толпы, ни пороховая вонь. Улица пахла как обычно — водой, помоями, крысами и овощными отбросами. Но над всем этим парила нежно и отчетливо та лента, которая привела сюда Гренуя. Через несколько шагов слабый свет ночного неба поглотили высокие дома, и Гренуй пошел дальше в темноте. Ему не нужно было ничего видеть. Запах надежно вел его за собой.

Через пятьдесят метров он свернул вправо на улицу Марэ, в совсем уже темный переулок, где, разведя руки в стороны, можно было коснуться домов на противоположных сторонах мостовой. Странным образом запах стал ненамного сильнее. Он только становился чище и благодаря этому, благодаря этой все большей чистоте, приобретал все более мощную притягательность. Гренуй шел словно против воли. В одном месте запах твердо повернул его направо, ему показалось, что он сейчас упрется в стену какого-то дома. Но в середине стены обнаружилась низкая арка прохода. Словно лунатик Гренуй прошел через арку, ведшую во двор, завернул за угол, попал во второй дворик, поменьше, и здесь наконец был свет: освещен был квадрат двора всего в несколько шагов. К стене под косым углом был пристроен деревянный навес. На столе под навесом горела свеча. За столом сидела девушка и чистила мирабель. Она брала фрукты из стоящей слева от нее корзины, отрывала черенок, ножом извлекала косточку и бросала в ведро. Ей было лет тринадцать-четырнадцать. Гренуй остановился. Он сразу понял, что́ было источником аромата, который он учуял на расстоянии более полумили на другом берегу реки: не этот грязный двор, не мирабель. Источником была девушка.

Он был совершенно сбит с толку. На миг ему в самом деле показалось, что еще никогда в жизни он не вдыхал ничего столь прекрасного, как эта девушка. К тому же, стоя против света, он видел только ее силуэт. Он, конечно, имел в виду, что никогда не нюхал ничего столь прекрасного. Но так как он все же знал человеческие запахи, много тысяч запахов мужчин, женщин, детей, в его мозгу не укладывалось, что столь изысканный аромат мог струиться от человека. Обычно люди пахли пошло или убого. Дети пахли безвкусно, от мужчин несло мочой, острым потом и сыром, от женщин — прогорклым салом и гнилой рыбой. Люди пахли совершенно неинтересно, отталкивающе... И вот впервые в жизни Гренуй не поверил своему носу, и ему пришлось призвать на помощь глаза, чтобы убедиться, что нюх его не обманул. Правда, это смятение чувств длилось недолго. Ему в самом деле понадобился один миг, чтобы оптически подтвердить свои обонятельные впечатления и тем безогляднее им предаться. Теперь он чуял, что она была — человек, чуял пот ее подмышек, жир ее волос, рыбный запах ее чресел и испытывал величайшее наслаждение. Ее пот благоухал, как свежий морской ветер, волосы — как ореховое масло, чресла — как букет водяных лилий, кожа — как абрикосовый цвет... И соединение всех этих компонентов создавало аромат столь роскошный, столь гармоничный, столь волшебный, что все ароматы, когда-либо прежде слышанные Гренуем, все сооружения из запахов, которые он, играя, когда-либо возводил внутри себя, вдруг просто разрушились, утеряв всякий смысл. Сто тысяч ароматов не стоили этого одного. Он один был высшим принципом, все прочие должны были строиться по его образцу. Он был — сама красота.

Гренуй понял: если он не овладеет этим аромА-том, его жизнь лишится всякого смысла. Он должен познать его до мельчайших подробностей, до самого последнего нежнейшего оттенка; простого общего воспоминания о нем недостаточно. Он хотел поставить личное клеймо на этом апофеозном аромате, впечатать его в сумятицу своей черной души, исследовать до тонкости и отныне впредь мыслить, жить, обонять мир в соответствии с внутренними структурами этой волшебной формулы.

Он медленно придвигался к девушке, ближе, еще ближе. Вот он вступил под навес и остановился у нее за спиной на расстоянии шага. Она его не слышала.

Волосы у нее были рыжие, серое платье без рукавов обнажало очень белые плечи и руки, желтые от сока разрезанных слив. Гренуй стоял склонившись над ней и вдыхая ее аромат, теперь совершенно беспримесный, поднимавшийся от ее затылка, волос, выреза платья и вливавшийся в него как свежий ветер. Ему еще никогда не было так приятно. Но девушке стало холодно.

Она не видела Гренуя. Но ощутила безотчетный испуг, странный озноб, как будто ее вдруг охватил забытый, давно преодоленный страх. Ей показалось, будто за спиной у нее подул холодный сквозняк, будто кто-то распахнул настежь дверь в огромный подвал. И она отложила свой кухонный нож, прижала руки к груди и обернулась.

Она так оцепенела от ужаса при виде его, что ему вполне хватило времени, чтобы сжать руками ее шею. Она не вскрикнула, не пошевелилась, не попыталась защититься хотя бы жестом. А он и не взглянул на нее. Он не видел ни ее нежного, усыпанного веснушками лица, ни алого рта, ни больших ярко-зеленых глаз, ибо, пока он душил ее, глаза его были крепко зажмурены и он боялся лишь одного — потерять хоть каплю ее аромата.

Когда она умерла, он положил ее на землю среди косточек мирабели, сорвал с нее платье, и струя аромата превратилась в поток, захлестнувший его своим благоуханием. Он приник лицом к ее коже и широко раздутыми ноздрями провел от ее живота к груди, к шее, по лицу и по волосам и назад к животу, вниз по бедрам, по икрам, по ее белым ногам. Он впитал ее запах с головы до ног, до кончиков пальцев, он собрал остатки ее запаха с подбородка, пупка и со сгибов ее локтей.

Когда он извлек все и она увяла, он еще некоторое время сидел рядом с ней на корточках, чтобы прийти в себя, ибо он пресытился ею. Он не хотел расплескать ничего из ее запаха. Для начала ему надо было плотно задраить внутренние переборки. Потом он встал и задул свечу.

В это время с песнями и криками «Виват!» начали возвращаться домой на улицу Сены участники гулянья. Гренуй нюхом нашел в темноте выход в переулок, а оттуда на параллельную улицу Птиз-Огюстен, которая тоже вела к реке. Чуть позже люди обнаружили мертвую. Поднялся крик. Зажглись факелы. Прибыла городская стража. Гренуй давно уже был на другом берегу.

В эту ночь его чулан показался ему дворцом, а дощатые нары — пышным альковом. До сих пор он никогда за всю свою жизнь не испытывал ощущения счастья. Хотя ему были знакомы редкие состояния тупой удовлетворенности. Но сейчас он дрожал от счастья, не мог заснуть от блаженства.

Он словно во второй раз родился, нет, не во второй, в первый, ибо до сих пор он просто существовал, как животное, имея весьма туманное представление о самом себе. Но сегодня ему показалось, что он наконец узнал, кто он на самом деле: а именно не кто иной, как гений; и что его жизнь имеет смысл, и задачу, и цель, и высшее предопределение: а именно осуществить революцию, никак не меньше, в мире запахов; и что на всем свете только он один владеет всеми необходимыми для этого средствами: а именно своим изощренным обонянием, своей феноменальной памятью и — самое важное — запечатленным в ней ароматом этой девушки с улицы Марэ, в котором в виде волшебной формулы содержится все, из чего состоит благоухание: нежность, сила, прочность, многогранность и пугающая, непреоборимая красота. Он нашел компас для своей будущей жизни. И как все гениальные чудовища, устроенные так, что через внешнее событие прокладывается прямая колея в вихреобразный хаос их душ, Гренуй уже более не отклонялся от того, что он принимал и признавал за направление своей судьбы. Теперь ему стало ясно, почему он так упорно и ожесточенно цеплялся за жизнь: он должен был стать Творцом запахов. И не каким-то заурядным. Но величайшим парфюмером всех времен.

Уже той же ночью, сначала бодрствуя, потом во сне, он провел инспекцию огромного поля, где лежали руины его воспоминаний. Он перебрал миллионы и миллионы обломков, кубиков, кирпичиков, из которых строятся запахи, и привел их в систематический порядок: хорошее к хорошему, плохое к плохому, тонкое к тонкому, грубое к грубому,

зловонное к зловонному, благоуханное к благо-
уханному. Через неделю этот порядок стал еще
стройнее, каталог запахов еще содержательнее и
дифференцированнее, иерархия еще четче, уже скоро он смог приступить к планомерному возведению
зданий запахов: дома, стены, ступени, башни, подвалы, комнаты, тайные покои... С каждым днем
расширявшаяся, с каждым днем становившаяся
красивее и совершеннее внутренняя крепость вели-
колепнейших композиций ароматов.

То обстоятельство, что в начале этого велико-
лепия стояло убийство, было ему (если он вообще
отдавал себе в этом отчет) глубоко безразлично.
Облика девушки с улицы Марэ — ее лица, ее
тела — он уже не мог припомнить. Ведь он же
сохранил лучшее, что отобрал и присвоил себе:
сущность ее аромата.

9

В то время в Париже насчитывалось более дюжины парфюмеров. Шестеро из них жили на правом берегу, шестеро — на левом, а один как раз
посредине, а именно на мосту Менял, соединявшем
правый берег с островом Сите. Этот мост с обеих
сторон был так плотно застроен четырехэтажны-
ми домами, что с него ни в одном месте нельзя
было увидеть реку, так что создавалось впечатление вполне нормальной, основательной, хорошо мо-
щенной и к тому же чрезвычайно элегантной улицы. В самом деле, мост Менял считался одним из
самых модных кварталов города. Здесь находились знаменитые лавки, где свой товар предлагали

ювелиры, резчики по черному дереву, лучшие изготовители париков, чемоданов, сумок и кошельков, тончайшего нижнего белья и чулок, рамок для картин и сапог для верховой езды, вышивальщики эполет, литейщики золотых пуговиц и банкиры. И здесь же располагались магазин и жилой дом парфюмера и перчаточника Джузеппе Бальдини. Над его витриной был натянут роскошный зеленого цвета навес, рядом висел герб Бальдини, весь в золоте: золотой флакон, из коего вырастал букет золотых цветов, а перед дверьми лежал красный ковер, также с гербом Бальдини, вышитым золотом. Когда открывалась наружная дверь, раздавался звон колокольчика, исполнявшего персидскую мелодию, и две серебряные цапли начинали извергать фиалковую воду из своих клювов прямо в позолоченную чашу, которая в свою очередь имела форму герба Бальдини.

А за конторкой светлого самшита стоял сам Бальдини, старый и неподвижный, как колонна, в парике, обсыпанном серебряной пудрой, и сюртуке, обшитом золотым галуном. Облако миндальной воды Франжипани, которой он опрыскивал себя каждое утро, прямо-таки зримо окружало его и отодвигало его особу в некую прозрачно-туманную даль. В своей неподвижности он был похож на свой собственный манекен. Только когда раздавался мелодичный звон колокольчика и цапли начинали фонтанировать — что случалось не слишком часто, — манекен мгновенно оживал, съеживался, становился маленьким и юрким и, отвешивая многочисленные поклоны, вылетал из-за конторки так стремительно, что пахучее облако едва успевало ринуться вслед; после чего покорнейше просил клиента присесть и насладиться выбором изысканнейших ароматов и косметических средств.

У Бальдини их были тысячи. Ассортимент простирался от чистых эссенций, цветочных масел, настоек, вытяжек, выделений, бальзамов, смол и прочих препаратов в сыпучей, жидкой и вязкой форме — через помады, пасты, все сорта пудры и мыла, сухие духи, фиксатуары, бриллиантины, эликсиры для ращения бороды, капли для сведения бородавок и крошечные пластыри для исправления изъянов внешности, — вплоть до притираний, лосьонов, ароматических солей, туалетных жидкостей и бесконечного количества духов. Но Бальдини не довольствовался этими продуктами классической косметики. Он считал делом чести собирать в своей лавке все, что источало какой-либо аромат или как-либо служило для получения аромата. И потому наряду с курительными свечками, пастилками и ленточками там имелись все пряности — от семян аниса до палочек корицы, сиропы, ликеры и фруктовые воды, вина с Кипра, из Малаги и Коринфа, множество сортов меда, кофе, чая, сушеные и засахаренные фрукты, фиги, карамели, шоколадки, каштаны, даже консервированные каперсы, огурцы и лук и маринованный тунец. А кроме того, ароматизированный сургуч для печатей, надушенная писчая бумага, чернила для любовных писем, пахнущие розовым маслом, бювары из испанской кожи, футляры для перьев из белого сандала, ларцы и сундучки из кедрового дерева, горшочки и чашечки для цветочных лепестков, курительницы из латуни, флаконы и флакончики из хрусталя с притертыми янтарными пробками, пахучие перчатки, носовые платки, подушечки для иголок, набитые мускатным цветом, и пропитанные мускусом обои, которые могли более ста лет наполнять комнату ароматом.

Разумеется, для всех этих товаров не хватило бы места в помпезной лавке, выходившей на улицу (то есть на мост), а поскольку подвала не было, то не только кладовая, но и второй и третий этажи, а также все обращенные к реке помещения первого служили складом. В результате в доме Бальдини царил неописуемый хаос запахов. Насколько изысканным было качество отдельных товаров — ибо Бальдини покупал товары только высшего качества, — настолько же невыносимым был одновременно исторгаемый ими запах, подобный звучанию оркестра, в котором каждый из тысячи музыкантов играет фортиссимо свою собственную мелодию. Сам Бальдини и его служащие давно принюхались к этому хаосу, как стареющие дирижеры, которые ведь все до единого тугоухи, и даже жена хозяина, жившая на четвертом этаже и отчаянно сопротивлявшаяся дальнейшему расширению складских помещений, почти уже притерпелась ко многим запахам. Другое дело — клиент, впервые посетивший лавку Бальдини. Царивший здесь коктейль ароматов действовал на него как удар кулаком в лицо, вызывал, в зависимости от характера клиента, восхищение или смущение, во всяком случае сбивал его с толку до такой степени, что человек часто переставал соображать, зачем вообще он сюда пришел. Мальчишки-посыльные забывали свои поручения. Нахальные господа тушевались. А некоторые дамы переживали не то истерику, не то приступ клаустрофобии, падали в обморок, и привести их в чувство могли разве что самые резкие нюхательные соли из гвоздичного масла, нашатыря и камфарного спирта.

При таких обстоятельствах, в общем, неудивительно, что колокольчик у дверей лавки Джузеппе Бальдини все реже вызванивал персидскую мелодию, а серебряные цапли все реже фонтанировали фиалковой водой.

10

— Шенье! — позвал Бальдини из-за конторки, где он несколько часов простоял столбом, уставившись на закрытую дверь. — Надевайте ваш парик!

И между бочонком с оливковым маслом и подвешенными на крюки байоннскими окороками появился Шенье, подмастерье Бальдини, тоже уже старый человек, хотя и моложе хозяина, и прошел вперед, в более изящно обставленное помещение лавки. Он вытащил из кармана сюртука свой парик и нахлобучил его на голову.

— Вы уходите, господин Бальдини?

— Нет, — сказал Бальдини, — я удаляюсь на пару часов в мой рабочий кабинет и желаю, чтобы меня абсолютно никто не беспокоил.

— А, понимаю! Вы изобретаете новые духи.

Б а л ь д и н и. Вот именно. По заказу графа Верамона. Он хочет ароматизировать кусок испанской кожи и требует чего-то совершенно нового. Требует чего-то вроде... Вроде... Кажется, это называется «Амур и Психея» — то, что он требует, а изготовлено оно этим бездарным тупицей с улицы Сент-Андре-дез-Ар... Как его бишь...

Шенье. Пелисье.

Бальдини. Да. Пелисье. Верно. Так его зовут, этого тупицу. «Амур и Психея» от Пелисье. Знаете эти духи?

Шенье. Еще бы не знать. Теперь их слышишь на каждом углу. Ими душится весь свет. Но если вас интересует мое мнение — ничего особенного! Они, разумеется, не идут ни в какое сравнение с вашими, господин Бальдини.

Бальдини. Конечно не идут.

Шенье. В высшей степени банальный запах у этого «Амура».

Бальдини. Вульгарный?

Шенье. Чрезвычайно вульгарный, как у всех духов Пелисье. Я думаю, они на лиметине.

Бальдини. В самом деле? А что там еще?

Шенье. Померанцевая эссенция, кажется. И может быть, настойка розмарина.

Бальдини. Мне это совершенно безразлично.

Шенье. Конечно.

Бальдини. Мне глубоко наплевать, что там намешал в свои духи этот тупица Пелисье. Мне он не указ!

Шенье. Вы совершенно правы, сударь.

Бальдини. Как вам известно, мне никто не указ! Как вам известно, я сам разрабатываю свою парфюмерию.

Шенье. Я знаю, сударь.

Бальдини. Я сам рождаю все свои идеи!

Шенье. Я знаю.

Бальдини. И собираюсь создать для графа Верамона нечто такое, что произведет настоящий фурор.

Шенье. Я в этом убежден, господин Бальдини.

Бальдини. Я оставляю лавку на вас, Шенье. Мне нужно работать. Не позволяйте никому беспокоить меня, Шенье.

И с этими словами старик, уже отнюдь не величественный, а сгорбленный, как и подобает в его возрасте, и даже будто прибитый, заковылял прочь и медленно поднялся по лестнице на второй этаж, где находился его рабочий кабинет.

Шенье занял место за конторкой, принял точно ту же позу, в которой пребывал его хозяин, и неподвижным взглядом уставился на дверь. Он знал, что произойдет в ближайшие часы, а именно: в лавке — ровно ничего, а наверху, в рабочем кабинете Бальдини, обычная катастрофа. Бальдини снимет свой голубой сюртук, пропитанный водой Франжипани, сядет за письменный стол и будет ожидать вдохновения свыше. А вдохновение не придет. Потом он кинется к шкафу с флаконами проб и начнет смешивать что-то наобум. Смесь не получится. Он разразится проклятиями, распахнет окно и вышвырнет пробу в реку. Потом попытается смешать что-то другое, и у него опять ничего не получится, тогда он начнет вопить и бесноваться и, одурев от наполнивших кабинет запахов, разразится рыданиями. Часам к семи вечера он спустится вниз, жалкий, плачущий, дрожащий, и скажет: «Шенье, я потерял обоняние, я не могу родить эти духи, не могу изготовить бювар для графа, я погиб, внутри меня все мертво, я хочу умереть, пожалуйста, Шенье, помогите мне умереть!» И Шенье предложит послать к Пелисье за флаконом «Амура и Психеи», и Бальдини согласится при условии, что ни одна душа не узнает об этом позоре, Шенье поклянется, что ни одна, и ночью они тайно пропитают бювар графа Верамона чужими духами. Все будет именно так, а не иначе, и Шенье желал только одного — чтобы эта комедия побыстрее кончилась. Бальдини больше не был великим парфюмером. Да, прежде, в молодости, тридцать, сорок лет назад, он изобрел «Розу юга» и «Галантный букет Бальдини» — два действительно великих аромата, которым он был обязан своим состоянием. Но теперь он стар, и изношен, и отстал от моды и от нового вкуса людей, и даже если ему вообще еще удавалось состряпать какой-нибудь запах, то получалась допотопная неходовая дрянь, которую они через год в десять раз разжижали и сплавляли в розницу как добавку к воде для фонтанов. Жаль его, подумал Шенье и взглянул в зеркало проверить, не съехал ли на сторону его парик, жаль старого Бальдини; жаль его прекрасной лавки, ведь он разорится; и меня жаль, ведь, пока он разорится, я успею состариться и не смогу ее купить...

11

Джузеппе Бальдини хотя и снял свой пахучий сюртук, но только по старой привычке. Запах воды Франжипани давно уже не мешал его обонянию: ведь за несколько десятков лет он так привык к нему, что вообще уже не замечал. Он и дверь в кабинет закрыл, и тишины потребовал, но он не сел к письменному столу, чтобы размышлять и ожидать вдохновения, ибо знал куда лучше, чем Шенье, что вдохновение его не посетит. Дело в том, что оно еще никогда его не посещало. Да, верно, он был стар, и изношен, и перестал быть великим парфюмером, но он знал, что никогда в жизни и не был им. «Розу юга» он получил в наследство от отца, а рецепт «Галантного букета Бальдини» купил у заезжего торговца пряностями из Генуи. Все прочие его духи были давно известными смесями. Он еще ничего никогда не изобрел. Он не был изобретателем. Он был педантичным изготовителем доброкачественных запахов — вроде повара, который превосходно готовит по хорошим рецептам, но никогда не выдумает собственного блюда. Всю эту комедию с лабораторией, и экспериментами, и вдохновением, и таинственностью он разыгрывал лишь потому, что она поддерживала его реноме мастера — парфюмера и перчаточника. Парфюмер создает чудеса, он наполовину алхимик, считают люди, — тем лучше! О том, что его искусство — ремесло, как и любое другое, знал только он, и в этом была его гордость. Он и не хотел быть изобретателем. Изобретательство весьма подозрительно, полагал он, поскольку оно всегда означает нарушение правил. Он вовсе не собирался изобретать новые духи для графа Верамона. Во всяком случае, Шенье не придется ни уговаривать его, ни доставать «Амура и Психею» у Пелисье. Он уже достал эти духи. Вот они, на письменном столе у окна, в маленьком стеклянном флаконе с граненой пробкой. Он купил их несколько дней назад. Разумеется, не сам лично. Не может же он собственной персоной явиться к Пелисье за духами! Он действовал через посредника, а тот тоже через посредника... Осторожность никогда не помешает. Ибо Бальдини собирался не только использовать эти духи для ароматизации испанской кожи, да и не хватило бы ему одного флакона. Он задумал нечто худшее: скопировать их.

Впрочем, это и не было запрещено. Это было только в высшей степени неблагородно. Тайно воспроизвести духи конкурента и продавать под своим именем было ужасно неприлично. Но еще неприличнее, если тебя поймают за руку, а потому Шенье не должен ничего знать, ибо Шенье любит болтать лишнее.

Ах, как это дурно, что порядочный человек должен так изворачиваться! Как тяжело жертвовать самым драгоценным, что имеешь, — столь жалким образом пятнать собственную честь. Но что же делать? Как ни крути, а граф Верамон такой клиент, которого ни в коем случае нельзя терять. Кроме графа, и клиентов-то почти не осталось. Снова приходится бегать за заказчиками, как в начале двадцатых годов, когда он только начинал свою карьеру, таскаясь с лотком по улицам. Богу известно, что он, Джузеппе Бальдини, владелец самой большой и удачнее всех расположенной парфюмерной лавки в Париже, финансово возвратился на круги своя, посещая клиентов на дому с чемоданчиком в руках. А это ему совсем не нравилось: ведь ему было уже за шестьдесят и он терпеть не мог ждать в холодных прихожих и расхваливать перед старыми маркизами туалетную воду, настоянную на тысячелистнике, уксус «Четыре разбойника» или мазь от мигреней. Кроме того, в прихожих царила совершенно омерзительная конкуренция. Например, этот выскочка Бруэ с улицы

Дофина, утверждавший, что у него самый большой выбор помад в Европе; или Кальто с улицы Моконсей, пролезший в личные поставщики графини д'Артуа; или вот совершенно непредсказуемый Антуан Пелисье с улицы Сент-Андре-дез-Ар, каждый сезон вводивший в моду новые духи, от которых весь свет сходил с ума.

Такие духи от Пелисье могли повергнуть в хаос весь рынок. Если в каком-то сезоне в моду входила венгерская вода и Бальдини соответственно запасался лавандой, бергамотом и розмарином — Пелисье выступал с «Истомой», сверхнасыщенным мускусным ароматом. Всех вдруг охватывало зверское желание пахнуть мускусом, и Бальдини ничего не оставалось, как перерабатывать свой розмарин на воду для мытья головы и зашивать лаванду в саше. Зато когда на следующий год он заказывал соответственное количество мускуса, цибетина и бобровой струи, Пелисье ни с того ни с сего сочинял духи под названием «Лесной цветок», и они мгновенно завоевывали успех. Ценой долгих ночных опытов или подкупая за бешеные деньги шпионов, Бальдини наконец выяснил, из чего состоит «Лесной цветок», — а Пелисье уже снова козырял «Турецкими ночами», или «Лиссабонским ароматом», или «Букетом королевского двора», или черт знает чем еще. Во всяком случае, этот человек со своей необузданной изобретательностью представлял опасность для всего ремесла. Как тут было не пожалеть, что суровые времена цехового права ушли в прошлое. К такому наглому выскочке, к такому рвачу, наживающемуся на инфляции запахов, стоило бы применить самые драконовские меры. Отнять бы у него патент, запретить соваться в парфюмерное дело... И вообще, пусть этот мошенник сперва кое-чему научится! Ведь он же не был обученным парфюмером и перчаточником, этот Пелисье! Его отец был не кем иным, как цедильщиком уксуса, и Пелисье был цедильщиком уксуса, никем иным. И просто потому, что цедильщики уксуса имеют право доступа к спиртным продуктам, ему удалось втереться в круг истинных парфюмеров, и теперь он бесчинствует там, как вонючий хорек. Зачем, скажите, каждый сезон вводить в моду новые духи? Какая в этом надобность? Раньше публика вполне довольствовалась фиалковой водой и простыми цветочными смесями, которые разве что слегка изменялись раз в десять лет. Тысячелетиями люди обходились ладаном и миррой, несколькими бальзамами, маслами и сушеными травами. И даже после того, как они научились с помощью колб и перегонных кубов получать дистиллированную воду, с помощью водяного пара отбирать у трав, цветов и различных сортов древесины их благоухающую суть в виде эфирного масла, с помощью дубовых прессов выжимать ее из семян, и косточек, и кожуры фруктов или с помощью тщательно профильтрованных жиров извлекать ее из цветочных лепестков, число запахов было еще ограниченным. В те времена такой тип, как Пелисье, вообще не мог бы возникнуть: ведь в те времена даже для изготовления простой помады требовались способности, о которых этот уксусник не смел бы мечтать. Нужно было не только уметь дистиллировать, нужно было быть изготовителем мазей и аптекарем, алхимиком и ремесленником, торговцем, гуманистом и садовником одновременно. Нужно было уметь отличить жир бараньей почки от телячьего жира, а фиалку «виктория» от пармской фиалки. Нужно было знать, когда распускаются гелиотропы, и когда цветет герань, и что жасмин с восходом солнца теряет свой аромат. Об этих вещах субъект вроде Пелисье, разумеется, не имел понятия. Вероятно, он никогда еще не уезжал из Парижа, никогда еще в жизни не видел цветущего жасмина. Ему и во сне не снилось, какая нужна гигантская черная работа, чтобы из ста тысяч жасминовых лепестков извлечь маленький комочек твердого вещества или несколько капель чистой эссенции. Вероятно, он знал только ее, знал жасмин только в виде концентрированной темнокоричневой жидкости в маленьком флаконе, стоявшем у него в несгораемом шкафу рядом со многими другими флакончиками, из которых он смешивал свои модные духи. Нет, в добрые старые времена, когда уважали ремесло, такой хлыщ, как этот Пелисье, не посмел бы соваться в парфюмеры. У него для этого нет никаких данных: ни характера, ни образования, ни скромности, ни понятия о цеховой субординации. Всеми своими успехами он обязан исключительно открытию, сделанному двести лет назад гениальным Маурицио Франжипани — кстати, итальянцем! — и состоявшему в том, что ароматические вещества растворимы в винном спирте. Смешав свои пахучие порошки с алкоголем и перенеся тем самым их запах на летучую жидкость, он освободил запах от материи, одухотворил его, изобрел запах как чистый запах, — короче, создал духи. Какое великое деяние! Какой эпохальный подвиг! Его действительно можно сравнить только с величайшими достижениями человеческого рода, с изобретением письма ассирийцами, с Евклидовой геометрией, с идеями Платона и превращением винограда в вино греками. Поистине Прометеев подвиг! Но поскольку все великие подвиги духа отбрасывают не только свет, но и тени и приносят человечеству наряду с благодеяниями также и горести и печали, постольку великолепное открытие Франжипани имело, к сожалению, дурные последствия. Ибо с тех пор, как люди научились зачаровывать дух цветов и трав, деревьев, смол и животных выделений и удерживать его в закрытых флаконах, искусство ароматизации постепенно ускользало от немногих универсально владевших ремеслом мастеров и открылось шарлатанам, которые только и умели, что держать нос по ветру, — вроде этого вонючего хорька Пелисье. Не заботясь о том, как и когда возникло волшебное содержимое его флаконов, он может теперь просто исполнять капризы своего обоняния и смешивать все, что вдруг взбредет на ум ему или публике.

Этот ублюдок Пелисье в свои тридцать пять лет наверняка уже нажил большее состояние, чем он, Бальдини, накопил наконец благодаря тяжелому упорному труду трех поколений. И состояние Пелисье с каждым днем увеличивалось, а его, Бальдини, с каждым днем таяло. В прежние времена такого вообще не могло быть! Чтобы почтенный ремесленник и уважаемый коммерсант был вынужден буквально бороться за существование — такое началось всего несколько десятилетий назад! С тех пор как везде и всюду разразилась эта лихорадка нововведений, этот безудержный понос предприимчивости, это зверское бешенство экспериментирования, эта мания величия в торговле, в путешествиях и науках!

Или взять это помешательство на скорости! Зачем понадобилось прокладывать такое множество новых дорог? К чему эти новые мосты? К чему? Чтобы за неделю можно было доехать до Лиона? А какой в этом толк? Кому от этого польза? Зачем сломя голову нестись через Атлантику? Чтобы через месяц очутиться в Америке? А ведь люди тысячелетиями прекрасно обходились без этого континента! Что потерял цивилизованный человек в первобытном лесу у индейцев или негров? Или в Лапландии, на Севере, где вечные льды и где живут дикари, которые жрут сырую рыбу? Мало этого — пожелали открыть еще один континент, где-то в южных морях, говорят. А к чему это безумие? Другие, видите ли, тоже так делали: испанцы, проклятые англичане, нахальные голландцы, с которыми потом пришлось сражаться, чего вообще нельзя было себе позволять. Триста тысяч ливров чистоганом — вот во что обходится один военный корабль, а потом он тонет за пять минут от единственного пушечного выстрела, и прощайте навек, денежки налогоплательщиков. Господин министр финансов требует теперь отчислять ему десятую часть всех доходов, сплошное разорение, даже если не платить ему этой части, раз уж кругом царит такое падение нравов.

Все несчастья человека происходят оттого, что он не желает спокойно сидеть у себя дома — там, где ему положено. Так говорит Паскаль. Но Паскаль был великий человек, Франжипани духа, собственно, мастер в своем ремесле, а на таких нынче спроса нет. Теперь они читают подстрекательские книги гугенотов или англичан. Или пишут трактаты или так называемые великие научные сочинения, в коих все и вся ставится под вопрос. Будто бы нет больше ничего достоверного и все вдруг изменилось. В стакане воды, дескать, плавают малюсенькие зверушки, которых раньше никто не видел; сифилис теперь вроде бы нормальная болезнь, а не Божия кара; Господь, мол, создал мир не за семь дней, а за миллионы лет, если это вообще был Господь; дикари такие же люди, как мы; детей мы воспитываем неправильно; земля больше не круглая, как была до сих пор, а сплюснутая сверху и снизу, наподобие тыквы, — как будто в этом дело! Все кому не лень задают вопросы, и роют, и исследуют, и вынюхивают, и над чем только не экспериментируют. Теперь мало сказать что и как — изволь еще это доказать, представить свидетелей, привести цифры, провести какие-то там смехотворные опыты. Всякие дидро, и даламберы, и вольтеры, и руссо, и прочие писаки, как бы их ни звали, — среди них есть даже духовные особы и благородные господа! — своего добились: собственное коварное беспокойство, развратную привычку к неудовлетворенности и недовольству всем на свете, — короче, безграничный хаос, царящий в их головах, они умудрились распространить на все общество!

Куда ни погляди, всех лихорадит. Люди читают книги, даже женщины. Священники торчат в кофейнях. А когда однажды вмешалась полиция и засадила в тюрьму одного из этих прожженных негодяев, издатели подняли несусветный крик, а высокопоставленные господа и дамы пустили в ход свое влияние, так что через пару недель его снова освободили или выпустили за границу, где он потом беспрепятственно продолжал строчить свои памфлеты. В салонах болтают исключительно о траекториях комет и экспедициях, о силе рычага и Ньютоне, о строительстве каналов, кровообращении и диаметре земного шара.

И даже король позволил продемонстрировать при нем новомодную ерунду, что-то вроде искусственной грозы под названием электричество: в присутствии всего двора какой-то человек потер какую-то бутылку и посыпались искры, и на его величество, как говорят, это произвело глубокое впечатление. Невозможно себе представить, что его прадед, тот истинно великий Людовик, чье победоносное правление Бальдини еще имел счастье застать, потерпел бы столь смехотворную демонстрацию в своем присутствии! Но таков был дух нового времени, и добром все это не кончится.

Ибо если уже позволительно самым бесстыдным и дерзким образом ставить под сомнение авторитет Божией Церкви; если о не менее богоданной монархии и священной особе короля говорится просто как о сменяемых позициях в целом каталоге других форм правления, которые можно выбирать по собственному вкусу; если, наконец, докатились до того, что самого Бога, лично Всемогущего Господа, объявляют излишним и совершенно всерьез утверждают, что порядок, нравственность и счастье на земле мыслимы без Него, просто благодаря врожденной морали и разуму самих людей... О Боже, Боже! — тогда, во всяком случае, не стоит удивляться, если все идет вверх дном, и нравы вконец развратились, и человечество навлекло на себя кару Того, Кого оно отрицает. Это плохо кончится. Великая комета 1681 года, над которой они потешались, которую они считают просто кучей звезд, была предупреждающим знамением Господа, ибо она — теперь-то мы знаем — предсказала век распущенности, духовного разложения, политического и религиозного болота, которое человечество само создало для себя и в котором оно когда-нибудь погрязнет и где пышно расцветают только такие махровые и вонючие болотные цветы, как этот Пелисье!

Старик Бальдини стоял у окна и ненавидящим взглядом смотрел на реку под косыми лучами солнца. Под ним выныривали грузовые лодки и медленно скользили на запад к Новому мосту и к пристани у галерей Лувра. Ни одна из них не поднималась здесь вверх против течения, они сворачивали в рукав реки на другой стороне острова. Здесь же все стремилось только мимо, порожние и груженые суда, гребные лодки и плоские челноки рыбаков, коричневая от грязи вода и вода, отливающая золотом, — все стремилось прочь, медленно, широко и неудержимо. А когда Бальдини смотрел вниз прямо под собой, вдоль стены дома, ему казалось, что поток воды втягивает в себя опоры моста, и у него кружилась голова.

Покупать дом на мосту было ошибкой, и вдвойне ошибкой было покупать дом на западной стороне. И вот теперь у него постоянно перед глазами стремящаяся прочь река, и ему казалось, что он сам, и его дом, и его нажитое за многие десятилетия богатство уплывают прочь, как эта река, а он слишком стар и слаб, чтобы устоять против мощного потока. Иногда, отправляясь по делам на левый берег в квартал около Сорбонны или у церкви Св. Сульпиция, он шел через остров, и не по мосту Сен-Мишель, а более длинным путем — через

Новый мост, потому что этот мост не был застроен. И тогда он останавливался у восточного парапета и смотрел вверх по течению, чтобы хоть раз увидеть, как все стремится ему навстречу; и на несколько мгновений предавался сладким грезам о том, что дело его процветает, семейство благоденствует, женщины не дают ему проходу и его состояние, вместо того чтобы таять, все растет и растет.

Но потом, когда он поднимал глаза совсем немного кверху, он видел на расстоянии каких-нибудь ста метров свой собственный дом, стоящий высоко на мосту Менял, покосившийся и тесный; он видел окна своего кабинета на втором этаже и самого себя, стоящего там у окна и смотрящего вниз на реку и провожающего взглядом стремящуюся прочь воду, как вот теперь. И на этом прекрасный сон кончался, и Бальдини, стоящий на Новом мосту, отворачивался, более подавленный, чем прежде, более подавленный, чем теперь, когда он отвернулся от окна, подошел к письменному столу и сел.

12

Перед ним стоял флакон с духами Пелисье. Золотисто-коричневая жидкость, мерцавшая в солнечном свете, была прозрачной, без малейшей мути. Она выглядела совершенно невинно, как светлый чай, — и все же, кроме четырех пятых частей спирта, она содержала одну пятую часть таинственной смеси, которая могла привести в возбуждение целый город. Эта смесь в свою очередь состояла, вероятно, из трех или тридцати различных веществ, находившихся в некоем вполне определенном (из бесконечного числа возможных) объемном соотношении друг с другом. Это была душа духов — если, говоря о духах этого холодного как лед предпринимателя Пелисье, уместно упоминать о душе, — и ее строение нужно было сейчас выяснить.

Бальдини тщательно высморкался и немного спустил жалюзи на окне, так как прямой солнечный свет вредит любому пахучему веществу и любой более или менее изящной концентрации запахов. Из ящика письменного стола он достал свежий белый кружевной носовой платок и расправил его. При этом он откинул голову далеко назад и сжал крылья носа — не дай Бог поймать опрометчивое обонятельное впечатление прямо из бутылки. Духи следует нюхать в свободном, летучем состоянии и никогда — в концентрированном. Он смочил несколькими каплями носовой платок, помахал им в воздухе, чтобы убрать алкоголь, а потом приблизил к носу. Тремя очень короткими резкими толчками он втянул в себя запах, как будто это был порошок, тут же выдохнул его, помахал рукой, приближая к себе воздух, еще раз принюхался и в заключение сделал глубокий вдох и медленно, с многократными задержками, выдохнул воздух, словно выпуская его скользить по длинной плоской лестнице. Он бросил платок на стол и откинулся на спинку кресла.

Духи были отвратительно хороши. Этот убогий Пелисье, к сожалению, знал толк в своем деле. Боже, какой мастер, пусть он тысячу раз ничему не учился! Бальдини хотел бы, чтобы это были его духи — «Амур и Психея». В них не было ни тени вульгарности. Абсолютно классический запах, завершенный и гармоничный. И в то же время восхитительно новый. Он был свежим, но не назойливым.

Он был цветочным, но не слащавым. Он обладал глубиной, великолепной, притягательной, роскошной, темно-коричневой глубиной, — и при этом в нем не было ни перегруженности, ни высокопарности.

Бальдини почти благоговейно встал и еще раз поднес к лицу платок.

— Чудесно, чудесно... — бормотал он, жадно принюхиваясь. — В нем есть веселость, он прелестен, как мелодия, он прямо-таки поднимает настроение... Какая чепуха! — И он в ярости швырнул платок обратно на стол, отвернулся и отошел в самый дальний угол кабинета, словно устыдившись своей восторженности. Смешно впадать в столь неуместное красноречие. «Мелодия. Веселость. Прелесть. Поднимает настроение» — вздор! Детский вздор. Минутное впечатление. Старый грех. Вопрос темперамента. По всей вероятности, итальянская наследственность. Никогда не суди по первому впечатлению! Это же золотое правило, Бальдини, старый ты осел! Когда нюхаешь — нюхай, а суди потом! «Амур и Психея» — духи незаурядные. Весьма удачное изделие. Ловко состряпанная халтура. Чтобы не сказать фальшивка. А чего иного, кроме фальшивки, можно ожидать от человека вроде Пелисье. Разумеется, такой тип, как Пелисье, не станет фабриковать заурядные духи. Мошенник умеет пустить пыль в глаза, сбить с толку обоняние совершенной гармоничностью запаха, волк в овечьей шкуре классического искусства, вот кто эта бестия, — словом, чудовище с талантом. А это хуже, чем какой-нибудь бездарный неумеха, не осознающий своего невежества.

Но ты, Бальдини, не дашь себя провести. Тебя только в первую минуту немного сбило с толку ложное впечатление. Но разве известно, что станется с этим запахом через час, когда летучие субстанции испарятся и обнаружится его сердцевина? Или сегодня вечером, когда будут слышны только те тяжелые, темные компоненты, которые сейчас скрываются в полумраке под приятными цветочными покровами? Подожди, не торопись, Бальдини!

Второе правило гласит: духи живут во времени; у них есть своя молодость, своя зрелость и своя старость. И только если они во всех трех возрастах источают одинаково приятный аромат, их можно считать удачными. Ведь сколько уж раз бывало так, что изготовленная нами смесь при первой пробе пахла великолепной свежестью, спустя короткое время — гнилыми фруктами и наконец совсем уже отвратительно — чистым цибетином, потому что мы превысили его дозу. Вообще с цибетином надо соблюдать осторожность! Одна лишняя капля может привести к катастрофическим последствиям. Вечная ошибка. Кто знает — может быть, Пелисье переложил цибетина? Может быть, к вечеру от его амбициозных «Амура и Психеи» останется лишь след кошачьей мочи? Поживем — увидим.

А для начала понюхаем. Как острый топор раскалывает деревянную чурку на мельчайшие щепки, так наш нос раздробит его духи на составные части. И тогда окажется, что этот якобы волшебный аромат получен вполне обычным, хорошо известным путем. Мы, Бальдини, потомственные парфюмеры, мы поймаем с поличным этого уксусника Пелисье. Мы сорвем маску с его мерзкой рожи и докажем этому новатору, на что способно старое ремесло. Мы сварганим его модные духи заново, скопируем их нашими руками с такой совершенной точностью, что этот ветрогон сам не отличит их от своих собственных. Нет! Нам этого мало! Мы сделаем их еще лучше! Мы обнаружим его ошибки и устраним их и таким образом утрем ему нос. Ты халтурщик, Пелисье! Вонючий хорек! В парфюмерном деле ты выскочка, и больше ничего!

Теперь за работу, Бальдини! Прочисти нос и нюхай без всяких сантиментов! Надо разложить этот запах по всем правилам искусства! Сегодня к вечеру ты должен получить эту формулу!

И он бросился обратно к письменному столу, вытащил бумагу, чернила и свежий носовой платок, разложил все это у себя под руками и приступил к аналитической работе. Она заключалась в том, что он быстро проносил под носом смоченный духами платок и пытался из пролетавшего мимо ароматного облака выхватить обонянием ту или иную составную часть, стараясь при этом по возможности отвлечься от целостного восприятия, чтобы потом, держа платок подальше от себя в вытянутой руке, быстро написать название обнаруженного ингредиента, после чего снова провести платком под носом, подцепить следующий фрагмент запаха и так далее...

13

Он работал без перерыва два часа. И его движения становились все лихорадочней, скрип его пера по бумаге все энергичней, дозы духов, которые он вытряхивал из флакона на свой платок и подносил к носу, — все больше.

Теперь он почти не узнавал запахов, он давно был одурманен эфирными субстанциями, которые вдыхал, но уже не мог различать, — а ведь в начале своих проб он полагал, что безошибочно их проанализировал. Он знал, что внюхиваться дольше бесполезно. Он никогда не узнает, из чего состоят эти новомодные духи, сегодня-то уж наверняка не узнает ничего, да и завтра ничего, если даже его нос с Божией помощью снова придет в себя. Он так и не научился этому вынюхиванию. Ему всегда было глубоко противно это занятие — разложение аромата. Расчленять целое, более или менее удачно скомпонованное целое, на его простые фрагменты? Это неинтересно. С него хватит.

Но рука его механически продолжала тысячекратно отрепетированным изящным жестом смачивать духами кружевной платок, встряхивать его и быстро проносить мимо лица, и каждый раз он механически втягивал в себя порцию пронизанного ароматом воздуха, чтобы, задержав дыхание по всем правилам искусства, сделать продолжительный выдох. Наконец нос сам избавил его от этой муки: аллергически распухнув изнутри, он как бы закупорился восковой пробкой. Теперь он вообще ничего больше не слышал и едва мог дышать. Нос был забит как при тяжелом насморке, а в уголках глаз стояли слезинки. Слава Богу! Теперь с чистой совестью можно было прекратить работу. Теперь он исполнил свой долг, сделал все, что было в его силах, согласно всем правилам искусства и, как бывало уже не раз, потерпел поражение. Ultra posse nemo obligatur[1]. Баста. Завтра утром он пошлет к Пелисье за большим флаконом «Амура и Психеи», надушит его содержимым бювар графа Верамона

---

[1] Никого нельзя обязать сверх его возможностей (*лат.*).

и выполнит заказ. А потом возьмет свой чемоданчик со старомодными помадами, притираниями, саше и кусочками мыла и отправится в обход по салонам своих древних старух герцогинь. И однажды последняя старуха герцогиня умрет, и тем самым он лишится своей последней клиентки. И сам он тогда станет древним стариком, и ему придется продать свой дом — Пелисье или кому-то еще из этих новоявленных торгашей, может, он и выручит за него пару тысяч ливров. И возьмет он с собой пару чемоданов и свою старую жену, если она к тому времени не помрет, и отправится в Италию. И если переживет это путешествие, то купит маленький домик в деревне под Мессиной, где жизнь дешевле, чем здесь. И там он, Джузеппе Бальдини, некогда величайший парфюмер Парижа, умрет в отчаянной нищете, когда будет на то воля Господня. Так что все к лучшему.

Он закупорил флакон, отложил перо и последний раз отер лоб смоченным платком. Он почувствовал прохладу испаряющегося алкоголя, и больше ничего. Потом наступил закат.

Бальдини встал. Он поднял жалюзи, и его фигура по колени погрузилась в вечерний свет и засверкала, как обгоревший факел, по которому пробегают последние искры огня. Он смотрел на багровую полосу заката за Лувром и его мягкий отсвет на шиферных крышах города. Под ним сверкала золотом река, корабли исчезли. И похоже, поднялся ветер, потому что водная поверхность зарябила, словно покрылась чешуей, там и тут засверкало, все ближе, ближе, казалось, огромная рука рассыпала по воде миллионы луидоров, и река на миг как бы повернула вспять: сияющий поток чистого золота скользил по направлению к Бальдини.

Глаза Бальдини были влажны и печальны. Некоторое время он стоял тихо и наблюдал эту великолепную картину. Потом вдруг распахнул окно, широко растворил ставни и с размаху выбросил флакон с духами Пелисье. Он видел, как флакон шмякнулся об воду и на какое-то мгновение разорвал сверкающий водный ковер.

В комнату проник свежий воздух. Бальдини перевел дух и подождал, пока распухший нос не придет в норму. Тогда он закрыл окно. Почти в ту же минуту настала ночь, совершенно внезапно. Сверкающая золотом картина города и реки застыла в пепельно-серый силуэт. В комнате сразу стало мрачно. Бальдини снова стоял в той же позе, устремив неподвижный взор в окно.

— Не буду я завтра посылать к Пелисье, — сказал он, вцепившись двумя руками в спинку своего стула. — Не буду. И не пойду в обход по салонам. Завтра я отправлюсь к нотариусу и продам дом и лавку. Вот что я сделаю.

На его лице появилось упрямое, озорное выражение, и он вдруг почувствовал себя очень счастливым. Он снова был молодым Бальдини, отважно бросающим вызов судьбе — даже если вызов судьбе в данном случае был всего лишь отступлением. А хотя бы и так! Ему ведь больше ничего не осталось. Дурацкое время не оставляло ему другого выбора. Господь посылает добрые и худые времена, но Он желает, чтобы в плохие времена мы не жаловались, не причитали, а вели себя как настоящие мужчины. А Он послал знамение. Кроваво-красно-золотой мираж города был предупреждением: действуй, Бальдини, пока не поздно! Еще прочен твой дом, еще полны твои кладовые, ты еще получишь хорошую цену за твое приходящее в упадок дело. Решения еще зависят от тебя. Правда, скромная старость в Мессине не была целью твоей жизни — но все же она достойнее и богоугоднее помпезного разорения в Париже. Пусть они празднуют свой триумф, все эти бруэ, кальто и пелисье. Джузеппе Бальдини оставляет поле битвы. Но он делает это по своей воле и не склоняя головы!

Теперь он был прямо горд собой. И испытывал бесконечное облегчение. Впервые за много лет судорога услужливости, напрягавшая его затылок и все униженнее сгибавшая его спину, оставила в покое его позвоночник, и он выпрямился без напряжения, освобожденный, и свободный, и обрадованный. Его дыхание легко проходило через нос. Он отчетливо воспринимал запах «Амура и Психеи», заполнивший комнату, но теперь он был неуязвим для него. Бальдини изменил свою жизнь и чувствовал себя чудесно. Теперь он поднимется к жене и поставит ее в известность о своих решениях, а потом отправится на другую сторону реки в Нотр-Дам и поставит свечку, чтобы поблагодарить Бога за милостивое знамение и за невероятную силу характера, которой Он одарил его, Джузеппе Бальдини. С почти юношеским шиком он небрежно надвинул на лысый череп парик, надел голубой сюртук, схватил с письменного стола подсвечник и покинул кабинет. Он как раз успел зажечь свечу от сального огарка на лестничной клетке, чтобы осветить себе путь наверх в жилое помещение, когда внизу, на первом этаже, раздался звонок. Это не был красивый персидский колокольчик у входа в лавку, а дребезжание у черного хода для посыльных, омерзительное звяканье, которое всегда действовало ему на нервы. Он все собирался убрать эту дрянь и заказать звонок с более приятным звуком, но каждый раз ему жалко было тратиться, а теперь, подумал он вдруг и захихикал при этой мысли, теперь ему было все равно: он продаст назойливое дребезжание вместе с домом. Пусть по этому поводу злится его преемник.

Звонок задребезжал снова. Бальдини прислушался. Шенье, конечно, уже ушел из лавки. А служанка, верно, не собиралась спускаться вниз. Поэтому он решил открыть сам.

Он отбросил задвижку, распахнул тяжелую дверь — и не увидел ничего. Темнота полностью поглотила свет свечи. Потом он постепенно различил маленькую фигуру ребенка или мальчика-подростка с какой-то ношей, перекинутой через руку.

— Что тебе надо?

— Меня прислал мэтр Грималь, я принес козловые кожи, — сказала фигура и подошла ближе и протянула Бальдини согнутую в локте руку, на которой висело несколько сложенных кож. В свете свечи Бальдини увидел лицо мальчика с боязливо-настороженными глазами. Его поза была склоненной. Казалось, он прячется за своей вытянутой рукой, как человек, ожидающий побоев. Это был Гренуй.

14

Козловые кожи! Бальдини вспомнил. Несколько дней назад он сделал заказ у Грималя, тончайшая, мягчайшая лайка для бювара графа Верамона, по пятнадцать франков кусок. Но теперь она ему, собственно говоря, ни к чему, можно было бы сэкономить деньги. С другой стороны, если он просто отошлет посыльного?.. Кто знает — это может произвести неблагоприятное впечатление, начнут болтать, распускать слухи: Бальдини, мол, стал ненадежен, у Бальдини больше нет заказов... А это нехорошо, нет, нет, такие вещи страшно сбивают продажную цену магазина. Лучше уж принять эту бесполезную кожу. Никто не должен раньше времени узнать, что Джузеппе Бальдини изменил свою жизнь.

— Войди!

Он впустил мальчика, и они направились на другую половину дома, впереди — Бальдини с зажженной свечой, за ним — Гренуй со своими кожами. Гренуй впервые входил в парфюмерную лавку — в такое место, где запахи не были чем-то побочным, но совершенно откровенно занимали центральное место. Разумеется, он знал все парфюмерные и аптекарские лавки города, он целыми ночами простаивал перед их витринами, прижимая нос к щелям в дверях. Он знал все запахи, которыми здесь торговали, и часто про себя сочинял из них великолепнейшие духи. Так что ничего нового его здесь не ожидало. Но точно так же как музыкально одаренный ребенок горит желанием увидеть оркестр вблизи или как-нибудь подняться в церкви на хоры, к скрытой клавиатуре органа, так Гренуй горел желанием увидеть парфюмерную лавку изнутри, и, едва услышав, что к Бальдини надо доставить кожи, он всячески постарался взять это поручение на себя.

И вот он стоял в лавке у Бальдини, в том месте Парижа, где на самом тесном пространстве было собрано самое большое количество профессиональных запахов. В неверном свете свечи он увидел немного, да и то мельком: тень конторки с весами, цапель над фонтаном, кресло для заказчиков, темные полки на стенах, поблескивание латунных инструментов и белые этикетки на склянках и тиглях; и запахов он уловил не больше, чем слышал с улицы. Но он сразу же ощутил царившую в этих стенах серьезность, мы чуть было не сказали — священную серьезность, если бы слово «священный» имело хоть какое-то значение для Гренуя; он ощутил холодную серьезность, трезвость ремесла, сухую деловитость, исходившие от каждого предмета мебели, от утвари, от пузырьков, и бутылок, и горшков. И пока он шел вслед за Бальдини, в тени Бальдини, ибо Бальдини не давал себе труда посветить ему, его захватила мысль, что его место — здесь, и больше нигде, что он останется здесь, и больше нигде, что он останется здесь и отсюда перевернет мир вверх дном.

Разумеется, эта мысль была прямо-таки до нелепого нескромной. Не было ничего, действительно ровно ничего, что бы позволяло случайно попавшему сюда подмастерью кожевника, сомнительного происхождения, без связей, без протекции, без всякого положения в сословии, прочно закрепиться в самом почетном парфюмерном торговом заведении Парижа; тем более что, как мы знаем, ликвидация фирмы была делом решенным. Но ведь и речь шла даже не о надежде, выражавшейся в нескромных мыслях Гренуя, а об уверенности. Он знал, что покинет эту лавку только еще один раз, чтобы забрать у Грималя свою одежду, не больше. Клещ почуял кровь. Годами он таился, замкнувшись в себе, и ждал. Теперь он отцепился и упадет — пусть без всякой надежды. Но тем больше была его уверенность.

Они пересекли лавку. Бальдини открыл заднее помещение, расположенное со стороны реки и служившее одновременно кладовой, и мастерской, и лабораторией, где варилось мыло и взбивались помады и в пузатых бутылях смешивались нюхательные соли.

— Сюда! — сказал он и указал на большой стол, стоявший под окном. — Клади их сюда!

Гренуй вышел из тени Бальдини, положил кожи на стол, потом быстро снова отпрыгнул назад и встал между Бальдини и дверью. Бальдини некоторое время стоял неподвижно, отведя свечу немного в сторону, чтобы ни одна капля воска не упала на стол, и скользил костяшкой пальца по гладкой лицевой стороне. Потом перевернул верхнюю кожу и погладил бархатную, грубую и в то же время мягкую изнанку. Она была очень хороша, эта кожа. Прямо создана для лайки. При сушке она почти не сядет, а если ее правильно разгладить, она снова станет податливой, он почувствовал это сразу, как только зажал ее между большим и указательным пальцами; она смогла бы удерживать аромат пять или десять лет, это была очень, очень хорошая кожа, — может быть, он сделает из нее перчатки, три пары себе, три пары жене, для поездки в Мессину.

Он отвел руку и с умилением взглянул на свой рабочий стол — все лежало наготове: стеклянная кювета для ароматизации, стеклянная пластина для сушки, ступки для подмешивания тинктуры, пестик и шпатель, кисть, и гладилка, и ножницы. Казалось, вещи только заснули, потому что было темно, а утром они снова оживут. Может, забрать этот стол с собой в Мессину? И кое-что из инструментов, самое основное?.. За этим столом очень хорошо работалось. Он был изготовлен из дубовых досок — и крышка, и рама с косым крепежом, на этом столе ничто не шаталось и не опрокидывалось, он не боялся никакой кислоты, никакого масла, никакого пореза ножом... Перевезти его в Мессину? Это обойдется в целое состояние! Даже если отправить морем! И поэтому он будет продан, этот стол, завтра он будет продан, и все, что на нем, под ним и рядом с ним, точно так же будет продано! Ибо хотя сердце у него, Бальдини, мягкое, но характер — твердый, а посему он исполнит свое решение, как бы тяжело ему ни было, он отрешится от всего со слезами на глазах, но он все же сделает это, ибо знает, что это правильно, ему было дано знамение.

Он повернулся, чтобы уйти. Тут он заметил в дверях этого маленького скрюченного человечка, о котором чуть не забыл.

— Хорошо, — сказал Бальдини. — Передай своему мастеру, что кожа хорошая. В ближайшие дни я зайду расплатиться.

— Я передам, — сказал Гренуй и не двинулся с места, загородив дорогу Бальдини, собиравшемуся покинуть свою мастерскую. Бальдини несколько опешил, но, ни о чем не подозревая, усмотрел в поведении мальчика не дерзость, а робость.

— В чем дело? — спросил он. — Ты должен еще что-то мне передать? Ну? Выкладывай!

Гренуй стоял потупившись и глядел на Бальдини тем взглядом, который якобы выдает боязливость, но на самом деле скрывает настороженность и напряженность.

— Я хочу у вас работать, мэтр Бальдини. У вас, в вашем магазине, я хочу работать.

Это было высказано не как просьба, но как требование, и, собственно говоря, не высказано, а выдавлено, как шипение змеи. И снова Бальдини принял чудовищную самоуверенность Гренуя за детскую беспомощность. Он ласково ему улыбнулся.

— Ты ученик дубильщика, сын мой, — сказал он. — У меня нет работы для ученика дубильщика. У меня есть свой подмастерье, и мне ученик не нужен.

— Вы хотите надушить эти козловые шкурки, мэтр Бальдини? Эти шкурки, которые я вам принес, вы их хотите надушить? — прошелестел Греней, словно не приняв к сведению ответа Бальдини.

— Именно так, — сказал Бальдини.

— «Амуром и Психеей» Пелисье? — спросил Греней и склонился еще ниже.

По телу Бальдини пробежала слабая судорога ужаса. Не потому, что он спросил себя, откуда этому парню все известно с такой точностью, но просто потому, что название ненавистных духов, состав которых он сегодня, к своему позору, не смог разгадать, было произнесено вслух.

— Как тебе пришла в голову абсурдная идея, что я использую чужие духи, чтобы...

— От вас ими пахнет, — шелестел Греней. — Они у вас на лбу, и в правом кармане сюртука у вас лежит смоченный ими платок. Они нехорошие, эти «Амур и Психея», они плохие, в них слишком много бергамота, и слишком много розмарина, и слишком мало розового масла.

— Ага, — сказал Бальдини, который был совершенно потрясен таким поворотом разговора в область точных знаний. — Что еще?

— Апельсиновый цвет, лиметта, гвоздика, мускус, жасмин, винный спирт и еще одна вещь, не знаю, как она называется, вот она, здесь, смотрите! В этой бутылке! — И он показал пальцем в темноту.

Бальдини переместил подсвечник в заданном направлении, его взгляд последовал за указательным пальцем мальчика к полке, где стояла бутыль с серо-желтым бальзамом.

— Стираксовое масло?

Гренуй кивнул.

— Да. Оно там, внутри. Стираксовое масло. — И он скорчился, как от судороги, и по меньшей мере десять раз пробормотал про себя слово «стиракс»: — Стиракс-стиракс-стиракс-стиракс-стиракс...

Бальдини поднес свечу к этому человекоподобному существу, бормотавшему «стиракс», и подумал: либо он одержимый, либо мошенник и шут гороховый, либо природный талант. Ибо вполне возможно и даже вероятно, что названные им вещества в правильном сочетании могли составить духи «Амур и Психея». Розовое масло, гвоздика и стиракс — эти-то три компонента он так отчаянно искал сегодня целый день; остальные части композиции — ему казалось, что он их тоже угадал — сочетались с ними как сегменты прелестного круглого торта. Оставалось только выяснить, в каком точном отношении друг к другу следовало их сочетать. Чтобы выяснить это, ему, Бальдини, пришлось бы экспериментировать несколько дней кряду — ужасная работа, пожалуй еще хуже, чем простая идентификация частей, ведь надо было измерять, и взвешивать, и записывать, и при этом быть дьявольски внимательным, ибо малейшая неосторожность — дрожание пипетки, ошибка в счете капель — могла все погубить. А каждый неудавшийся опыт обходился чудовищно дорого. Каждая испорченная смесь стоила небольшое состояние... Ему захотелось испытать маленького человека, захотелось спросить его о точной формуле «Амура и Психеи». Если он знает ее с точностью до грамма и до капли — тогда он явно мошенник, который каким-то образом выманил рецепт у Пелисье, чтобы втереться в доверие и получить место у Бальдини. Но если он разгадает ее приблизительно, значит, он гений обоняния и как таковой заслуживает профессионального интереса Бальдини. Не то чтобы Бальдини ставил под вопрос принятое им решение удалиться от дел! Даже если этот парень раздобудет этих духов целые литры, Бальдини и не подумает ароматизировать ими лайку графа Верамона, но... Но не для того же человек становится на всю жизнь парфюмером, не для того же он целую жизнь занимается составлением запахов, чтоб в один момент потерять всю свою профессиональную страсть! Теперь его интересовала формула проклятых духов, и, более того, он желал исследовать талант странного мальчика, который прочел запах с его лба. Он желал знать, что за этим скрывается. Простая любознательность, не больше.

— У тебя, кажется, тонкий нюх, юноша, — сказал он после того, как Гренуй прекратил свое кряхтение. Он вернулся назад в мастерскую, чтобы осторожно поставить подсвечник на рабочий стол.

— У меня лучший нюх в Париже, мэтр Бальдини, — зашепелявил Гренуй. — Я знаю все запахи на свете, все, какие есть в Париже, только не знаю некоторых названий, но я могу их выучить, все названия, их немного, всего несколько тысяч, я их все выучу, я никогда не забуду названия этого бальзама, стиракс, бальзам называется стиракс, стиракс...

— Замолчи! — закричал Бальдини. — Не перебивай, когда я говорю! Ты дерзок и самонадеян. Ни один человек не знает тысячи запахов по названиям. Даже я не знаю тысячи названий, а всего несколько сотен, ибо в нашем ремесле их не больше чем несколько сотен, все прочее не запах, а вонь!

Гренуй, который во время неожиданной вспышки собственного красноречия почти распрямился физически и в возбуждении даже в какой-то момент замахал руками, описывая в воздухе круги, чтобы показать, как он знает «все, все», услышав отповедь Бальдини, мгновенно сник, обернулся маленьким черным лягушонком и неподвижно застыл на пороге, скрывая нетерпение.

— Я, — продолжал Бальдини, — разумеется, давно понял, что «Амур и Психея» состоят из стиракса, розового масла и гвоздики, а также бергамота и розmaринового экстракта et cetera. Чтобы установить это, нужно, как говорится, иметь довольно тонкий нюх, и вполне может быть, что Бог дал тебе довольно тонкий нюх, как и многим, многим другим людям — особенно в твоем возрасте. Однако парфюмеру, — и тут он поднял вверх палец и выпятил грудь, — однако парфюмеру мало иметь просто тонкий нюх. Ему необходим обученный за многие десятилетия, неподкупно работающий орган обоняния, позволяющий уверенно разгадывать даже самые сложные запахи — их состав и пропорции, а также создавать новые, неизвестные смеси ароматов. Такой нос, — и он постучал пальцем по своему, — так просто не дается, молодой человек! Такой нос зарабатывают прилежанием и терпением. Или ты смог бы прямо так, с ходу, назвать точную формулу «Амура и Психеи»? Ну, смог бы?

Гренуй не отвечал.

— Может быть, ты скажешь ее мне хотя бы приблизительно? — сказал Бальдини и слегка наклонился вперед, чтобы лучше рассмотреть притаившегося в дверях лягушонка. — Хотя бы примерно, в общем виде? Ну? А еще лучший нос в Париже!

Но Гренуй молчал.

— Вот видишь, — промолвил Бальдини в равной мере удовлетворенно и разочарованно. — Ты не знаешь. Конечно не знаешь. Откуда тебе знать. Ты из тех, кто за едой определяет, есть ли в супе петрушка или купырь. Ну что ж — это уже кое-что. Но до повара тебе еще далеко. В каждом искусстве, а также в каждом ремесле — заруби себе это на носу, прежде чем уйти — талант почти ничего не значит, главное — опыт, приобретаемый благодаря скромности и прилежанию.

Он уже протянул руку, чтобы взять со стола подсвечник, когда со стороны двери прошелестел сдавленный голос Гренуя:

— Я не знаю, что такое формула, мэтр, этого я не знаю, а так — знаю все.

— Формула — это альфа и омега любых духов, — строго ответствовал Бальдини, ибо собирался положить конец разговору. — Она есть тщательное предписание, в каком соотношении следует смешивать отдельные ингредиенты, дабы возник желаемый единственный и неповторимый аромат; вот что есть формула. Она есть рецепт — если ты лучше понимаешь это слово.

— Формула, формула, — хрипло проговорил Гренуй, и его фигура в дверной раме обозначилась более отчетливо. — Не нужно мне никакой формулы. Рецепт у меня в носу. Смешать их для вас, мэтр, смешать? Смешать?

— Как это? — вскричал Бальдини более громко, чем ему пристало, и поднес свечу к лицу гнома. — Как это — смешать?

Гренуй впервые не отпрянул назад.

— Да ведь они все здесь, эти запахи, которые нужны, они все здесь есть в этой комнате, — сказал он и снова ткнул пальцем в темноту. — Розовое масло вон там! А там апельсиновый цвет! А там гвоздика! А там розмарин!..

— Разумеется, они там, — возопил Бальдини. — Все они там! Но говорю же тебе, дурья башка, от них нет проку, если не знать формулы!

— Вон там жасмин! Вон там винный спирт! Вон там стиракс! — продолжал хрипло перечислять Гренуй, указывая при каждом названии на то или иное место в помещении, где было так темно, что едва можно было различить полки с бутылями.

— Ты, похоже, умеешь видеть в темноте, а? — продолжал Бальдини. — У тебя не только самый тонкий нюх, но и самое острое зрение в Париже, не так ли? Если у тебя к тому же хороший слух, то раскрой уши пошире, и я тебе скажу: ты маленький обманщик. Наверное, ты кое-что слямзил у Пелисье, подсмотрел что-нибудь, а? И считаешь, что можешь обвести меня вокруг пальца?

Гренуй стоял теперь в дверях совершенно распрямившись, так сказать в полный рост, слегка расставив ноги и слегка растопырив руки, так что напоминал черного паука, цеплявшегося за порог и раму.

— Дайте мне десять минут, — довольно бойко, связно произнес он, — и я изготовлю вам духи «Амур и Психея». Прямо сейчас и здесь, в этом помещении.

— Ты полагаешь, что я разрешу тебе хозяйничать в моей мастерской? Прикасаться к эссенциям, которые стоят целое состояние?

— Да, — сказал Гренуй.

— Ну и ну! — Бальдини чуть не задохнулся от неожиданности. Потом набрал в легкие воздуха, перевел дыхание и устремил на шутника долгий, задумчивый взгляд. В сущности, не все ли равно, думал он, ведь завтра так или иначе все кончится. Я, конечно, знаю, что он не может сделать того, что обещает, и даже не может этого мочь, этого не смог бы и сам великий Франжипани! Но почему бы мне собственными глазами не убедиться в том, что я знаю? А вдруг в один прекрасный день в Мессине мне взбредет в голову (у стариков иногда бывают странности и самые сумасшедшие идеи), что я не узнал гения, вундеркинда, существа, щедро одаренного милостью Божией... Это совершенно исключено. По всему, что мне говорит разум, это исключено... Но бывают же чудеса? Бесспорно. И вот, когда я буду умирать в Мессине, на смертном одре меня посетит мысль: в тот вечер в Париже тебе было явлено чудо, а ты закрыл глаза!.. Это было бы не слишком приятно, Бальдини! Пусть уж этот дурак прольет на стол пару капель розового масла и мускусной настойки, ты бы тоже их пролил, если б тебя еще действительно интересовали духи от Пелисье. И что значит несколько капель — да, дорогих, весьма, весьма дорогих — по сравнению с надежностью знаний и спокойной старостью? — Послушай! — сказал он нарочито строгим тоном. — Послушай! Я... Кстати, как тебя зовут?

— Гренуй, — сказал Гренуй. — Жан-Батист Гренуй.

— Ага, — сказал Бальдини. — Итак, послушай, Жан-Батист Гренуй! Я передумал. Ты получишь возможность теперь же, немедленно, на деле доказать свое утверждение. Одновременно тебе тем самым предоставится случай путем скандального провала научиться скромности, каковая добродетель, в твоем юном возрасте — и это простительно — еще вряд ли развитая, есть непременная предпосылка твоего дальнейшего преуспеяния как члена цеха, как человека и как доброго христианина. Я готов за свой счет преподать тебе сей урок, ибо в силу определенных причин настроен сегодня на проявление щедрости, и, кто знает, когда-нибудь воспоминание об этой сцене, возможно, развеселит меня. Но не воображай, что тебе удастся меня провести! У Джузеппе Бальдини нос старый, но нюх острый, достаточно острый, чтобы немедленно обнаружить самомалейшее различие между твоей микстурой и вот этим продуктом! — И он вытащил из кармана пропитанный «Амуром и Психеей» платочек и помахал им перед носом у Гренуя. — Подойди-ка сюда, ты, лучший нос Парижа! Подойди-ка сюда, к столу, и покажи, на что ты способен! Но смотри, ничего мне тут не разбей и не опрокинь! Не смей ничего трогать! Сначала я зажгу побольше света. Мы устроим иллюминацию в честь этого маленького эксперимента, не так ли?

И с этими словами он взял два других светильника, стоявших на краю большого дубового стола, и зажег их. Он поставил все три свечи рядом друг с другом на задней длинной стороне, отодвинул кожи и освободил середину стола. Потом спокойными и в то же время быстрыми движениями снял с маленькой этажерки и принес необходимую для опыта утварь: большую пузатую колбу, стеклянную воронку, пипетку, маленькую и большую мензурки — и в образцовом порядке расположил все это перед собой на дубовой крышке.

Гренуй тем временем оторвался от дверной рамы. Уже во время высокопарной речи Бальдини с него сошли вся окаменелость, настороженность, подавленность. Он слышал только согласие, только «да» с внутренним ликованием ребенка, который упрямством добился какой-то уступки и которому плевать на связанные с ней ограничения, условия и моральные предостережения. Его поза стала свободной, впервые он походил на человека больше, чем на животное. Он пропустил мимо ушей конец тирады Бальдини, зная, что пересилил этого человека и тому уже не справиться с ним.

Пока Бальдини возился у стола с подсвечниками, Гренуй проскользнул в боковую тьму мастерской, где стояли стеллажи с драгоценными эссенциями, маслами и тинктурами, и, следуя за уверенным чутьем своего носа, быстро похватал с полок нужные ему флаконы. Числом их было девять: эссенция апельсинового цвета, лиметтовое, гвоздичное и розовое масло, экстракт жасмина, бергамота и розмарина, мускусную настойку и бальзам стиракса, который он быстро сцапал с верхней полки и водрузил на край стола. Напоследок он приволок баллон высокопроцентного винного спирта. Потом встал за спиной у Бальдини (тот все еще со степенной педантичностью расставлял свои смесительные сосуды — немного сдвигал одну склянку, слегка придвигал другую, дабы все имело свой добрый, исстари заведенный порядок и эффектнейшим образом сияло в свете свечей) и стал ждать, дрожа от нетерпения, пока старик отойдет и уступит ему место.

— Так! — сказал наконец Бальдини, отступая в сторону. — Здесь расставлено все, что нужно тебе для твоего... назовем его из любезности «экспериментом». Ничего мне тут не разбей, ничего мне тут не пролей! Имей в виду: эти жидкости, которыми тебе будет сейчас позволено заниматься пять минут, обладают такой ценностью и редкостностью, что ты больше никогда в жизни не заполучишь их в руки в столь концентрированной форме.

— Сколько вам сделать, мэтр? — спросил Гренуй.

— Сколько — чего? — спросил Бальдини, который еще не закончил свою речь.

— Сколько этих духов? — хрипло ответил Гренуй. — Вам их сколько надо? Хотите, я заполню до краев вон ту толстую флягу? — И он указал на смеситель емкостью в добрых три литра.

— Нет, не надо! — в ужасе вскричал Бальдини, и в крике этом был страх, столь же глубоко укоренившийся, сколь и стихийный, страх перед расточительностью, страх за свою собственность. Но, словно устыдившись этого разоблачительного крика, он тут же прорычал: — И не смей меня перебивать! — Затем несколько успокоился и продолжал уже с легкой иронией в голосе: — К чему нам три литра духов, которые мы оба не ценим? В сущности, достаточно и половины мензурки. Поелику, однако, столь малые количества трудно смешивать точно, я позволю тебе заполнить смеситель на треть.

— Ладно, — сказал Гренуй. — Я наполню эту флягу на треть «Амуром и Психеей». Только, мэтр Бальдини, я сделаю это по-своему. Я не знаю, как надо по правилам искусства, я этому способу не обучен, а по-своему сделаю.

— Пожалуйста! — сказал Бальдини, которому было известно, что в этом деле не бывает «по-своему», а есть только один, единственно возможный и правильный способ: зная формулу и исходя из заданного количества духов, необходимо произвести соответствующие вычисления и из различных эссенций изготовить строго определенное количество концентрата, каковой в свою очередь в точной пропорции, обычно колеблющейся от одного к десяти до одного к двадцати, следует развести алкоголем до конечного продукта. Другого способа, он это знал, не существовало. И поэтому то, что он теперь увидел и за чем наблюдал сперва с насмешкой и недоверием, потом в смятении и наконец уже только с беспомощным изумлением, показалось ему самым настоящим чудом. И сцена эта так врезалась в его память, что он не забывал ее до конца своих дней.

15

Малыш Гренуй первым делом откупорил баллон с винным спиртом. С большим трудом ему удалось приподнять тяжелый сосуд почти на высоту своего роста, потому что именно так высоко стоял смеситель с насаженной на него стеклянной воронкой, куда он без помощи мензурки влил алкоголь прямо из баллона. Бальдини содрогнулся при виде столь вопиющей беспомощности: мало того что парень перевернул с ног на голову весь парфюмерный миропорядок, начав с растворяющего средства и не имея при этом подлежащего растворению концентрата, — у него и физических сил-то для этого не было! Он дрожал от напряжения, и Бальдини обреченно ждал, что тяжелый баллон вот-вот грохнется и вдребезги разнесет все, что было на столе. Свечи, думал он, Господи, только бы не опрокинуть свечи! Произойдет взрыв, он мне сожжет весь дом!.. И он уже хотел броситься к столу, чтобы вырвать у сумасшедшего баллон, но тут Гренуй сам поставил его на место, благополучно спустил на пол и снова закупорил. В смесителе колыхалась легкая прозрачная жидкость — ни одна капля не пролилась мимо. Несколько мгновений Гренуй переводил дух с таким довольным видом, словно самая тяжкая работа осталась позади. И в самом деле, все последующее происходило с такой быстротой, что Бальдини едва успевал замечать последовательность или хотя бы порядок операций, не говоря уж о том, чтобы понимать процесс.

Казалось, Гренуй наобум хватал тот или иной флакон с ароматической эссенцией, выдергивал из него стеклянную пробку, на секунду подносил содержимое к носу, а потом вытряхивал из одной, капал из другой, выплескивал из третьей бутылочки в воронку и так далее. К пипетке, пробирке, ложечке и мешалке — приспособлениям, позволяющим парфюмеру овладеть сложным процессом смешивания, Гренуй не прикоснулся ни разу. Он словно забавлялся, как ребенок, который хлюпает, шлепает и плескается, возясь с водой, травой и грязью, — стряпает ужасное варево, а потом заявляет, что это суп.

«Да, как ребенок, — думал Бальдини, — и выглядит прямо как ребенок, несмотря на узловатые руки, рябое, все в шрамах и оспинах, лицо и старческий нос картошкой. Он показался мне старше, чем он есть, а теперь он мне кажется моложе; он словно двоится или троится, как те недоступные, непостижимые, капризные маленькие недочеловеки, которые вроде бы невинно думают только о себе, хотят все в мире деспотически подчинить и вполне могут сделать это, если не обуздать их манию величия, не применить к ним строжайших воспитательных мер и не приучить их к дисциплинированному существованию полноценных людей. Такой вот маленький фанатик гнездится в этом молодом человеке; с горящими глазами, он стоит у стола, забыв обо всем вокруг, явно не сознавая, что в мастерской есть что-то еще кроме него и этих флаконов, которые он с проворной неуклюжестью подносит к воронке, чтобы смешать свою идиотскую бурду, а потом категорически утверждать, — да еще и верить в это! — что он составил изысканные духи „Амур и Психея“».

В мерцающем свете свечей Бальдини видел, как цинично и самоуверенно действовал человек у стола, — и содрогался от омерзения! Таких, как этот, подумал он и на какое-то мгновение испытал ту же печаль, и отчаяние, и ярость, что и раньше, в сумерках, когда глядел на пылавший красным заревом город, — таких прежде не бывало; это совершенно новый экземпляр человеческой породы, он мог возникнуть только в эпоху расхлябанного, распущенного безвременья... Но его следует проучить, этого самонадеянного парня! Пусть только он окончит свое смехотворное представление, уж ему достанется на орехи, он выползет отсюда на карачках, ничтожество этакое! Дрянь! Нынче вообще ни с кем нельзя связываться, столько кишит кругом смехотворной дряни! Бальдини был так занят своим возмущением и отвращением к эпохе безвременья, что не сразу сообразил, почему Гренуй вдруг заткнул все флаконы, вытащил воронку из смесителя, а саму бутыль схватил за горлышко, прикрыл ладонью левой руки и сильно встряхнул. Только когда бутыль несколько раз крутанулась в воздухе, а ее драгоценное содержимое рванулось как лимонад из живота в горло и обратно, Бальдини исторг вопль гнева и ужаса.

— Стой! — хрипло застонал он. — Хватит! Немедленно прекрати! Баста! Немедленно поставь бутыль на стол и больше ничего не трогай, понятно? Больше ничего! Видно, я лишился рассудка, если вообще стал слушать твою дурацкую болтовню. Твоя манера обращаться с вещами, твоя грубость, твоя примитивная тупость показывают, что ты ничего не смыслишь, ты варвар и невежа и к тому же паршивый наглый сопляк. Ты не в состоянии смешать лимонад, тебе нельзя доверить торговать простой лакричной водой, а ты лезешь в парфюмеры! Будь доволен, радуйся и благодари, если твой хозяин еще подпускает тебя к дубильному раствору! И не смей, слышишь, никогда не смей переступать порог парфюмера!

Так говорил Бальдини. И пока он говорил, пространство вокруг него наполнилось ароматом «Амура и Психеи». В аромате есть убедительность, которая сильнее слов, очевидности, чувства и воли. Убедительность аромата неопровержима, необорима, она входит в нас подобно тому, как входит в наши легкие воздух, которым мы дышим, она наполняет, заполняет нас до отказа. Против нее нет средства.

Гренуй отставил бутыль, снял с горлышка руку, мокрую от духов, и вытер ее о подол своей куртки. Один, два шага назад, неуклюжий поклон всем телом под градом назиданий Бальдини достаточно всколыхнули воздух, чтобы распространить только что созданный аромат. Хотя Бальдини еще бушевал, и сетовал, и бранился, с каждым вдохом его выставленное напоказ бешенство находило все меньше пищи в глубине его души. Он догадывался, что побежден, отчего финал его речи смог лишь взвинтиться до пустопорожнего пафоса. И когда он умолк, он довольно долго молчал, и ему уже больше не понадобилось замечание Гренуя: «Готово». Он и так это знал.

Но, несмотря на это, хотя его со всех сторон окатывал пряный запах «Амура и Психеи», он подошел к старому дубовому столу, чтобы взять пробу. Вытащил из кармана сюртука, из левого, свежий белоснежный кружевной платок, расправил его и смочил несколькими каплями, которые высосал длинной пипеткой из смесителя. Помахав платочком в протянутой руке, дабы его проветрить, он затем привычным изящным жестом провел им у себя под носом, втягивая аромат. Во время длинного, производимого толчками выдоха он вынужден был присесть на табурет. Еще минуту назад его лицо было багровым от бешенства — теперь он вдруг побледнел как полотно.

— Невероятно, — тихо пробормотал он, — ей-богу, невероятно. — Он снова и снова прижимал платочек к носу, и принюхивался, и качал головой, и бормотал: — Невероятно.

Это были «Амур и Психея», без всякого сомнения, «Амур и Психея», ненавистно гениальная смесь ароматов, скопированная с такой точностью, что и сам Пелисье не смог бы отличить ее от своего продукта.

— Невероятно...

Маленький и бледный, сидел великий Бальдини на табурете и выглядел смехотворно со своим платочком в руке, который он то и дело прижимал к носу, как девица, страдающая насморком. Он просто потерял дар речи. Он даже не мог выговорить «Невероятно!», а только тихо кивал и кивал головой, неотрывно глядя на содержимое смесителя, и монотонно лепетал: «Гм, гм, гм... Гм, гм, гм... Гм, гм, гм...» Через некоторое время Гренуй приблизился и беззвучно как тень подошел к столу.

— Это нехорошие духи, — сказал он, — они очень плохо составлены, эти духи.

— Гм, гм, гм, — сказал Бальдини, и Гренуй продолжал:

— Если вы позволите, мэтр, я сделаю их лучше. Дайте мне одну минутку, и я составлю вам из них пристойные духи!

— Гм, гм, гм, — сказал Бальдини и кивнул. Не потому, что он согласился, а потому, что находился в таком беспомощно апатичном состоянии, что только и мог сказать «гм, гм, гм» и кивнуть. И он продолжал кивать и бормотать «гм, гм, гм» и даже не попытался вмешаться, когда Гренуй во второй раз приступил к делу, во второй раз вылил спирт из баллона в смеситель — в те духи, что уже в нем находились, во второй раз опять наобум, не соблюдая ни порядка, ни пропорции, опрокинул в воронку содержимое флаконов. Только к концу всей процедуры — на этот раз Гренуй не встряхивал бутыль, а только осторожно покачал ее, как фужер с коньяком, возможно, из уважения к чувствительности Бальдини, возможно, потому, что на этот раз содержимое казалось ему более ценным, — итак, только теперь, когда уже готовая жидкость колыхалась в бутыли, Бальдини очнулся от шокового состояния и поднялся с табурета, разумеется все еще прижимая к носу платочек, словно хотел закрыться щитом от новой атаки на его душу.

— Готово, мэтр, — сказал Гренуй. — Теперь получился совсем неплохой запах.

— Да, да, хорошо, — отвечал Бальдини, отмахиваясь свободной рукой.

— Вы не хотите взять пробу? — снова прокурлыкал Гренуй. — Неужели не хотите, мэтр? Неужели не попробуете?

— Потом, сейчас я не расположен брать пробы... Мне не до них. Теперь иди! Иди сюда!

И он взял подсвечник и пошел к двери, ведущей в лавку. Гренуй последовал за ним. Узким коридором они прошли к черному ходу для посыльных. Старик, шаркая, подошел к низкой дверце, откинул задвижку и открыл створку. Он отошел в сторону, чтобы выпустить мальчика.

— А теперь мне можно будет работать у вас, мэтр, можно? — спросил Гренуй, уже стоя на пороге, снова сгорбившись, снова насторожившись.

— Не знаю, — сказал Бальдини, — я подумаю об этом. Ступай!

И тогда Гренуй вдруг исчез, пропал, проглоченный темнотой. Бальдини стоял и пялился в ночь. В правой руке он держал подсвечник, в левой — платочек, как человек, у которого идет носом кровь, а чувствовал все-таки страх. Он быстро закрыл дверь на задвижку. Потом отнял от лица платок, сунул его в карман и через лавку вернулся в мастерскую.

Аромат был так божественно хорош, что Бальдини внезапно прослезился. Ему не надо было брать пробы, он только стоял у рабочего стола перед смесителем и дышал. Духи были великолепны. По сравнению с «Амуром и Психеей» они были как симфония по сравнению с одиноким пиликаньем скрипки. И еще чем-то бо́льшим. Бальдини прикрыл глаза, и в нем проснулись самые возвышенные воспоминания. Он увидел себя молодым человеком на прогулке по садам вечернего Неаполя; он увидел себя лежащим в объятиях чернокудрой женщины, увидел силуэт букета роз на подоконнике под порывами ночного ветра; он услышал пение вспугнутых птиц и далекую музыку из портовой таверны; он услышал совсем близко, над ухом, шепот: «Я люблю тебя» — и почувствовал, как у него от наслаждения волосы встали дыбом, теперь! теперь, сию минуту, в этот самый миг! Он открыл глаза и застонал от удовольствия.

Эти духи не были духами, какие были известны до сих пор. Это был не аромат, который улучшает ваш запах, не притирание, не предмет туалета. Это была совершенно своеобразная, новая вещь, которая могла извлечь из себя целый мир, волшебный богатый мир, и вы сразу забывали все омерзительное, что было вокруг, и чувствовали себя таким богатым, таким благополучным, таким хорошим...

Вставшие дыбом волосы на голове Бальдини улеглись, и его охватило одуряющее душевное спокойствие. Он взял кожу, козловую кожу, лежавшую на краю стола, и взял нож и раскроил ее. Затем уложил куски в стеклянную кювету и залил их новыми духами. Затем закрыл кювету стеклянной пластиной, перелил остаток аромата в два флакончика, наклеил на них этикетки, а на них написал название «Неаполитанская ночь». Потом погасил свет и удалился.

Наверху, за ужином, он ничего не сказал жене. Прежде всего, он ничего не сказал жене о торжественно-праведном решении, которое принял днем. Жена его тоже ничего не сказала, потому что заметила, что он повеселел, и была этим весьма довольна. Не пошел он и в Нотр-Дам благодарить Бога за силу своего характера. Ба, в этот день он впервые позабыл помолиться на ночь.

16

На следующее утро он прямиком направился к Грималю. Для начала заплатил за лайку, причем заплатил сполна, не ворча и нисколько не торгуясь. А потом пригласил Грималя в «Серебряную башню» на бутылку белого и выкупил у него ученика Гренуя. Разумеется, он не сказал, почему и для чего он ему понадобился. Он наврал что-то о крупном заказе на душистую лайку, для выполнения которого ему требуется необученный подсобный рабочий. Нужен, дескать, скромный парень, чтобы исполнять простейшие поручения, резать кожи и так далее. Он заказал еще одну бутылку вина и предложил двадцать ливров в качестве возмещения неудобства, причиняемого Грималю уходом Гренуя. Двадцать ливров были огромной суммой. Грималь сразу же согласился. Они вернулись в дубильную мастерскую, где Гренуй, как ни странно, уже ждал с собранным узлом. Бальдини уплатил свои двадцать ливров и тут же, сознавая, что заключил лучшую сделку своей жизни, забрал его с собой.

Грималь, который со своей стороны был убежден, что заключил лучшую сделку своей жизни, вернулся в «Серебряную башню», выпил там еще две бутылки вина, потом около полудня перебрался в «Золотого льва» на другом берегу и там напился так безудержно, что, когда поздно вечером попытался снова перебраться в «Серебряную башню», перепутал улицы Жоффруа-Л'Анье и Нонедьер и потому, вместо того чтобы, как он надеялся, очутиться прямо на мосту Мари, роковым образом попал на набережную Вязов, откуда сверзился в воду, как в мягкую постель. Он умер мгновенно. Однако реке понадобилось еще некоторое время, чтобы стащить его с мелководья, мимо пришвартованных грузовых лодок, на более быстрое течение, и только рано утром кожевник Грималь или, скорее, его мокрый труп тихо отплыл вниз по реке, на запад.

Когда он проплывал мимо моста Менял, бесшумно, не задевая за опоры моста, Жан-Батист Гренуй в двадцати метрах над ним как раз ложился спать. Для него был поставлен топчан в заднем углу мастерской Бальдини, и теперь он собирался лечь, в то время как его бывший хозяин, распластавшись, плыл вниз по холодной Сене. Гренуй с удовольствием свернулся и сделался маленьким, как клещ. Засыпая, он все глубже погружался в самого себя и совершал триумфальный въезд в свою внутреннюю крепость, где праздновал в мечтах некую победу обоняния, гигантскую оргию с густым дымом ладана и парами мирры в свою честь.

17

Приобретение Гренуя положило начало восхождению фирмы Джузеппе Бальдини к национальной и даже европейской известности. Перезвон персидских колокольчиков больше не умолкал, и цапли не переставали фонтанировать в лавке на мосту Менял.

В первый же вечер Греную пришлось составить большой баллон «Неаполитанской ночи», из которого в течение следующего дня было продано восемьдесят флаконов. Слава этого аромата распространялась с бешеной скоростью. У Шенье началась резь в глазах: столько ему пришлось пересчитывать денег, и заболела спина от глубоких поклонов. А однажды дверь распахнулась настежь, и вошел лакей графа д'Аржансона и заорал, как могут орать только лакеи, что он желает получить пять бутылок новых духов, и Шенье еще четверть часа после его ухода трепетал от почтительного страха, потому что граф д'Аржансон был Интендант и Военный министр Его Величества и самый влиятельный человек в Париже.

Пока Шенье один отражал в лавке атаки покупателей, Бальдини со своим новым учеником заперся в мастерской. В оправдание этого обстоятельства он преподнес Шенье некую фантастическую теорию, каковую обозначил как «рационализацию и разделение труда». По его словам, он долгие годы терпеливо наблюдал, как Пелисье и ему подобные субъекты, презирающие цеховые традиции, отбивали у него клиентуру и марали репутацию фирмы. Но теперь его терпение лопнуло. Теперь он примет их наглый вызов и нанесет этим выскочкам, этим парвеню, ответный удар, отплатит им той же монетой. Каждый сезон, каждый месяц, а если понадобится, и каждую неделю он будет козырять новыми духами — и какими духами! Он вскроет золотоносную жилу своего творчества. А для этого нужно, чтобы он — используя только необученного подсобника — целиком и полностью занялся производством ароматов, в то время как Шенье должен посвятить себя исключительно их продаже. Эта современная метода, внушал он Шенье, откроет новую главу в истории парфюмерного искусства, сметет конкурентов и даст нам несметные богатства — да, он сознательно и подчеркнуто говорил «нам», ибо собирался уделить своему старому преданному подмастерью определенный процент от этих несметных богатств.

Еще несколько дней назад Шенье истолковал бы такие речи своего хозяина как признак начинающегося старческого маразма. «Ну вот, он созрел для «Шаритэ», — подумал бы он. — Еще немного, и он окончательно свихнется».

Однако теперь он ничего больше не думал. Он просто не успевал думать — слишком много было работы. Работы было так много, что по вечерам он едва находил силы опустошить битком набитую кассу и отсчитать себе свою долю. Он ни на миг не усомнился в праведности этих доходов: ведь Бальдини чуть ли не каждый день выходил из мастерской с каким-нибудь новым ароматом.

И какие это были ароматы! Не только духи самой высокой, высочайшей пробы, но и кремы, и пудра, и мыло, и лосьоны для волос, и притирания... Все, что должно было благоухать, благоухало теперь по-новому, и по-другому, и великолепнее, чем когда-либо прежде. И на все, ну действительно на все, даже на ароматизированные повязки для волос, которые однажды создало капризное настроение Бальдини, публика кидалась как околдованная, и цены не играли никакой роли. Все, что изготовлял Бальдини, пользовалось успехом. И успех этот был настолько потрясающим, что Шенье воспринимал его как явление природы и больше не исследовал его причин. А в то, например, что новый ученик, неуклюжий гном, ютившийся, как собака, в мастерской, которого иногда, когда мастер выходил из дому, можно было видеть в глубине помещения за мытьем склянок и чисткой ступ, в то, что это совершенное ничтожество имеет касательство к сказочному процветанию фирмы, — Шенье не поверил бы, даже если бы ему об этом сказали.

Разумеется, гном имел к нему самое прямое касательство. То, что Бальдини приносил в лавку и оставлял Шенье для продажи, было лишь небольшой частью того, что Гренуй смешивал за закрытыми дверями. Бальдини давно уже изменило обоняние. Подчас он испытывал настоящую муку, стараясь выбрать какое-то одно из тех великолепных роскошеств, которые изготовлял Гренуй. Этот волшебный ученик мог бы снабдить рецептами всех парфюмеров Франции, ни разу не повторившись, ни разу не изготовив ничего хотя бы неполноценного, не говоря уже о посредственном. То есть рецептами, иначе говоря формулами, он как раз не смог бы их снабдить, потому что сначала Гренуй сочинял свои ароматические композиции тем же хаотическим и совершенно непрофессиональным способом, который был уже известен Бальдини, а именно смешивая ингредиенты, казалось бы, наобум, в диком беспорядке. Чтобы не то что контролировать, но хотя бы понять это безумие, Бальдини однажды потребовал от Гренуя при составлении смесей пользоваться, пусть без всякой надобности, весами, пипеткой и мензуркой; пусть он впредь привыкает считать винный спирт не ароматическим веществом, а растворителем, который следует добавлять в последнюю очередь; и наконец, пусть он, Бога ради, действует медленно, обстоятельно и медленно, как принято среди парфюмеров.

Гренуй выполнил приказание. И впервые Бальдини смог проследить и задокументировать отдельные операции этого колдовства. Он усаживался рядом с Гренуем, вооружившись пером и бумагой, и записывал, постоянно призывая к неторопливости, сколько граммов того, сколько щепоток этого, сколько капель какого-то третьего ингредиента отправлялось в смеситель. Таким вот странным образом, а именно задним числом анализируя процесс с помощью тех средств, без применения которых он, собственно, вообще не мог иметь места, Бальдини в конце концов добивался обладания синтетическим рецептом. Как мог Гренуй без такого рецепта смешивать свои ароматические составы, оставалось для Бальдини загадкой и даже чудом, но теперь он по крайней мере свел чудо к формуле и тем самым несколько утолил свою жажду к классификации и предохранил свое парфюмеристическое мировоззрение от полного краха.

Он все выманивал и выманивал у Гренуя рецептуры ароматов, которые тот изобретал, и наконец даже запретил ему смешивать новые благовония, пока он, Бальдини, не явится с пером и бумагой, чтобы, как Аргус, следить за процессом и шаг за шагом документировать его.

Свои заметки — скоро набралось много десятков формул — он потом педантично переписывал четким почерком в две разные книжечки, из коих одну запер в своем несгораемом шкафу, а другую постоянно носил с собой и на ночь клал под подушку. Это придавало ему уверенности. Ибо теперь он смог бы, если бы захотел, сам воспроизвести чудеса Гренуя, которые так глубоко потрясли его, когда он впервые стал их свидетелем. Он полагал, что коллекция записанных им формул сможет поставить преграду ужасающему творческому хаосу, потоком извергавшемуся из самого нутра его ученика. А то обстоятельство, что он уже не просто записывал в тупом изумлении, но, наблюдая и регистрируя, принимал участие в творческих актах, действовало на Бальдини успокоительно и укрепляло его самоуверенность. Спустя некоторое время он даже сам поверил, что внес весьма существенный вклад в создание изысканных ароматов. И, сначала занося их в свои книжечки, а потом пряча в сейфе и на груди, он уже вообще не сомневался, что теперь они полностью его собственные.

Но и Гренуй извлекал выгоду из дисциплинирующей процедуры, навязанной ему Бальдини. Сам-то он, правда, в ней не нуждался. Ему никогда не требовалось сверяться со старой формулой, чтобы через несколько недель или месяцев реконструировать состав духов, потому что он никогда не забывал запахов. Но благодаря обязательному применению мензурок и весов он изучил язык парфюмерии и инстинктивно чувствовал, что знание этого языка могло ему пригодиться. Через пару недель Гренуй не только овладел названиями всех ароматических веществ, имевшихся в мастерской Бальдини, но и научился самостоятельно записывать формулы своих духов и, наоборот, превращать чужие формулы и инструкции в духи и прочие пахучие изделия. Более того! Научившись выражать свои парфюмерные замыслы в граммах и каплях, он стал обходиться без всяких промежуточных проб. Когда Бальдини поручал ему составить новый запах, скажем, для ароматизации носовых платков, для сухих духов или румян, Гренуй больше не хватался за флаконы и порошки, а просто садился за стол и тут же записывал формулу. Он научился удлинять путь от своего внутреннего обонятельного представления к готовому продукту за счет изготовления формулы. Для него это был окольный путь. С общепринятой точки зрения, то есть с точки зрения Бальдини, это, однако, был прогресс. Чудеса Гренуя оставались чудесами. Но рецептура, которой он их теперь снабжал, лишала их пугающего ореола, и это имело свои преимущества. Чем лучше Гренуй овладевал профессиональными приемами и методами, чем нормальнее он умел изъясняться на условном языке парфюмерии, тем меньше опасался и подозревал его хозяин. Вскоре Бальдини стал считать его человеком хоть и весьма одаренным в смысле обоняния, но отнюдь не вторым Франжипани и, уж конечно, не каким-то жутким колдуном, а Греную это было только на руку. Ремесленные навыки и жаргон служили ему великолепной маскировкой. Он прямо-таки убаюкивал Бальдини своим примерным соблюдением правил для взвешивания добавок, при встряхивании смесителя, при смачивании белого пробного платочка. Он умел расправлять его почти так же манерно, проводить под носом почти так же элегантно, как сам хозяин. А при случае, осторожно дозируя интервалы времени, он совершал ошибки, рассчитанные на то, чтобы Бальдини их заметил: забывал что-то профильтровать, неправильно устанавливал весы, вписывал в формулу нелепо высокий процент амбры и давал повод указать себе на ошибку, чтобы потом исправить ее тщательнейшим образом. Так ему удалось убаюкать Бальдини в иллюзии, что в конце концов все идет по правилам и праведным путем. Он же не хотел отпугнуть старика. Он же хотел действительно у него научиться. Не составлению духов, не правильной композиции того или иного аромата, отнюдь нет! В этой области не было никого в мире, кто мог бы обучить его чему бы то ни было. Ингредиентов, имевшихся в лавке у Бальдини, далеко не хватило бы для реализации его представлений о действительно великом благовонии. Те запахи, которые он мог составить у Бальдини, были детской забавой по сравнению с теми, которые он носил в себе и собирался реализовать когда-нибудь в будущем. Но для этого, он знал, требовалось два непременных условия. Во-первых, видимость сносного существования, хотя бы положение подмастерья, под прикрытием которого он мог бы безудержно предаваться своим собственным страстям и без помех преследовать свои собственные цели. Во-вторых, знание тех приемов ремесла, которые позволяли бы изготовлять, выделять, концентрировать, консервировать ароматические вещества и тем самым в принципе предоставлять их в его распоряжение для некоего высшего применения. Ибо, хотя Гренуй действительно обладал лучшим в мире носом, хотя его обоняние было настолько же аналитичным, насколько визионерским, он еще не умел физически овладевать запахами.

18

Итак, он с готовностью подчинялся инструкциям, осваивая искусство варки мыла из свиного сала, шитья перчаток из замши, смешивания пудры из пшеничной муки, и миндальных отрубей, и толченого фиалкового корня. Он катал ароматные свечи из древесного угля, селитры и стружки сандалового дерева. Он прессовал восточные пастилки из мирры, бензойной смолы и янтарного порошка. Он замешивал в тесто ладан, шеллак, ветиверию и корицу и скатывал из него курительные шарики. Он просеивал и растирал шпателем Poudre impériale из размельченных розовых лепестков, цветков лаванды и каскарильной коры. Он варил грим, белый и венозно-голубой, и формовал жирные палочки, карминно-красные, для губ. Он разводил водой тончайшие порошки для ногтей и разные сорта мела для зубов, с привкусом мяты. Он составлял жидкость для завивки париков, капли для сведения бородавок и мозолей, отбеливатель для кожи и вытяжку белладонны для глаз, мазь из шпанских мушек для кавалеров и гигиенический уксус для дам... Гренуй научился изготовлению всех лосьончиков и порошочков, туалетных и косметических составчиков, а кроме того, чайных смесей, смесей пряностей, ликеров, маринадов и прочего — короче, он усвоил всю традиционную премудрость, какую смог преподать ему Бальдини, хотя и без особого интереса, но безропотно и вполне успешно.

Зато он проявлял особенное рвение, когда Бальдини инструктировал его по части приготовления тинктур, вытяжек и эссенций. Не зная усталости, он давил в винтовом прессе ядра горького миндаля, толок мускусное семя, или рубил сечкой серый комок амбры, или щипал фиалковый корень, чтобы затем настаивать стружку на чистейшем спирту. Он научился пользоваться разделительной воронкой, чтобы отделять чистое масло выжатых лимонных корок от мутного остатка. Он научился высушивать травы и цветы — на решетках в тени и тепле — и консервировать шуршащую листву в запечатанных воском горшках и шкатулках. Он овладел искусством вываривать помады, изготовлять настои, фильтровать, концентрировать, осветлять и делать вытяжки.

Правда, мастерская Бальдини не была рассчитана на оптовое производство цветочных и травяных масел. Да и в Париже вряд ли нашлось бы необходимое количество свежих растений. Но иногда, когда розмарин, шалфей, мяту или семена аниса можно было дешево купить на рынке или когда поступали довольно крупные партии клубней ириса, или марьина корня, тмина, мускатного ореха, или сухих цветов гвоздики, в Бальдини просыпался азарт алхимика, и он вытаскивал свой большой медный перегонный куб с насаженным на него конденсаторным ковшом. Он называл это «головой мавра» и гордился тем, что сорок лет назад на южных склонах Лигурии и высотах Люберона он в чистом поле дистиллировал с его помощью лаванду. И пока Гренуй размельчал предназначенный для перегонки товар, Бальдини в лихорадочной спешке — ибо быстрота обработки есть альфа и омега этого дела — разводил огонь в каменной печи, куда ставил медный котел с довольно большим количеством воды. Он бросал туда разрубленные на части растения, насаживал на патрубок двустенную крышку — «голову мавра» — и подключал два небольших шланга для вытекающей и втекающей воды. Эта изощренная конструкция для охлаждения конденсата, объяснял он, была встроена им позже, ибо в свое время, работая в поле, он, разумеется, добивался охлаждения просто с помощью ветра. Затем он раздувал огонь.

Содержимое куба постепенно закипало. И через некоторое время сперва колеблющимися каплями, потом нитеобразной струйкой дистиллят вытекал из третьей трубки «головы мавра» во флорентийский сосуд, подставленный Бальдини. Сначала он выглядел весьма невзрачно, как жидкий мутный суп. Но постепенно, особенно после того как наполненная фляга заменялась на новую и спокойно отставлялась в сторону, эта гуща разделялась на две различные жидкости: внизу отстаивалась цветочная или травяная вода, а сверху плавал толстый слой масла. Теперь оставалось только осторожно, через нижнее горлышко флорентийского сосуда, слить нежно-благоухающую цветочную воду и получить в остатке чистое масло, эссенцию, сильно пахнущую сущность растения.

Гренуй был заворожен этим процессом. Если когда-нибудь в жизни что-нибудь вызывало в нем восторг — конечно, внешне никак не проявляемый, но скрытый, горящий холодным пламенем восторг, — то именно этот способ при помощи огня, воды и пара и хитроумной аппаратуры вырывать у вещей их благоуханную душу. Ведь благоуханная душа — эфирное масло — была самым лучшим в них, единственным, что его в них интересовало. Пошлый остаток: цветы, листья, кожура, плоды, краски, красота, живость и прочий лишний хлам — его не заботил. Это была только оболочка, балласт. Это шло на выброс.

Время от времени, по мере того как дистиллят становился водянисто-прозрачным, они снимали чан с огня, открывали его и вытряхивали жижу. Она была бесформенной и бесцветной, как размягченная солома, как кости маленьких птиц, как переваренные овощи, блеклой и волокнистой, слякотной, едва узнаваемой, омерзительно-трупной и почти совершенно лишенной собственного запаха. Они выбрасывали ее через окно в реку. Затем доставали новые свежие растения, доливали воду и снова ставили перегонный куб на огонь. И снова в нем начинало кипеть, и снова жизненный сок растений стекал во флорентийские сосуды. Часто это продолжалось всю ночь напролет. Бальдини следил за печью, Гренуй не спускал глаз со струи — больше ему нечего было делать до момента смены сосудов.

Они сидели у огня на табуретах, в плену у неуклюжего агрегата, оба привороженные, хоть и по совершенно разным причинам. Бальдини наслаждался горением огня и красными отблесками пламени на меди, ему нравилось потрескивание дров и бульканье перегонного куба, потому что это было как прежде. И можно было предаваться грезам! Он приносил из лавки бутылку вина, так как жара вызывала у него жажду, а пить вино — это тоже было как прежде. И он начинал рассказывать истории, бесконечные истории о том, что было прежде. О войне за испанское наследство, на исход которой он существенно повлиял, сражаясь против австрияков, о партизанах, с которыми он наводил страх на Севенны, о дочери одного гугенота в Эстереле, которая отдалась ему, опьянившись ароматом лаванды; о лесном пожаре, который он чуть было тогда не устроил и который охватил бы весь Прованс, ей-богу, ей-богу, охватил бы, тем более что дул сильнейший мистраль; и он рассказывал о дистилляции, снова и снова о том, что было тогда, ночью в чистом поле, при свете луны, о вине и стрекоте цикад, о лавандовом масле, которое он тогда изготовил, таком изысканном и пахучем, что его брали у него на вес серебра; о своей учебе в Генуе, о годах странствий и о городе Грасе, где парфюмеров столько, сколько в других местах сапожников, а среди них есть такие богатые, что они живут как князья, в роскошных домах с тенистыми садами и террасами, и едят в столовых, обшитых деревянными панелями, едят с фарфоровых тарелок золотыми вилками и ножами и так далее...

Такие-то истории рассказывал старый Бальдини за бокалом вина, и от вина, и от пламени, и от упоения своими собственными историями его щеки начинали пылать как огонь. Но Гренуй, который больше держался в тени, совсем его не слушал. Его не интересовали никакие старые истории, его интересовало лишь то, что происходило у него на глазах. Он не отрываясь глядел на трубочку в пробке перегонного куба, из которой тонкой струйкой бежал дистиллят. И, глядя на него, он воображал самого себя таким вот перегонным кубом, где все кипит и клокочет и откуда тоже вытекает дистиллят, только еще лучше, новее, необычнее, дистиллят тех изысканных растений, которые он сам вывел внутри себя, которые цвели там, доступные лишь его обонянию, и которые могли бы своим дивным ароматом преобразить весь мир в благоуханный Эдем, где его пребывание стало бы — обонятельно — в какой-то мере сносным. Быть большим перегонным кубом, откуда изливались бы на весь мир созданные им дистилляты, — вот каким грезам предавался Гренуй.

Но если Бальдини, разгоряченный вином, все больше увязал в пространных историях о том, как оно было раньше, и все безоглядней погружался в туманные грезы, Гренуй скоро запретил себе предаваться необузданным фантазиям. Для начала он выбросил из головы образ большого перегонного куба, а вместо этого стал размышлять, каким образом использовать свои недавно приобретенные познания для ближайших целей.

Прошло немного времени, и он стал специалистом в ремесле перегонки. Он обнаружил — и его нос помог ему в этом больше, чем правила и наставления Бальдини, — что жар огня оказывает решающее влияние на качество получаемого дистиллята. Каждое растение, каждый цветок, каждый сорт древесины и каждый плод требовал особой процедуры. Иногда приходится создавать мощнейшее парообразование, иногда — лишь умеренно сильное кипение, а некоторые цветы отдают свой лучший аромат, только если заставить их потеть на самом маленьком пламени.

Не менее важным был и сам процесс приготовления. Мяту и лаванду можно было обрабатывать целыми охапками. Андрееву траву нужно было тщательно перебрать, растрепать, порубить, нашинковать, растолочь и даже измельчить в муку, прежде чем положить в медный чан. Но кое-что вообще не поддавалось перегонке, и это вызывало у Гренуя чрезвычайную досаду.

Увидев, как уверенно Гренуй обращается с аппаратурой, Бальдини предоставил перегонный куб в его полное распоряжение, и Гренуй не замедлил воспользоваться этой свободой. Целыми днями он составлял духи и изготавливал прочие ароматные и пряные продукты, а по ночам занимался исключительно таинственным искусством перегонки. Его план заключался в том, чтобы изготовить совершенно новые пахучие вещества и с их помощью создать хотя бы некоторые из тех ароматов, которые он носил в своем воображении. Поначалу он добился кое-каких успехов. Ему удалось изготовить масло из крапивы и семян кресс-салата и туалетную воду из свежесодранной коры бузины и ветвей тиса.

Правда, дистилляты по своему аромату почти не напоминали исходных веществ, но все же были достаточно интересны для дальнейшей переработки. Впрочем, потом попадались вещества, для которых этот способ совершенно не годился. Например, Гренуй попытался дистиллировать запах стекла, глинисто-прохладный запах гладкого стекла, который обычный человек совершенно не воспринимает. Гренуй раздобыл оконное стекло и обрабатывал его в больших кусках, в обломках, в осколках, в виде пыли — без малейшего успеха. Он дистиллировал латунь, фарфор и кожу, зерно и гравий. Просто землю. Кровь, и дерево, и свежую рыбу. Свои собственные волосы. Наконец, он дистиллировал даже воду, воду из Сены, потому что ему казалось, что ее своеобразный запах стоит сохранить. Он думал, что с помощью перегонного куба он мог бы извлечь из этих веществ их особый аромат, как извлекал его из чабреца, лаванды и семян тмина. Ведь он не знал, что возгонка есть не что иное, как способ разложения смешанных субстанций на их летучие и нелетучие составные части, и что для парфюмерии она полезна лишь постольку, поскольку может отделить летучие эфирные масла некоторых растений от их не имеющих запаха или слабо пахнущих остатков. Для субстанций, лишенных этих эфирных масел, подобный метод дистилляции, разумеется, бессмыслен. Нам, современным людям, изучавшим физику, это сразу ясно. Однако Гренуй пришел к этому выводу ценой огромных усилий после длинного ряда разочаровывающих опытов. Месяцами он просиживал у куба ночи напролет и всеми мыслимыми способами пытался путем перегонки произвести абсолютно новые ароматы, ароматы, которых до сих пор не бывало на земле в концентрированном виде. И ничего из этого не получилось, кроме нескольких жалких растительных масел. Из глубокого, неизмеримо богатого колодца своего воображения он не извлек ни единой капли конкретной ароматической эссенции, из всего, что мерещилось его фантастическому обонянию, он не смог реализовать ни единого атома.

Когда он осознал, что потерпел полное поражение, он прекратил опыты и заболел так, что чуть не умер.

20

У него начался сильный жар, который в первые дни сопровождался испариной, а потом, когда отказали кожные поры, по всему телу пошли бесчисленные нарывы. Эти красные волдыри усыпали его с ног до головы. Некоторые из них лопались и извергали свое водянистое содержимое, чтобы затем вздуться снова. Другие распухали до размеров настоящих фурункулов, набухали, багровели и разверзались, как кратеры, сочась мерзким гноем и источая расцвеченную желтыми потеками кровь. Вскоре Гренуй стал похож на мученика, продырявленного камнями изнутри и изнемогающего от сотни гнойных ран.

Бальдини, конечно, встревожился. Ему было бы весьма неприятно потерять драгоценного ученика как раз в тот момент, когда он собрался расширить свою торговлю за пределы города и даже всей страны. И то сказать, не только из провинции, но и из-за границы, от лиц, приближенных ко двору, все чаще поступали заказы на те новомодные ароматы, которые сводили с ума Париж; и Бальдини носился с мыслью для удовлетворения этого спроса основать филиал в Сент-Антуанском предместье, настоящую маленькую мануфактуру, откуда самые ходовые ароматы, смешанные en gros[1], разлитые в прелестные маленькие флакончики и упакованные прелестными маленькими девочками, будут рассылаться в Голландию, Англию и Германскую империю. Правда, подобное предприятие было бы не вполне законным для осевшего в Париже ремесленника, но ведь с недавних пор Бальдини пользовался высоким покровительством, каковым он был обязан своим рафинированным духам; покровительствовал Бальдини не только Интендант, но и столь влиятельные особы, как господин Смотритель таможни Парижа или Член королевского финансового кабинета и поощритель экономически процветающих предприятий господин Фейдо де Бру. Этот последний даже намекал на возможность получения королевской привилегии — лучшее, о чем вообще можно было мечтать: ведь она позволяла обходить все государственные и цеховые препоны, означала конец всем затруднениям в делах и заботам и вечную гарантию надежного, неуязвимого благосостояния.

А кроме того, был и еще один план, который вынашивал Бальдини, его любимая идея, некий

---

[1] Оптом (*фр.*).

антипод проекту мануфактуры в Сент-Антуанском предместье, — производство товара пусть не массового, но все же доступного в лавке для любого и каждого.

Он хотел бы создать персональные духи для избранного числа высокой и высочайшей клиентуры: духи, как сшитые по мерке платья, подходили бы только к одной особе, только эта особа имела бы право пользоваться ими и давать им свое светлейшее имя. Он представлял себе духи «Маркиза де Серней», «Маршал де Вийар», «Герцог д'Эгийон» и т. д. Он мечтал о духах «Мадам маркиза де Помпадур» и даже о духах «Его Величество Король» в изящном граненом агатовом флаконе и оправе золотой чеканки, а на внутренней стороне донышка будет выгравирована скромная подпись: «Джузеппе Бальдини, парфюмер». Королевское имя и его собственное имя на одном и том же предмете. Вот в какие великолепные высоты воспарила фантазия Бальдини! И вдруг Гренуй заболевает. А ведь Грималь, царство ему небесное, клялся и божился, что парень никогда не болеет, что ему все нипочем, что даже чума его не берет. А он взял и ни с того ни с сего захворал чуть ли не смертельно. А если он помрет? Ужасно! Тогда вместе с ним погибнут все мечты о мануфактурах, прелестных маленьких девочках, привилегии и духах Короля.

Поэтому Бальдини решил предпринять все возможное для спасения дорогой жизни своего ученика. Он велел переселить его с нар в мастерской на верхний этаж дома, в чистую постель. Он приказал обтянуть постель дамастом. Он собственноручно помогал заносить наверх узкий топчан, хотя его невыносимо тошнило при виде волдырей и гноящихся чирьев. Он приказал жене готовить для больного куриный бульон с вином. Он пригласил самого лучшего в квартале врача, некоего Прокопа, которому полагалось платить вперед — двадцать франков! — только за согласие на визит.

Доктор пришел, приподнял острыми пальцами простыню, бросил один-единственный взгляд на тело Гренуя, действительно выглядевшее так, словно его прострелили сто пуль, и покинул комнату, даже не открыв своей сумки, которую неотступно таскал за ним помощник. Случай совершенно ясен, заявил он Бальдини. Речь идет о сифилитической разновидности черной оспы с примесью гнойной кори in stadio ultimo[1]. Лечение бесполезно уже потому, что нельзя как положено произвести кровопускание: отсос не удержится в разлагающемся теле, похожем скорее на труп, чем на живой организм. И хотя характерный для течения этой болезни чумной запах еще не ощущается — что само по себе удивительно и с научной точки зрения представляет некоторый курьез, — нет ни малейшего сомнения в смертельном исходе в течение ближайших сорока восьми часов. Это столь же несомненно, как то, что его зовут доктор Прокоп. Затем он еще раз потребовал гонорар в двадцать франков за нанесенный визит и поставленный диагноз — из них он обещал вернуть пять франков в случае, если ему отдадут труп с классической симптоматикой для демонстрационных целей — и откланялся.

Бальдини был вне себя. Он вопил и стенал от отчаяния. В гневе на судьбу он кусал себе пальцы.

---

[1] В последней стадии (*лат.*).

Опять пошли насмарку все планы очень, очень крупного успеха, а цель была так близка. В свое время ему помешали Пелисье и слишком уж изобретательные собратья по цеху. А теперь вот этот парень с его неисчерпаемым запасом новых запахов, этот маленький говнюк, которого нельзя оценить даже на вес золота, умудрился как раз сейчас, когда дело так удачно расширяется, подцепить сифилитическую оспу и гнойную корь in stadio ultimo! Почему не через два года? Почему не через год? До тех пор его можно было бы вычерпать до дна, как серебряный рудник, как золотого осла. И пусть себе спокойно помирает. Так нет же! Он помирает теперь, будь он трижды неладен, помрет через сорок восемь часов!

Какой-то короткий момент Бальдини подумывал о том, чтобы отправиться в паломничество через реку, в Нотр-Дам, поставить свечу и вымолить у Святой Божией Матери выздоровление для Гренуя. Но потом он отказался от этой мысли, потому что времени было в обрез. Он сбегал за чернилами и бумагой и прогнал жену из комнаты больного. Он сказал, что подежурит сам. Потом уселся на стул у кровати, с листками для записей на коленях и обмакнутым в чернила пером в руке, и попытался подвигнуть Гренуя на парфюмерическую исповедь. Пусть он Бога ради не молчит, не забирает в могилу сокровища, которые носит в себе! Пусть не молчит. Теперь, в последние часы, он должен передать в надежные руки завещание, дабы не лишать потомков лучших ароматов всех времен! Он, Бальдини, надежно распорядится этим завещанием, этим каноном формул всех самых возвышенных ароматов, которые когда-либо существовали на свете, он добьется их признания. Он доставит имени Гренуя бессмертную славу, он клянется всеми святыми, что лучший из этих ароматов он положит к ногам самого короля, в агатовом флаконе и чеканном золоте с выгравированным посвящением «От Жан-Батиста Гренуя, парфюмера в Париже». Так говорил или, скорее, так шептал Бальдини в ухо Гренyю, неутомимо заклиная, умоляя и льстя.

Но все было напрасно. Гренуй не выдавал ничего, кроме разве что беловатой слизи и кровавого гноя. Он молча лежал на дамастовом полотне и извергал из себя эти отвратительные соки, но отнюдь не свои сокровища, не свои знания, он не назвал ни единой формулы хоть какого-то аромата. Бальдини хотелось задушить его, избить, он готов был вышибить из тщедушного тела драгоценные тайны, если б имел хоть малейшие шансы на успех... И если б это столь вопиющим образом не противоречило его представлению о христианской любви к ближнему.

И так он всю ночь напролет сюсюкал и сладко разливался соловьем. Преодолевая ужасное отвращение, он суетился вокруг больного, обкладывал мокрыми полотенцами его покрытый испариной лоб и воспаленные вулканы язв и поил с ложечки вином, чтобы заставить его ворочать языком, — напрасно. К рассвету он изнемог и сдался. Сидя в кресле на другом конце комнаты, испытывая даже не гнев, а тихое отчаяние, он не отрываясь глядел на постель, где умирало маленькое тело Гренуя, которого он не мог ни спасти, ни ограбить: из него нельзя было больше ничего выкачать и можно было лишь бессильно наблюдать его гибель. Бальдини чувствовал себя капитаном, на глазах которого терпит крушение корабль, увлекая с собой в бездну все его богатство.

И тут вдруг губы смертельно больного открылись, и он спросил ясным и твердым голосом, в котором почти не ощущалось предстоящей гибели:

— Скажите, мэтр, есть ли другие средства, кроме выжимки и перегонки, чтобы получить аромат из какого-то тела?

Бальдини показалось, что этот голос прозвучал в его воображении или из потустороннего мира, и он ответил механически:

— Да, есть.

— Какие? — снова прозвучал вопрос, и на этот раз Бальдини заметил движение губ Гренуя. Вот и все, подумал он. Теперь всему конец, это горячка или агония. И он встал, подошел к кровати и наклонился над больным. Тот лежал с открытыми глазами и глядел на Бальдини таким же настороженным, неподвижным взглядом, как и в первую их встречу. — Какие? — спросил он.

Бальдини очнулся, подавил свое раздражение — нельзя же отказывать умирающему в исполнении предсмертной просьбы — и ответил:

— Есть три таких способа, сын мой: enfleurage à chaud, enfleurage à froid и enfleurage à l'huile[1]. Они во многом превосходят дистилляцию, и их используют для получения самых тонких ароматов: жасмина, розы и апельсинового цвета.

— Где? — спросил Гренуй.

— На юге, — ответил Бальдини. — Прежде всего в городе Грасе.

— Хорошо, — сказал Гренуй.

---

[1] Горячий, холодный и масляный анфлераж (фр.).

И с этими словами он закрыл глаза. Бальдини медленно поднялся. Он собрал свои листки для записей, на которых не было написано ни строчки, и задул свечу. На улице уже рассвело. Бальдини еле держался на ногах от усталости. Надо бы позвать священника, подумал он. Потом машинально перекрестился и вышел.

Гренуй, однако, не умер. Он только очень крепко спал, погрузившись в грезы и втягивая в себя назад свои соки. Волдыри на его коже уже начали подсыхать, гнойные кратеры затягиваться пленкой, язвы закрываться. Через неделю он выздоровел.

21

Больше всего ему хотелось бы уехать на юг, туда, где можно изучить новые технические приемы, о которых рассказал старик. Но об этом, конечно, не стоило и мечтать. Ведь он всего лишь ученик, то есть никто. Строго говоря, объяснил ему Бальдини, преодолев первый приступ радости по поводу воскресения Гренуя, строго говоря, он был даже меньше чем ничто, ибо порядочный ученик должен иметь безупречное происхождение, а именно состоящих в законном браке родителей, родственников в сословии и договор с мастером об обучении. А Гренуй ничем таким не обладал. И если он, Бальдини, все-таки соглашается помочь ему в один прекрасный день стать подмастерьем, то сделает это лишь при условии безупречного поведения Гренуя в будущем и из снисхождения к его незаурядному дарованию. Хотя он, Бальдини, часто страдал из-за своей бесконечной доброты, которую не в силах был превозмочь.

Разумеется, чтобы выполнить обещание, его доброте потребовался изрядный срок — а именно целых три года. За это время Бальдини с помощью Гренуя осуществил свои возвышенные грезы. Он основал мануфактуру в Сент-Антуанском предместье, пробился со своими изысканными духами в придворные парфюмеры, получил королевскую привилегию. Его тонкие благовония нашли сбыт повсюду, вплоть до Петербурга, до Палермо, до Копенгагена. Один сорт, с мускусным оттенком, шел нарасхват в Константинополе, а там и собственных ароматических изделий, видит Бог, хватало. В элегантных конторах лондонского Сити запах Бальдиниевых духов держался так же стойко, как и при Пармском дворе, варшавский Замок пропитался ими так же, как и усадьба графа фон унд цур Липпе-Детмольда. Семидесятилетний Бальдини, примирившийся было с перспективой провести свою старость в горькой нищете под Мессиной, возвысился до положения бесспорно величайшего парфюмера Европы и одного из самых богатых буржуа в Париже.

В начале 1756 года — к тому времени он обставил еще один дом рядом со старым на мосту Менял, предназначив его только для жилья, потому что старый буквально до чердака был битком набит ароматическими веществами и специями — он сообщил Греную, что теперь согласен отпустить его, впрочем на трех условиях: во-первых, тот не имел права впредь ни изготовлять никаких духов, возникших под кровом Бальдини, ни передавать их формул третьим лицам; во-вторых, он должен покинуть Париж и не возвращаться туда, пока жив Бальдини; и, в третьих, он должен хранить абсолютное молчание о двух первых условиях. Пусть он поклянется в этом всеми святыми, бедной душой своей матери и собственной честью.

Гренуй, который не имел никакой чести, не верил в святых, а уж тем более в бедную душу своей матери, поклялся. Он поклялся бы всем. Он принял бы любое условие Бальдини, так как ему необходима была грамота подмастерья — она давала ему возможность незаметно жить, путешествовать без помех и устроиться на работу. Остальное было ему безразлично. Да и что это за условия! Не возвращаться в Париж? Зачем ему Париж! Он знал его наизусть до самого последнего вонючего угла, он повсюду носил его с собой, он владел Парижем уже много лет подряд. Не изготовлять Бальдиниевых модных духов? Не передавать формул? Как будто он не может изобрести тысячу других, таких же хороших, еще лучших, — стоит лишь захотеть! Но он же вовсе этого не хотел. Он же не собирался конкурировать с Бальдини или с любым другим из буржуазных парфюмеров. Он и не думал делать большие деньги на своем искусстве, он даже не хотел зарабатывать им на жизнь, если сможет жить по-другому. Он хотел выразить вовне свое внутреннее «я», не что иное, как свое внутреннее «я», которое считал более стоящим, чем все, что мог предложить внешний мир. И потому условия Бальдини для Гренуя не значили ничего.

Весной, ранним майским утром, он отправился в путь. Он получил от Бальдини маленький рюкзак, вторую рубашку, пару чулок, большое кольцо колбасы, конскую попону и двадцать пять франков.

Это значительно больше, чем положено, сказал Бальдини, поскольку Гренуй приобрел у него глубокое образование, за которое не уплатил ни гроша. Положено давать два франка на дорогу, больше ничего. Но он, Бальдини, не в силах справиться со своей добротой и с той глубокой симпатией, которая за эти годы накопилась в его сердце к славному Жан-Батисту. Он желает ему удачи в его странствиях и еще раз настоятельно призывает не забывать своей клятвы. С этими словами он проводил его до черного хода, где некогда его встретил, и отпустил на все четыре стороны.

Руки он ему не подал, так далеко его симпатия не простиралась. Он ему никогда так и не протянул руки. Он вообще всегда избегал прикасаться к нему, испытывая нечто вроде благоговейного отвращения, словно боялся заразиться, осквернить себя. Он лишь коротко попрощался. А Гренуй кивнул и отвернулся и пошел прочь. На улице не было ни души.

22

Бальдини смотрел ему вслед, пока он ковылял вниз по мосту к Острову, маленький, скрюченный, с рюкзаком, похожим на горб; со спины он выглядел как старик. На той стороне реки, у здания Парламента, где переулок делает поворот, Бальдини потерял его из виду и испытал чрезвычайное облегчение.

Этот парень никогда ему не нравился, никогда, теперь он мог наконец себе в этом признаться. Все время, пока он терпел его под своей крышей, пока он его грабил, у него было нехорошо на душе. Он чувствовал себя человеком безупречной нравственности, который впервые совершает нечто запретное, играет в какую-то игру недозволенными средствами. Конечно, риск разоблачения был ничтожным, а шансы на успех — огромными; но столь же велика была и нервозность, и муки совести. И в самом деле, в течение всех этих лет не проходило дня, когда бы его не преследовала неприятная мысль, что каким-то образом ему придется расплачиваться за то, что он связался с этим человеком. «Только бы пронесло! — снова и снова боязливо молился он. — Только бы мне удалось воспользоваться успехом этой отчаянной авантюры, не оплачивая ее непомерными процентами с барыша! Только бы удалось! Вообще-то, я поступаю дурно, но Господь посмотрит на это сквозь пальцы, конечно, Он так и сделает! В течение всей моей жизни Он достаточно часто испытывал меня, без всякого права, так что будет только справедливо, если на сей раз Он проявит снисходительность. Да и в чем мое преступление, если это вообще преступление? Самое большее — в том, что я несколько нарушил устав цеха, эксплуатируя чудесную одаренность какого-то неуча и выдавая его способности за мои собственные. Самое большее — в том, что я слегка сбился с пути традиционной ремесленной добродетели. Самое большее — в том, что сегодня я совершаю то, что вчера еще проклинал. Разве это преступление? Другие всю жизнь обманывают. А я немного жульничал всего несколько лет. Да и то потому, что подвернулся такой небывалый случай. Может, и случая не было, может, сам Господь послал ко мне в дом этого волшебника, чтобы вознаградить меня за унижения, которые я претерпел от Пелисье и его сообщников. Может, кара Божия ожидает вовсе не меня, а Пелисье! Это весьма и весьма возможно! А чем же еще Господь сумел бы покарать Пелисье, как не моим возвышением? Следовательно, мое счастье есть орудие промысла Божия, и я не только имею право, я обязан его принять как таковое, без стыда и раскаяния...»

Так зачастую размышлял Бальдини в прошедшие годы, по утрам, спускаясь по узкой лестнице в лавку, по вечерам, поднимаясь наверх с содержимым кассы и пересчитывая тяжелые золотые и серебряные монеты в своем сундуке, и по ночам, лежа рядом с храпящим скелетом супруги и будучи не в силах уснуть просто от страха за свое счастье.

Но теперь наконец мрачные мысли исчезнут. Жуткий гость ушел и не вернется никогда. А богатство осталось, и будущее было обеспечено. Бальдини положил руку на грудь и под тканью сюртука нащупал на сердце маленькую книжицу. В ней были записаны шестьсот формул — больше, чем когда-либо смогли бы реализовать целые поколения парфюмеров. Если сегодня он потеряет все, то только с помощью этой чудесной книжицы в течение одного года он снова разбогатеет. Воистину можно ли требовать большего!

Утреннее солнце, отражаясь в черепичных крышах домов на противоположной стороне, бросало теплый желтый свет на его лицо. Бальдини все еще смотрел на улицу, ведущую на юг, к дворцу Парламента, — как все-таки приятно, что Гренуя и след простыл! — и его переполняло чувство благодарности. Он решил, что сегодня же совершит паломничество на другой берег, в Нотр-Дам, бросит золотую монету в церковную кружку, затеплит три свечи и на коленях возблагодарит Господа, пославшего ему столько счастья и избавившего от возмездия.

Но потом ему что-то опять глупейшим образом помешало, потому что пополудни, когда он совсем уж собрался идти в церковь, разнесся слух, что англичане объявили войну Франции. Само по себе это не слишком его обеспокоило. Но поскольку как раз на днях он хотел отправить в Лондон партию духов, он отложил посещение храма, вместо этого он пошел в город разузнать новости, а оттуда на свою мануфактуру в Сент-Антуанском предместье, чтобы на всякий случай задержать отправку лондонской партии товара. Ночью в постели перед сном ему пришла в голову гениальная идея: ввиду предстоящих боевых действий в войне за колонии Нового Света ввести в моду духи под названием «Гордость Квебека» с терпким героическим ароматом, успех которых — он ничуть в этом не сомневался — возместит ему убытки от несостоявшейся английской сделки. С такими сладкими мыслями в своей старой глупой голове, которую он с облегчением откинул на подушку, с удовольствием ощущая под ней твердость книжицы с формулами, мэтр Бальдини заснул, чтобы никогда больше не проснуться.

Дело в том, что ночью произошла небольшая катастрофа, каковая спустя приличествующее случаю время дала повод королю издать приказ о постепенном сносе всех домов на всех мостах города Парижа: без видимой причины обвалился мост Менял — с западной стороны между третьей и четвертой опорой. Два дома обрушились в реку так стремительно и внезапно, что никого из обитателей нельзя было спасти. К счастью, погибло всего два человека, а именно Джузеппе Бальдини и его жена Тереза. Прислуга дома не ночевала — кого отпустили, а кто отлучился самовольно. Шенье, который лишь под утро в легком подпитии явился домой — точнее, хотел явиться, потому что дома-то уже не было, — пережил нервный шок. Он тридцать лет подряд лелеял надежду, что Бальдини, не имевший ни детей, ни родственников, составит завещание в его пользу. И вот все исчезло в один миг — все наследство целиком, дом, фирма, сырье, мастерская, сам Бальдини — и даже само завещание, в котором, вероятно, был пункт о собственности на мануфактуру!

Найти не удалось ничего — ни трупов, ни сундука с деньгами, ни книжицы с шестьюстами формулами. Единственное, что осталось от Джузеппе Бальдини, лучшего парфюмера Европы, был смешанный запах мускуса, корицы, уксуса, лаванды и тысячи других веществ, который еще много недель плыл по течению Сены от Парижа до Гавра.

ЧАСТЬ ВТОРАЯ

23

В то время, когда обрушился дом Джузеппе Бальдини, Гренуй находился на пути в Орлеан. Он
оставил за собой кольцо испарений большого города, и с каждым шагом, по мере удаления от Парижа, воздух вокруг него становился яснее, свежее
и чище. Одновременно он терял насыщенность. В
нем перестали с бешеной скоростью на каждом
метре вытеснять друг друга сотни, тысячи различных запахов, но те немногие, которые были —
запахи дорожной пыли, лугов, почвы, растений, воды, — длинными полотнищами тянулись над землей, медленно вздуваясь, медленно колыхаясь, почти нигде резко не обрываясь.

Гренуй воспринимал эту деревенскую простоту
как избавление. Эти безмятежные ароматы ласкали
его обоняние. Впервые он не должен был следить
за каждым своим вдохом, чтобы не учуять нечто
новое, неожиданное, враждебное или не упустить
что-то приятное. Впервые он мог дышать почти свободно и при этом не принюхиваться настороженно
каждую минуту. «Почти» — сказали мы, ибо по-
настоящему свободно ничто, конечно, не проникало
через нос Гренуя. Даже если у него не было к тому
ни малейшего повода, в нем всегда бодрствовала ин-
стинктивная холодная сдержанность по отношению

ко всему, что шло извне и что приходилось впускать внутрь себя. Всю свою жизнь, даже в те немногие моменты, когда он испытывал отзвуки чего-то вроде удовлетворения, довольства, может быть счастья, он предпочитал выдыхать: ведь он же и начал жизнь не полным надежды вдохом, а убийственным криком. Но, кроме этого неудобства — ограничения, составлявшего суть его натуры, — Гренуй по мере удаления от Парижа чувствовал себя все лучше, дышал все легче, шел все более стремительным шагом и даже иногда подбирался, стараясь держаться прямо, так что издали он выглядел почти как обычный подмастерье, то есть как вполне нормальный человек. Больше всего его раскрепощало удаление от людей. В Париже люди жили скученней, чем в любом другом городе мира. Шестьсот, семьсот тысяч человек жили в Париже. Они кишмя кишели на улицах и площадях, а дома были набиты ими битком, с подвалов до чердаков. Любой закоулок был скопищем людей, любой камень, любой клочок земли вонял человечиной.

Только теперь, постепенно удаляясь от человеческого чада, Гренуй понял, что был комком этого месива, что оно восемнадцать лет кряду давило на него, как душный предгрозовой воздух. До сих пор он всегда думал, что мир вообще таков и от него нужно закрываться, забираться в себя, уползать прочь. Но то был не мир, то были люди. Теперь ему показалось, что с миром — с миром, где не было ни души, — можно было примириться.

На третий день своего путешествия он попал в поле притяжения запахов Орлеана. Еще задолго до каких-либо видимых признаков близости большого города Гренуй ощутил уплотнение человечес-

138

кого элемента в воздухе и решил изменить свое первоначальное намерение и обойти Орлеан стороной. Ему не хотелось так быстро лишаться только что обретенной свободы дыхания, погружаясь в тяжелое зловоние человеческого окружения. Он сделал большой крюк, миновал город, около Шатонёф вышел к Луаре и переправился через нее у Сюлли. До Сюлли ему хватило колбасы. Он купил себе еще одно кольцо и, покинув русло реки, свернул в глубь страны.

Он избегал не только городов, он избегал и деревень. Он был как пьяный от все более прозрачного, все более далекого от людей воздуха. Только чтобы запастись новой порцией провианта, он приближался к какому-либо селению или одинокому хутору, покупал хлеб и снова исчезал в лесах. Через несколько недель ему стали неприятны даже встречи с редкими путешественниками на проселочных дорогах, он больше не переносил возникавшего иногда запаха крестьян, косивших первую траву на лугах. Он боязливо избегал каждого овечьего стада, не из-за овец, а чтобы обойти запах пастухов. Он шагал не разбирая дороги прямо через поля, делал многомильные крюки, стоило ему лишь учуять эскадрон рейтар на расстоянии нескольких часов верховой езды. Не потому, что он, как другие подмастерья и бродяги, боялся проверки бумаг и отправки при первой же оказии на военную службу — он даже не знал, что шла война, — а только и единственно потому, что ему был отвратителен человеческий запах всадников. И так сам собой и без особого решения его план — как можно скорее достичь Граса — постепенно поблек; этот план, так сказать, растворился в свободе, как все прочие планы и намерения, Гренуй не стремился больше никуда, а единственно прочь, прочь от людей.

В конце концов он стал перемещаться только по ночам. Днем он заползал в подлесок, спал под кустами, прятался в зарослях, в самых недоступных местах, свернувшись клубком, как животное, натянув на тело и голову конскую попону, уткнувшись носом в сгиб локтя и отвернувшись к земле, чтобы ни малейший чужой запах не мешал его грезам. На закате он просыпался, принюхивался ко всему вокруг себя и только тогда, когда обоняние убеждало его, что самый последний крестьянин покинул поле и что самый отчаянный путник с наступлением темноты нашел себе кров и приют, только тогда, когда ночь с ее мнимыми опасностями загоняла людей под крыши, Гренуй выползал из своего убежища и продолжал путешествие. Чтобы видеть, ему не нужно было света. Уже раньше, когда он двигался днем, он часто часами шел с закрытыми глазами, только по нюху. Яркая картина ландшафта, ослепительность, внезапность и острота зрения причиняли ему боль. Ему нравился только лунный свет. Лунный свет не давал красок и лишь слабо очерчивал контуры пейзажа. Он затягивал землю грязной серостью и на целую ночь удушал жизнь. Этот словно отлитый из чугуна мир, где все было неподвижно, кроме ветра, тенью падавшего подчас на серые леса, и где не жило ничего, кроме ароматов голой земли, был единственным миром, имевшим для него значение, ибо он походил на мир его души.

Так двигался он в южном направлении. Приблизительно в южном направлении, потому что шел не по магнитному компасу, а только по компасу своего обоняния, а оно позволяло ему обходить каждый город, каждую деревню, каждое селение. Неделями он не встречал ни души. Он мог бы убаюкать себя успокоительной верой, что он — один в темном или залитом холодным лунным светом мире, если бы его точный компас не подсказал ему, что есть нечто лучшее.

Даже ночью в мире были люди. Даже в самых удаленных местах были люди. Только они прятались по своим укромным норам, как крысы, и спали. Земля не очищалась от них, потому что даже во сне они источали свой запах, проникавший сквозь открытые окна и щели их обиталищ наружу, и отравляли природу, предоставленную, казалось бы, самой себе. Чем больше привыкал Гренуй к более чистому воздуху, тем чувствительнее терзал его человеческий запах, который внезапно, совершенно неожиданно возникал в воздухе, ужасный, как козлиное зловоние, и выдавал присутствие какого-то пастушьего приюта, или хижины углежога, или разбойничьей пещеры. И Гренуй бежал все дальше прочь, реагируя все чувствительнее на встречающийся все реже запах человечины. Так его нос уводил его во все более отдаленные местности страны, все более удалял его от людей, и все энергичнее притягивал к магнитному полюсу максимально возможного одиночества.

24

Этот полюс, то есть самая удаленная от людей точка во всем королевстве, находился в центральном массиве Оверни, примерно в пяти днях пути от Клермона, на высоте двух тысяч метров, на вершине вулкана Плон-дю-Канталь.

Вулкан представлял собой огромный конус, сложенный из свинцово-серых пород и окруженный бесконечным унылым плоскогорьем, лишь кое-где поросшим серым мхом и серым стелющимся кустарником. Там и сям из него торчали, как гнилые зубы, коричневые скалы и несколько деревьев, обугленных от пожаров. В самые светлые дни местность выглядела столь унылой и безжизненной, что даже беднейший из пастухов этой беднейшей из провинций не стал бы перегонять сюда своих овец. А уж по ночам, в бледном свете луны, эта забытая Богом пустыня казалась чем-то потусторонним. Даже разыскиваемый по всей стране бандит Лебрен предпочел пробиваться в Севенны, где его схватили и четвертовали, чем скрываться на Плон-дю-Канталь, где его, правда, никто не нашел бы, но где его ждала верная смерть пожизненного одиночества, а она казалась ему еще более ужасной.

На много миль вокруг не было ни людей, ни обычных теплокровных животных — только несколько летучих мышей, жуков и гадюк. Десятилетиями никто не поднимался на вершину.

Гренуй достиг горы августовской ночью 1756 года. К рассвету добрался до вершины. Он еще не знал, что его путешествие закончилось. Он думал, что это лишь этап на пути к еще более чистому воздуху, и, обшаривая нюхом грандиозную панораму вулканической пустыни, крутился волчком: к востоку, где расстилалось широкое плоскогорье Сен-Флур и болотистые берега речки Риу, к северу, откуда он пришел, много дней подряд перебираясь через изъеденные карстом хребты, к западу, откуда легкий утренний ветер доносил до него лишь запах камня и жестких трав, к югу, наконец, где на многие мили протянулись отроги Плон-дю-Канталь, вплоть до темных пропастей Трюйера.

Везде, во всех направлениях, царило то же безлюдье, но каждый шаг в любую сторону означал приближение к человеку. Стрелку компаса зашкалило, она вертелась по кругу. Ориентиров больше не было. Гренуй достиг цели. Но в то же время он попал в ловушку.

Когда взошло солнце, он все еще стоял на том же месте и ловил носом ветер. С отчаянным напряжением он пытался определить направление, откуда ему грозила человечина, и противоположное направление, куда ему следовало бы бежать дальше. Отовсюду до него долетали едва уловимые обрывки человечьих запахов, приводившие его в ярость. А здесь, где он стоял, не было ничего. Здесь был только покой, спокойствие запахов, если можно так сказать. Кругом царило лишь подобное тихому шороху однородное веяние мертвых камней, серых ползучих растений и сухой травы.

Гренyю понадобилось очень много времени, чтобы поверить в отсутствие человечьих запахов. Счастье застало его врасплох. Его недоверие долго сопротивлялось благоразумию. Он даже, когда поднялось солнце, призвал на помощь зрение и глазами обследовал горизонт, ища малейший признак человеческого присутствия — крышу хижины, дым огня, забор, мост, стадо. Он приставил ладонь к ушам и постарался расслышать звон косы, или лай собаки, или плач ребенка. Целый день он просидел под палящим солнцем на вершине Плон-дю-Канталь, тщетно ожидая малейшего знака. Только на закате его недоверие постепенно отступило перед нарастающим чувством эйфории: он ушел от ненавистного зловония! Он действительно остался совершенно один! Он был единственным человеком в мире!

В нем разразилась буря ликования. Как потерпевший кораблекрушение после многих недель блуждания по морю в экстазе приветствует первый обитаемый остров, так Гренуй праздновал свое прибытие на гору одиночества. Он кричал от счастья. Отбросив рюкзак, попону, палку, он топал по земле ногами, вздымал вверх руки, кружился в диком танце, с рычанием выкрикивал на все четыре стороны собственное имя, сжимал кулаки, победоносно грозил ими всей лежавшей под ним стране и заходящему солнцу, празднуя свой триумф. Он бесновался как безумный до глубокой ночи.

25

Следующие несколько дней он потратил на то, чтобы обосноваться на горе — ибо ему было ясно, что он не скоро покинет это дивное место. Для начала он поискал нюхом воду и нашел ее в расселине под вершиной, где она тонкой пленкой сбегала по скале. Ее было немного, но, если он терпеливо лакал ее в течение часа, он утолял свою дневную потребность в жидкости. Он разыскал и пищу, то есть маленьких саламандр и змей, которым отрывал головы и проглатывал целиком, с кожей и костями. Он заедал их сухим лишайником, и травой, и клюквой. Этот рацион, совершенно немыслимый с обывательской точки зрения, не смущал его ни в малейшей степени. В последние недели и месяцы он уже больше не питался приготовленной человеком пищей вроде хлеба, и колбасы, и сыра, но, ощутив голод, пожирал подряд все съедобное, что попадалось ему под руку. Менее всего он был гурманом. Он вообще не знал никакого наслаждения, кроме наслаждения чистым бестелесным запахом. Он и о комфорте не имел никакого понятия и удовлетворился бы голым камнем в качестве ложа. Но он нашел кое-что получше.

Недалеко от родника он открыл естественную узкую штольню, которая, образуя множество изгибов, вела внутрь горы и метров через тридцать заканчивалась завалом. Там, в конце штольни, было так тесно, что плечи Гренуя едва вмещались в проем, и так низко, что стоять он мог лишь согнувшись. Но он мог сидеть, а если сворачивался клубком, то и лежать. Это полностью удовлетворяло его потребность в комфорте. Ибо такое место имело неоценимые преимущества: в конце туннеля даже днем царила непроглядная ночь, стояла мертвая тишина и воздух дышал влажной солоноватой прохладой. Гренуй сразу учуял, что здесь никогда не бывало ни одного живого существа. Когда он завладел этим местом, его охватило чувство, близкое к священному трепету. Он аккуратно расстелил на земле свою конскую попону, словно покрывал алтарь, и улегся. Он чувствовал небесное блаженство. Он лежал в самой одинокой горе Франции, в пятидесяти метрах под землей, как в собственном гробу. Еще никогда в жизни он не чувствовал себя в такой безопасности — разве что в чреве своей матери. Если б даже снаружи сгорел весь мир, здесь он ничего бы не заметил. Он тихо заплакал.

Он не знал, кого благодарить за такое непомерное счастье.

В последующее время он выходил наружу только для того, чтобы лакать воду из родника, быстро освобождаться от мочи и экскрементов и охотиться за ящерицами и змеями. По ночам они ловились легко, потому что забирались под камни или в мелкие норы, где он находил их по запаху.

В первые недели он еще несколько раз поднимался на вершину, чтобы обшарить нюхом горизонт. Но вскоре это стало больше обременительной привычкой, чем необходимостью, потому что он ни разу не почуял ничего угрожающего. И тогда он прекратил экскурсии; он стремился лишь к тому, чтобы, совершив отправления, необходимые для элементарного выживания, как можно скорее вернуться в свой склеп. Ибо здесь, в склепе, он, собственно, и жил. Это значит, что двадцать часов в сутки он в полной темноте и полной тишине сидел на своей попоне в конце каменного коридора, прислонившись спиной к куче осыпавшейся породы, втиснув плечи между скалами, и довольствовался самим собой.

Бывают люди, ищущие одиночества, кающиеся грешники, неудачники, святые или пророки. Они предпочитают удаляться в пустыню, где питаются акридами и диким медом. Некоторые даже живут в пещерах и ущельях на пустынных островах или сидят — немного кокетничая — в клетках, подвешенных на ветвях или укрепленных на столбах. Они делают это ради того, чтобы приблизиться к Богу. Одиночество нужно им для умерщвления плоти и покаяния. Они поступают таким образом в убеждении, что ведут богоугодную жизнь. Или же они месяцами и годами ждут, что в одиночестве им будет ниспослано божественное откровение, дабы они срочно сообщили о нем людям.

Ничего похожего не происходило с Гренуем. О Боге он не имел ни малейшего понятия. Он не каялся и не ждал никакого откровения свыше. Он ушел от людей единственно для собственного удовольствия, лишь для того, чтобы быть близко к самому себе. Он купался в собственном, ни на что не отвлекаемом существовании и находил это великолепным. Как труп, лежал он в каменном склепе, почти не дыша, почти не слыша ударов своего сердца, — и жил все же такой интенсивной и извращенной жизнью, как никто иной из живущих в мире.

26

Ареной этих извращений была — а как же иначе — его внутренняя империя, куда он с самого рождения закапывал контуры всех запахов, которые когда-либо встречал. Чтобы настроиться, он сначала вызывал в памяти самые ранние, самые отдаленные из них: враждебные душные испарения спальни мадам Гайар, вонь иссохшей кожи ее рук, уксусно-кислое дыхание патера Терье, истерический, горячий материнский пот кормилицы Бюсси, трупное зловоние Кладбища Невинных, убийственный запах своей матери. И он упивался отвращением и ненавистью, и у него вставали дыбом волосы от сладострастного ужаса.

Иногда этот аперитив мерзостей оказывался недостаточным, и, чтобы разогнаться, он позволял себе небольшой обонятельный экскурс к Грималю и отведывал зловония сырых, покрытых мясом кож и дубильных смесей или воображал чадные испарения шестисот тысяч парижан в душной, порочной жаре разгара лета.

И тогда вдруг — в том и состоял смысл упражнения — накопленная ненависть с оргиастической мощью прорывалась наружу. Как гроза, он собирался над этими запахами, посмевшими оскорбить его светлейший нос. Как град на пшеничное поле, он обрушивался на эту пакость, как ураган, он обращал ее в прах и топил в огромном очищающем половодье дистиллированной воды. Столь праведным был его гнев. Столь величественной была его месть. А! Какой возвышенный миг! Гренуй, этот маленький человек, дрожал от возбуждения, его тело судорожно сжималось в сладострастном удовольствии и извивалось так, что в какой-то момент он ударялся о потолок штольни, затем медленно расслаблялся и оставался лежать, опустошенный и глубоко удовлетворенный. Этот акт извержения всех отвратительных запахов был действительно слишком приятен, слишком... В сценарии его воображаемого мирового театра этот номер был, кажется, самым любимым, ибо доставлял чудесное чувство заслуженного изнеможения, которым вознаграждаются лишь истинно великие, героические деяния.

Теперь он имел право некоторое время отдыхать. Он вытягивался на своем каменном ложе: физически — настолько, насколько хватало места в темной штольне. Однако внутренне, на чисто выметенной территории своей души, он с комфортом вытягивался во весь рост и предавался сладким грезам об изысканных ароматах. Например, он вызывал в своем обонянии пряное дуновение весенних лугов; тепловатый майский ветер, играющий в зеленой листве буков; морской бриз, терпкий, как подсоленный миндаль.

Он поднимался под вечер — так сказать, под вечер, потому что, конечно, не было никакого вечера, или утра, или полудня, не было ни тьмы, ни света, и не было ни весенних лугов, ни зеленой буковой листвы... Вообще во внутреннем универсуме Гренуя не было никаких вещей, а были только ароматы вещей. (Потому-то единственно адекватная, но и единственно возможная façon de parler[1] об этом универсуме — говорить о нем как о ландшафте, ибо наш язык не годится для описания мира, воспринимаемого обонянием.) Итак, в душе Гренуя наступал вечер, возникало состояние и миг, подобный окончанию сиесты на юге, когда полуденное оцепенение медленно спадает с ландшафта и приостановленная жизнь опять готова начаться. Воспламененная яростью жара — враг тонких ароматов — отступала, сонм мерзких демонов был уничтожен. Поля внутренних битв, гладкие и мягкие, предавались ленивому покою пробуждения и ожидали, что на них снизойдет воля хозяина. И Гренуй поднимался — как было сказано — и стряхивал с себя сон. Он вставал, великий внутренний Гренуй, он воздвигался как великан, во всем своем блеске и великолепии, упоительно было глядеть на него, — почти жаль, что никто его не видел! — и озирал свои владения, гордо и высокомерно.

Да! Это было его царство! Бесподобная империя Гренуя! Созданная и покоренная им, бесподобным

---

[1] Манера говорить *(фр.)*.

Гренуем, опустошенная, разрушенная и вновь возведенная по его прихоти, расширенная им до неизмеримости и защищенная огненным мечом от любого посягательства. Здесь не имело значения ничто, кроме его воли, воли великого, великолепного, бесподобного Гренуя. И после того как были истреблены, дотла сожжены скверные миазмы прошлого, он желал, чтобы его империя благоухала. И он властно шагал по распаханной целине и сеял разнообразнейшие ароматы, где — расточительно, где — скупо, на бесконечно широких плантациях и на маленьких интимных клумбах, разбрасывая семена горстями или опуская по одному в укромных местах. В самые отдаленные провинции своей империи проникал Великий Гренуй, неистовый садовник, и скоро не осталось угла, куда бы он не бросил зерно аромата.

И когда он видел, что это хорошо и что вся страна пропитана его божественным Гренуевым семенем, Великий Гренуй ниспосылал на нее дождь винного спирта, легкий и постоянный, и семена прорастали, радуя его сердце. На плантациях пышно колосились всходы, и в укромных садах наливались соком стебли. Бутоны просто лопались, торопясь выпустить цветы из оболочки. Тогда Великий Гренуй повелевал дождю прекратиться. И дождь прекращался. А Гренуй посылал стране солнце своей улыбки, и в ответ на нее миллионы роскошных цветов в едином порыве распускались, расстилаясь от края до края империи сплошным ярким ковром, сотканным из мириад флаконов с драгоценными ароматами. И Великий Гренуй видел, что это хорошо, весьма, весьма хорошо. И он ниспосылал на страну ветер своего дыхания. И под этой лаской цветы источали аромат и смешивали мириады своих ароматов в один, переливающийся всеми оттенками, но все же единый в постоянной изменчивости универсальный аромат, воскуряемый во славу Его, Великого, Единственного, Великолепного Гренуя, и, восседая на троне золотого ароматного облака, он снова втягивал в себя это благоухание, и запах жертвы был ему приятен. И Он спускался с высоты, дабы многократно благословить свое творение, а творение благодарило его ликованием, и восторгом, и все новыми взрывами благоухания. Тем временем вечерело, и ароматы расходились все шире, сливаясь с синевой ночи во все более фантастические знамения. Предстояла настоящая бальная ночь ароматов с гигантским фейерверком, пахнущим бриллиантами.

Однако Великий Гренуй испытывал некоторое утомление, он зевал и говорил:

— Вот, Я сотворил великое дело, и Я вполне доволен. Но, как все совершенное, оно начинает наводить скуку. Я желаю удалиться и закончить сей богатый трудами день, доставив себе еще одну радость.

Так говорил Великий Гренуй, и в то время, когда простой пахучий народ внизу радостно ликовал и танцевал, он, спустившись с золотого облака, плавно парил на широко распростертых крыльях над ночной страной своей души, устремляясь домой — в свое сердце.

27

Ах, это было приятно — возвращаться к себе! Двойной сан — Мстителя и Производителя миров — изрядно утомлял, и выдерживать потом часами восторги собственных созданий тоже было слегка обременительно. В изнеможении от божественных обязанностей творения и представительства Великий Гренуй предвкушал домашние радости.

Его сердце было пурпурным замком в каменной пустыне. Его скрывали дюны, окружал оазис болот и семь каменных стен. Добраться до него можно было только по воздуху. В нем имелась тысяча кладовых, и тысяча подвалов, и тысяча роскошных салонов, в том числе один с простым пурпурным канапе, на котором Гренуй, теперь уже больше не Великий Гренуй, а вполне частное лицо Гренуй или просто дорогой Жан-Батист, любил отдыхать после дневных трудов.

А в кладовых замка стояли высокие, до самого потолка, стеллажи, и на них располагались все запахи, собранные Гренуем за его жизнь, несколько миллионов запахов. И в подвалах замка хранились бочки лучших благовоний его жизни. Когда они настаивались до готовности, их разливали по бутылкам и километрами укладывали в прохладных влажных проходах, в соответствии с годом и местом производства, и было их столько, что не хватило бы жизни, чтобы отведать каждую бутылку.

И когда наш дорогой Жан-Батист, возвратившись наконец chez soi[1], ложился в пурпурном салоне на свою уютную софу — если угодно, стянув наконец сапоги, — он хлопал в ладоши и призывал своих слуг, которые были невидимы, неощутимы, неслышны и прежде всего неуловимы на нюх, то есть были полностью воображаемыми слугами, и посылал их в кладовые, дабы из великой

_____
[1] К себе (фр.).

библиотеки запахов доставить ему тот или иной том, и приказывал им спуститься в подвал, дабы принести ему питье. И воображаемые слуги спешили исполнить повеления, и желудок Гренуя сжимался в судороге мучительного ожидания. Он внезапно испытывал ощущение пьяницы у стойки, которого охватывал страх, что по каким-либо причинам ему откажутся подать заказанную водку. А вдруг подвалы и кладовые сразу опустели? Вдруг вино в бочках испортилось? Почему его заставили ждать? Почему не идут? Зелье требовалось ему сейчас, немедленно, он погибает от жажды, он умрет на месте, если не получит его.

Ну что ты, Жан-Батист! Успокойся, дорогой! Они же придут, они принесут то, чего ты так жаждешь. Вон они, слуги, летят на всех парах, держа на невидимом подносе эту книгу запахов. Невидимые руки в белых перчатках подносят драгоценные бутылки, очень осторожно снимают их с подноса; слуги кланяются и исчезают.

И, оставшись в одиночестве, — наконец-то снова в одиночестве! — Жан-Батист хватает вожделенные запахи, открывает первую бутыль, наливает себе бокал до краев, подносит к губам и пьет. Одним глотком он осушает бокал прохладного запаха, и это восхитительно! Это так спасительно хорошо, что от блаженства у нашего дорогого Жан-Батиста на глаза наворачиваются слезы, и он тут же наливает себе второй бокал этого аромата: аромата 1752 года, уловленного весной, в сумерках на Королевском мосту, когда с запада дул легкий ветер, в котором смешались запах моря, запах леса и немного смолистого запаха причаленных к берегу лодок. Это был запах первой, клонившейся к концу ночи, которую он провел шатаясь по Парижу без разрешения Грималя. Это был свежий запах наступавшего дня, первого рассвета, пережитого им на свободе. Он был предвестием какой-то другой жизни. Запах того утра был для Гренуя запахом надежды. Он бережно хранил его. И каждый день отведывал понемногу.

После второго бокала вся нервозность и неуверенность, все сомнения исчезали, и его наполнял величественный покой. Он откидывался на мягкие подушки дивана, раскрывал книгу и начинал читать о запахах своего детства, о школьных запахах, о запахах улиц и закоулков города, о человеческих запахах. И его пронизывала приятная дрожь ужаса, ибо тут он заклинал сплошь ненавистные, истребленные запахи. С отвращением и интересом Гренуй читал книгу мерзких запахов, и, когда отвращение пересиливало интерес, он просто захлопывал ее, откладывал прочь и брал другую.

Попутно он беспрерывно пригубливал благородные ароматы. После бутылки с ароматом надежды он раскупоривал бутыль 1744 года, наполненную теплым запахом дров перед домом мадам Гайар. А затем выпивал флягу вечернего аромата, насыщенного духами и терпкой тяжестью цветов, подобранного на окраине парка в Сен-Жермен-де-Пре летом 1753 года.

Теперь он был уже сильно наполнен ароматами. Тело его все тяжелее давило на подушки, а дух волшебно затуманивался. И все же на этом его пиршество не кончалось. Правда, глаза его больше не могли читать, книга давно выскользнула из рук — но он не хотел заканчивать вечер, не осушив еще одной, последней, фляги, самой роскошной: это был аромат девушки с улицы Марэ...

Он выпивал его благоговейно и для этого выпрямлялся на своем канапе, хотя ему это было тяжело, так как пурпурный салон качался и кружился вокруг него при каждом движении. В позе примерного ученика, сжав колени и плотно сдвинув ступни, положив левую руку на левое бедро, — вот как пил маленький Гренуй драгоценнейший аромат из подвалов своего сердца, пил бокал за бокалом и при этом становился все печальнее. Он знал, что выпил слишком много. Он знал, что такого количества удовольствий ему не перенести. И все же пил до дна. Он шел по темному проходу с улицы во двор. Шел на свет. А в круге света сидела девушка и разрезала сливы. Изредка доносился треск ракет и петард фейерверка...

Он отставлял бокал и оставался сидеть, словно окаменев от сентиментальности и опьянения, еще несколько минут, пока с его языка не исчезал последний привкус выпитого. Он неподвижно глядел перед собой. В его мозгу вдруг становилось так же пусто, как в бутылках. Тогда он опрокидывался на бок на пурпурное канапе и мгновенно погружался в отупляющий сон.

В то же время внешний Гренуй тоже засыпал на своей попоне. И сон его был столь же бездонно глубоким, как сон внутреннего Гренуя, ибо геркулесовы подвиги и эксцессы одного не менее изнуряли и другого — ведь оба они, в конце концов, были одним и тем же лицом.

Правда, когда он просыпался, он просыпался не в пурпурном салоне пурпурного замка за семью стенами и даже не на весенних лугах своей души, а всего лишь в каменном убежище в конце туннеля, на жестком полу в кромешной тьме. И его мутило от голода и жажды, и мучил озноб и похмелье, как запойного пьяницу после разгульной ночи. На карачках он выползал из своей штольни.

Снаружи было какое-то время суток, начало или конец ночи, но даже в полночь свет звезд резал ему глаза. Воздух казался пыльным, едким, сжигающим легкие, ландшафт — жестким, он натыкался на камни. И даже нежнейшие запахи терзали и жалили его отвыкший от мира нос. Гренуй, этот клещ, стал чувствительным, как рак, который вылез из своего панциря и нагишом странствует по морю.

Он шел к роднику, слизывал со скалы влагу — час, два часа подряд, это была мука, время не кончалось, то время, когда его настигал реальный мир. Он срывал с камней несколько клочков мха, давясь, впихивал их в себя, приседал на камни, испражнялся и пожирал одновременно — все должно было совершаться быстро, быстро, быстро — и сломя голову, как маленький мягкотелый зверь, над которым в небе уже кружат ястребы, бежал назад в свою пещеру, в конец туннеля, где лежала попона. Здесь он наконец снова был в безопасности.

Он прислонялся спиной к груде щебня, вытягивал ноги и ждал. Теперь ему надо было успокоить свое тело, совсем успокоить, как сосуд, который грозит расплескаться, если его слишком сильно трясти. Постепенно ему удавалось усмирить дыхание. Возбужденное сердце начинало биться ровнее, шторм внутри медленно стихал. И внезапно одиночество, как черная гладь штиля, падало на его душу. Он закрывал глаза. Темная дверь в его «я» открывалась, и он входил. В театре Гренуевой души начинался очередной спектакль.

Так проходил день за днем, неделя за неделей, месяц за месяцем. Так прошли целых семь лет.

Тем временем во внешнем мире царила война. Дрались в Силезии и в Саксонии, в Ганновере и в Бельгии, в Богемии и Померании. Солдаты короля погибали в Гессене и Вестфалии, на Балеарских островах, в Индии, на Миссисипи и в Канаде, если они не умирали от тифа еще по пути туда. Миллиону людей война стоила жизни, королю Франции — его колониальных владений, а всем странам, участвовавшим в ней, — столько денег, что они наконец скрепя сердце решили ее окончить.

Однажды в это время, зимой, Гренуй чуть не замерз, сам не заметив этого. Пять дней он пролежал в пурпурном салоне, а очнувшись в штольне, не мог шевельнуться от холода. Он сейчас же снова закрыл глаза, чтобы умереть во сне. Но тут наступила оттепель, разморозила его и спасла.

Один раз навалило столько снегу, что у него не хватило сил прорыть его, чтобы докопаться до лишайников. И он питался замерзшими летучими мышами.

Как-то перед пещерой он обнаружил и съел мертвого ворона. Это были единственные события, воспринятые им за эти семь лет из внешнего мира. В остальном он жил только в своей крепости, только в самодержавном царстве своей души. И он оставался бы там до смерти (ведь он ни в чем не испытывал недостатка), если бы не случилась катастрофа, которая прогнала его из горы и выплюнула во внешний мир.

Эта катастрофа была не землетрясение, не лесной пожар, не горная лавина и не обвал штольни. Она вообще была не внешней катастрофой, но внутренней, а потому особенно мучительной, так как она блокировала предпочитаемый Гренуем путь к бегству. Она произошла во сне. Точнее сказать, в мечтах. Еще точнее, в мечтах, во сне, в сердце, в его воображении.

Он возлежал на канапе в пурпурном салоне и спал. Вокруг него стояли пустые бутылки. Он ужасно много выпил, под конец целых две бутылки аромата рыжеволосой девушки. Вероятно, это было слишком, потому что в его сон, хотя и глубокий, как смерть, на этот раз проникла рябь каких-то призрачных сновидений. В этой ряби были явно различимы обрывки некоего запаха. Сначала они только тонкими волокнами проплывали мимо носа Гренуя, потом становились плотнее, превращались в облако. И ему начинало казаться, что он стоит посреди гнилого болота, а из топи поднимается туман. Туман медленно поднимался все выше, вскоре он полностью окутал Гренуя, пропитал его насквозь, и среди туманного смрада больше не оставалось ни капли свежего воздуха. Если он не хотел задохнуться, ему пришлось бы вдохнуть этот туман. А туман этот был, как сказано, запахом. И Гренуй знал также, чей это был запах. Этот туман был его собственным запахом — вот чем был этот туман.

А ужасным было то, что Гренуй, хотя и знал, что это его запах, не мог его вынести. Полностью утопая в самом себе, он ни за что на свете не желал себя обонять!

Осознав это, он закричал так страшно, словно его сжигали живьем. Крик разбил стены пурпурного салона, разрушил стены замка, вырвавшись из сердца, он пролетел над рвами, и болотами, и пустынями, пронесся над ночным ландшафтом его души, как огненная буря, он выплеснулся из его глотки и стремительно ринулся по изгибам штольни наружу, в мир, растекаясь по плоскогорью Сен-Флур, — казалось, кричала сама гора. Проснувшись, он стал отбиваться, словно стараясь прогнать невыносимый смрад, который грозил задушить его. Он был до смерти перепуган, трясся всем телом просто от смертельного страха. Если бы его крик не разорвал этого смрада, он захлебнулся бы самим собой — жуткая смерть. Вспоминая об этом, он содрогался. И пока он сидел, все еще сотрясаясь от ужаса и пытаясь привести в порядок свои перепутанные, сумбурные мысли, он твердо понял одно: он изменит свою жизнь хотя бы для того, чтобы не увидать во второй раз такой чудовищный сон. Второй раз ему этого не перенести.

Он набросил на плечи попону и вылез наружу. Там как раз было утро, позднее утро конца февраля. Солнце светило. Земля пахла влажным камнем, мохом и водой. Ветер уже доносил слабый аромат анемонов. Он присел на землю у входа в пещеру, согреваясь на солнце и вдыхая свежий воздух. Его все еще знобило при воспоминании о смраде, от которого он бежал, и знобило от блаженного тепла, разливавшегося по спине. Все-таки хорошо, что этот внешний мир еще существовал, хотя бы как цель побега. Было бы невообразимо жутко не обнаружить при выходе из туннеля никакого мира! Ни света, ни запаха — только этот ужасный смрад, внутри, снаружи, везде...

Шок постепенно проходил. Тиски страха постепенно разжались, и Гренуй почувствовал себя уверенней. К полудню он снова обрел хладнокровие. Поднеся тыльной стороной к носу указательный и средний пальцы левой руки, он дышал сквозь пальцы, вдыхая влажный, приправленный анемонами аромат весеннего воздуха. Пальцы ничуть не пахли. Он повернул ладонь и обнюхал внутреннюю сторону. Он почувствовал тепло руки, но ничего не учуял. Тогда он завернул обтрепанный рукав рубашки и уткнулся носом в сгиб локтя. Он знал, что это — то место, где все люди пахнут сами собой. Однако он не учуял ничего. Не учуял ничего под мышками, ничего на ногах, ничего на половом органе, к которому пригнулся насколько смог. Это было чудно! Он, Гренуй, способный за несколько миль обнаружить по запаху другого человека, не мог учуять свой собственный половой орган на расстоянии ладони! Несмотря на это, он не поддался панике, но, холодно поразмыслив, сказал себе следующее:

— Дело не в том, что я не пахну, ведь пахнет все. Дело, наверное, в том, что я не слышу, как я пахну, потому что с самого рождения изо дня в день нюхал себя, и поэтому мой нос не воспринимает моего собственного запаха. Если бы я мог отделить от себя свой запах или хотя бы его часть, немного отвыкнуть и через некоторое время вернуться к нему, то очень даже смог бы услышать свой запах, а значит — себя.

Он снял с себя попону и одежду или то, что еще осталось от его одежды, снял эти отрепья, эти лохмотья. Он не снимал их с тела семь лет. Они должны были насквозь пропитаться его запахом.

Он побросал их в кучу перед пещерой и удалился. И вот, впервые за семь лет, он снова поднялся на вершину горы. Там он встал на то же место, где стоял тогда, в день своего прибытия, повернулся носом к западу и позволил ветру обвевать свое обнаженное тело. Его цель была настолько проветриться, настолько накачаться западным ветром — то есть запахом моря и влажных лугов, — чтобы этот ветер пересилил запах его собственного тела, чтобы возникла ловушка для запаха между ним, Гренуем, и его одеждой, и тогда он смог бы ясно расслышать, как она пахнет. И чтобы к нему в нос попало как можно меньше собственного запаха, он наклонился вперед, изо всех сил вытянул шею против ветра, а руки — назад. Он выглядел как пловец перед прыжком в воду.

В этом чрезвычайно смешном положении он пребывал несколько часов подряд, так что его отвыкшая от света, белая, как у червя, кожа стала красноватой, как у лангуста, хотя солнце грело еще слабо. Под вечер он снова спустился к пещере. Он уже издали увидел кучу своей одежды. За несколько метров он зажал нос и разжал его снова лишь тогда, когда приблизил его вплотную к одежде. Он хотел снять пробу, как научился у Бальдини: втянул в себя воздух, а потом толчками стал выпускать его из себя. Чтобы поймать запах, он обеими руками образовал некий колокол над одеждой, в который, как язык, всунул свой нос. Он сделал все возможное, чтобы извлечь из одежды свой собственный запах. Но этого запаха в ней не было. В ней была тысяча других запахов. Запахи камня, песка, мха, смолы, вороньей крови, даже запах колбасы, которую он много лет назад покупал недалеко от Сюлли, все еще были ясно слышны. Одежда была обонятельным дневником последних семи-восьми лет. И только его собственного запаха, запаха того, кто носил ее, не снимая, все это время, у одежды не было.

И тут он все же немного испугался. Солнце зашло. Он стоял, голый, у входа в штольню, где в темном конце прожил в темноте семь лет. Дул холодный ветер, и он замерз, но не замечал, что замерз, потому что в нем был встречный холод, а именно страх. Это был не тот страх, который он испытал во сне, омерзительный страх задохнуться от самого себя, который надо было стряхнуть любой ценой и от которого можно было убежать. То, что он испытывал теперь, был страх не узнать ничего о самом себе. Он был противоположен тому страху. От него нельзя было убежать, нужно было идти ему навстречу. Нужно было — даже если это от-крытие станет ужасным — узнать наверняка, есть у него запах или нет. И узнать теперь же. Сейчас.

Он вернулся в штольню. Уже через несколько метров его охватила полная темнота, но он ориен-тировался как при самом ярком свете. Много тысяч раз он проходил этот путь, знал каждый шаг и каждый поворот, чуял каждый сталактит, каждый крошечный выступ. Найти дорогу было нетрудно. Трудно было бороться с воспоминанием о клаус-трофобическом сновидении, которое, подобно при-ливу, накатывало на него все более высокими вол-нами. Но он не отступал. То есть страхом не знать он боролся со страхом узнать, и одержал победу, потому что знал, что выбора у него не было. Когда он дошел до конца штольни, где возвышалась груда щебня, оба страха оставили его. Он почувствовал, что спокоен, что голова у него ясная, а нос — отточен, как скальпель. Он присел на корточки, закрыл глаза руками и принюхался. В этом месте, в этой удаленной от мира каменной могиле, он пролежал семь лет. Если уж где-нибудь на свете должен быть его запах, то здесь. Он дышал медленно. Он проверял тщательно. Он просидел на корточках четверть часа. У него была безошибочная память, и он точно помнил, как пахло на этом месте семь лет назад: камнем и влажной солоноватой прохладой, и эта чистота означала, что ни одно живое существо никогда сюда не ступало... Точно так же здесь пахло и теперь.

Он просидел еще некоторое время, совсем спокойно, только тихо качая головой. Потом повернулся и пошел к выходу, сперва согнувшись, а когда позволила высота штольни, выпрямившись, — на волю.

Выйдя из штольни, он надел свои лохмотья (башмаки его сгнили еще много лет назад), взвалил на плечи попону и в ту же ночь, покинув Плон-дю-Канталь, ушел на юг.

30

Он выглядел чудовищно. Волосы отросли по колено, жидкая борода — до пупа. Ногти стали похожи на птичьи когти, а на руках и на ногах, там, где тело не прикрывали лохмотья, клочьями облезла кожа.

Первые встреченные им люди — крестьяне, работавшие на поле недалеко от города Пьерфор — при виде его с криками бросились прочь. В самом городе он произвел сенсацию. Люди сбегались сотнями, чтобы поглазеть на него. Некоторые принимали его за беглого галерника. Другие говорили, что он не настоящий человек, а помесь человека и медведя, какое-то лесное чудище. Один бывший моряк утверждал, что он похож на дикаря-индейца из Кайенны, которая находится по ту сторону океана. Его привели к мэру. Там он, к изумлению собравшихся, предъявил свою грамоту, раскрыл рот и в довольно сбивчивых и неуклюжих выражениях — ведь это были первые слова, произнесенные им после семилетнего перерыва, — но вполне понятно рассказал, что он странствующий подмастерье, что на него напали разбойники, утащили в пещеру и держали там в плену семь лет. За это время он не видел ни солнечного света, ни людей, кормился из корзины, которую спускала в темноту невидимая рука, и в конце концов был освобожден с помощью лестницы, так ничего и не узнав о своих похитителях и спасителях. Эту историю он выдумал потому, что она казалась ему убедительней, чем правда, она и была убедительней, поскольку такие разбойничьи нападения то и дело случались в горах Оверни, Лангедока или в Севеннах. Во всяком случае, мэр доверчиво занес это происшествие в протокол и доложил о нем маркизу де ла Тайад-Эспинассу, ленному владетелю города и члену парламента в Тулузе.

Этот маркиз уже в сорок лет потерял интерес к придворной жизни, покинул Версаль, удалился в свои владения и посвятил себя наукам. Его перу принадлежал значительный труд о динамической национальной экономике, в коем он предлагал отменить все налоги на землевладение и сельскохозяйственные продукты, а также ввести обратно пропорциональный подоходный налог, который сильнее всего ударял бы по бедным и тем самым вынудил бы их более энергично развивать свою экономическую активность. Вдохновленный успехом своей брошюры, он сочинил трактат о воспитании мальчиков и девочек в возрасте от пяти до десяти лет, затем увлекся экспериментальным сельским хозяйством и попытался путем переноса бычьего семени на различные сорта трав вывести животно-растительный продукт скрещивания для получения молока, что-то вроде дойного цветка. Поначалу он достиг некоторых успехов, позволивших ему изготовлять из травяного молока сыр, который Академия наук в Лионе определила как «близкий по вкусу к козьему, хотя несколько более горький». Однако ему пришлось приостановить опыты ввиду огромных расходов на бычье семя, которое гектолитрами разбрызгивалось по полям. Тем не менее занятия аграрно-биологическими проблемами пробудили у него интерес не только к так называемой почве, но и к земле вообще и ее отношению к биосфере.

Едва успев закончить опыты по выведению молочно-дойного цветка, он с несокрушимым рвением принялся за большое сочинение о зависимостях между близостью к земле и витальностью. Его тезис гласил, что жизнь может развиваться только на определенном удалении от земли, поскольку сама земля постоянно испускает некий газ разложения, так называемый fluidum letale, каковой подавляет витальные силы и рано или поздно полностью их парализует. Поэтому все живые существа стремятся путем роста удалиться от земли, то есть как бы растут от нее прочь, а не врастают в нее; по той же причине они направляют вверх самые ценные свои части: пшеница — колос, цветок — бутон, человек — голову; и потому же, когда старость согнет их и снова склонит к земле, они неизбежно попадают под влияние летального газа, в который благодаря процессу разложения в конце концов сами и превращаются после своей смерти. Услышав о том, что в Пьерфоре объявился индивидуум, проведший семь лет в пещере, где его полностью окружал элемент разложения — земля, маркиз де ла Тайад-Эспинасс пришел в восторг и приказал немедленно доставить Гренуя к себе в лабораторию и там подверг тщательному обследованию. Он нашел, что теория витальности подтверждается самым наглядным образом. Fluidum letale настолько повлиял на Гренуя, что его двадцатипятилетнее тело обнаружило признаки старческого разложения. Единственно то обстоятельство — так объяснял Тайад-Эспинасс, — что Гренуй во время своего плена питался удаленными от земли растениями, предположительно хлебом и фруктами, предотвратило его смерть. Теперь, считал маркиз, можно было восстановить прежнее состояние здоровья Гренуя лишь путем радикального удаления флюида с помощью изобретенного им, Тайад-Эспинассом, аппарата для вентиляции витального воздуха. Такой аппарат стоит в чулане его городского замка в Монпелье, и если Греную угодно предоставить себя в распоряжение маркиза в качестве демонстрационного объекта, то маркиз не только избавит его от безнадежного отравления земляным газом, но и наградит изрядной суммой денег...

Два часа спустя они сидели в карете. Хотя дороги в то время были скверные, шестьдесят четыре мили до Монпелье они преодолели всего за два дня, ибо маркиз, несмотря на преклонный возраст, не упускал случая собственноручно подхлестнуть кучера и лошадей, а при многочисленных поломках дышла и рессор лично участвовал в их починке, — в таком восторге он был от своего Найденыша, так жаждал скорее представить его образованной публике. Зато Греную ни разу не было позволено сойти с козел кареты. Он должен был восседать рядом с кучером в своих лохмотьях, завернувшись с головой в попону, насквозь пропитанную влажной землей и глиной. Кормили его во время путешествия сырыми корнеплодами. Маркиз надеялся таким образом еще некоторое время законсервировать в идеальном состоянии отравление земляным флюидом.

По приезде в Монпелье он приказал немедленно поместить Гренуя в подвал своего дворца и разослал приглашения всем членам Медицинского факультета, Ботанического общества, Сельскохозяйственной школы, Химико-физического объединения, Масонской ложи и прочих научных обществ, коих в городе было не менее дюжины.

И несколько дней спустя — ровно через неделю после того, как он покинул убежище в горах, — Греную оказался на помосте в актовом зале университета Монпелье перед многочисленной публикой, которой он был представлен как сенсация года.

В своем докладе Тайад-Эспинасс охарактеризовал его как живое доказательство правильности теории летального земляного флюида. Методически срывая с Гренуя лохмотья, маркиз пояснял, какой ужасающий эффект произвело воздействие гнилостного газа на тело демонстрируемого субъекта: обратите внимание на язвы и шрамы от газового поражения; а вот тут, на груди, огромная ярко-красная газовая карцинома; вся кожа растрескалась; налицо также явное флюидальное искривление скелета в виде горба и сросшихся пальцев ноги. Внутренние органы: селезенка, печень, легкие, желчный пузырь и пищеварительный тракт — тяжело поражены, о чем убедительно свидетельствует анализ пробы стула; проба собрана в тазике, стоящем на помосте рядом с демонстрируемым субъектом, и доступна для обозрения любому желающему. Отсюда следует вывод, что паралич витальных сил, причиной которого является семилетнее отравление fluidum letale Taillade, уже настолько прогрессировал, что субъект — чей внешний вид, впрочем, уже обнаруживает заметные признаки вырождения — должен быть определен как существо, обращенное скорее к смерти, чем к жизни. Тем не менее докладчик попытается посредством вентиляционной терапии в сочетании с витальной диетой в течение восьми дней добиться очевидных признаков полного выздоровления. Присутствующих приглашают собраться здесь через неделю, дабы убедиться в успехе данного прогноза и получить бесспорное доказательство правильности теории земляного флюида.

Доклад имел огромный успех. Ученая публика наградила докладчика бурными аплодисментами, а затем продефилировала мимо помоста, на котором стоял Гренуй. Его страшная запущенность, заскорузлые шрамы и следы переломов производили столь ужасающее впечатление, что все сочли его полусгнившим заживо и обреченным, хотя он чувствовал себя вполне здоровым и сильным. Некоторые из ученых господ со знанием дела выстукивали его, измеряли, заглядывали ему в рот, оттягивали веки. Другие заговаривали с ним, интересуясь жизнью в пещере и теперешним самочувствием. Но он, строго придерживаясь полученной от маркиза инструкции, отвечал на вопросы только сдавленным хрипом и при этом обеими руками беспомощно указывал на горло, давая понять, что fluidum letale Taillade уже глубоко поразил его гортань.

Когда демонстрация закончилась, Тайад-Эспинасс снова упаковал его и отправил домой, в кладовую своего дворца. Там он в присутствии нескольких избранных докторов Медицинского факультета поместил его в аппарат для вентиляции витальным воздухом — то есть в чулан из тесно пригнанных друг к другу сосновых досок. Через высоченную всасывающую трубу на крыше чулан проветривался очищенным от летального газа воздухом, а отработанный воздух удалялся через кожаный вентиль в полу. Все это сооружение приводилось в действие командой слуг, которые денно и нощно заботились о том, чтобы встроенные в трубу вентиляторы находились в непрерывном движении. Таким образом, Гренуй постоянно был окружен очищающим воздушным потоком, а через вырезанную в стене двустворчатую дверцу для пропускания воздуха ему каждый час подавали диетические блюда из удаленных от земли продуктов: голубиный бульон, паштет из жаворонков, рагу из диких уток, варенье из растущих на деревьях фруктов, хлеб из специальных высоких сортов пшеницы, пиренейское вино, молоко горной серны и крем из взбитых яиц кур, содержавшихся на чердаке дворца.

Пять дней продолжался этот лечебный курс дезинфекции и ревитализации. После чего маркиз приказал остановить вентиляторы и перевел Гренуя в ванную комнату, где его несколько часов отмачивали в ваннах с теплой дождевой водой и наконец вымыли с головы до ног мылом с примесью орехового масла, доставленного из города Потоси в Андах. Ему обстригли ногти на руках и ногах, тонким порошком из доломитовой извести вычистили зубы, его побрили, подстригли и причесали, а волосы завили и напудрили. Пригласили портного, сапожника, и Гренуй получил сшитую по мерке сорочку с белым жабо и белым рюшем на манжетах, шелковые чулки, камзол, панталоны, и голубой бархатный жилет, и красивые туфли с пряжками из черной кожи, из коих правая искусно маскировала его изувеченную ногу. Маркиз собственноручно припудрил белым тальком рябое лицо Гренуя, тронул кармином губы и щеки и придал бровям с помощью мягкого карандаша из угля жженой липы поистине благородный изгиб. Затем он опрыскал его своими личными духами с простоватым запахом фиалок, отступил на несколько шагов и долго не мог найти слов, чтобы выразить свое восхищение.

— Сударь, — начал он наконец, — я в восторге от самого себя. Я потрясен своею гениальностью. Разумеется, я никогда не сомневался в правильности моей флюидальной теории, никоим образом; но то обстоятельство, что она находит столь блестящее подтверждение в практической терапии, потрясает меня. Вы были животным, а я сделал из вас человека. Это прямо-таки божественное деяние. Позвольте же мне умилиться! Подойдите вон к тому зеркалу и взгляните на себя! Вы впервые в жизни узнаете, что вы человек; не то чтобы особенный, или исключительный, или чем-то выдающийся, но все же вполне нормальный человек. Да подойдите же к зеркалу, сударь! Взгляните на себя и изумитесь чуду, которое я с вами совершил!

Впервые в жизни Греную сказали «сударь». Он подошел к зеркалу и всмотрелся в него. До сих пор он еще никогда не смотрелся в зеркало. Он увидел господина в изящном голубом одеянии, в белой сорочке и шелковых чулках и совершенно инстинктивно согнулся в три погибели, как всегда сгибался перед такими нарядными господами. Но нарядный господин тоже согнулся, а когда Гренуй снова выпрямился, нарядный господин сделал то же самое, и потом оба застыли, в упор разглядывая друг друга.

Больше всего Гренуя поразил тот факт, что он выглядел так неправдоподобно нормально. Маркиз был прав: в нем не было ничего особенного — не хорош собой, но и не слишком уродлив: низковат ростом, немного кособок, лицо невыразительное, — короче, он выглядел, как тысячи других людей. Если он теперь пойдет по улице, ни один человек не обернется ему вслед. Он и сам бы не обратил внимания на такого, каким он стал теперь, попадись он ему по дороге. Разве что в том случае, если бы учуял, что этот встречный ничем, кроме фиалок, не пахнет, как господин в зеркале и как он сам, стоящий перед зеркалом.

А всего десять дней назад крестьяне с криком разбегались при виде его. Тогда он чувствовал себя не иначе, чем теперь, а теперь, закрывая глаза, он чувствовал себя ничуть не иначе, чем тогда. Он втянул воздух, который окружал его тело, и услышал запах плохих духов, и бархата, и новой кожи своих туфель; он обонял шелк, пудру, растертую помаду, слабый аромат мыла из Потоси. И вдруг он понял, что не голубиный бульон, не трюк с вентиляцией сделали из него нормального человека, а единственно эти модные тряпки, прическа и небольшие косметические ухищрения.

Заморгав, он открыл глаза и увидел, что господин в зеркале подмигнул ему и тень улыбки коснулась его подкрашенных кармином губ, словно он хотел дать ему знак, что находит его не слишком противным. И Гренуй тоже нашел, что господин в зеркале, эта одетая как человек, замаскированная, не имеющая запаха фигура, тоже вполне ему симпатичен; по крайней мере, ему показалось, что если только довести маску до совершенства, она могла бы оказать такое воздействие на внешний мир, на которое он, Гренуй, никогда бы не осмелился. Он кивнул фигуре и увидел, что, отвечая ему кивком, она украдкой раздувает ноздри...

31

На следующий день — маркиз как раз обучал его необходимейшим позам, жестам и танцевальным па — Гренуй разыграл припадок головокружения и, якобы совершенно обессилев в приступе удушья, повалился на диван.

Маркиз был вне себя. Он наорал на слуг, требуя немедленно принести опахала и переносные вентиляторы, и едва слуги кинулись исполнять приказание, как маркиз, опустившись на колени рядом с Гренуем, начал обмахивать его своим носовым платком, благоухавшим фиалками, и заклинать, прямо-таки молить все-таки снова подняться, все-таки не испускать дух сейчас, но, если возможно, потерпеть до послезавтра, иначе будущее летальной флюидальной теории окажется в серьезной опасности.

Гренуй корчился и извивался, кашлял, кряхтел, обеими руками отмахивался от платка и наконец весьма драматически свалился с дивана и забился в самый удаленный угол комнаты.

— Не эти духи! — воскликнул он, словно лишаясь последних сил. — Не эти духи! Они убьют меня!

И только когда Тайад-Эспинасс выбросил в окно не только платок, но и камзол, точно так же пахнувший фиалками, Гренуй дал своему приступу ослабнуть и более спокойным голосом рассказал, что он как парфюмер обладает свойственным людям его профессии чувствительным обонянием и всегда, но особенно во время выздоровления, весьма остро реагирует на некоторые ароматы. То обстоятельство, что именно аромат фиалки, в общем-то приятного цветка, так ему невыносим, он может объяснить тем, что духи маркиза содержат высокий процент фиалкового корня, а тот вследствие своего подземного происхождения оказывает вредное воздействие на такую подверженную летальному флюиду особу, как он, Гренуй. Уже вчера, при первом опрыскивании духами, он почувствовал себя совершенно одурманенным, а сегодня, услышав запах корня во второй раз, он почувствовал себя так, словно его столкнули назад, в ужасную душную земляную яму, где он пребывал семь лет. Наверное, его природа возмутилась против насилия, он не умеет этого выразить как-то иначе, ибо после того, как искусство маркиза подарило ему жизнь в очищенном от флюида воздухе, он лучше умрет на месте, чем еще раз поддастся воздействию ненавистного флюида. Еще и сейчас внутри у него все сжимается при одном воспоминании о духах из корня. Однако он совершенно уверен, что силы мгновенно вернутся к нему, если маркиз для полного удаления запаха фиалки позволит ему изготовить собственные духи. Ему представляется очень легкий воздушный аромат, состоящий из удаленных от земли ингредиентов — миндальной и апельсиновой воды, эвкалипта, масла сосновых игл и кипарисового масла. Всего несколько брызг на платье, всего несколько капель на шее и щеках — и он навсегда будет застрахован от повторения мучительного припадка, только что накатившего на него...

То, что мы для удобочитаемости передали косвенной речью, было на самом деле получасовым косноязычным словоизвержением, которое прерывалось множеством хрипов, всхлипов и приступов удушья, сопровождалось дрожью, взмахами рук и красноречивым закатыванием глаз. Маркиз был глубоко потрясен. Еще больше, чем симптомы страдания, его убедила изощренная аргументация подопечного. Конечно же, это фиалковые духи! Отвратительно близкий к земле, даже подземный продукт! Вероятно, он сам, употреблявший его много лет, уже заражен им. Он не имел понятия, что этот аромат с каждым днем приближал его к смерти. И подагра, и онемение затылка, и вялость члена, и геморрой, и шум в ушах, гнилой зуб, несомненно, результаты отравления зловонным фиалковым корнем. А этот глупый человечек, это убожество, забившееся в угол комнаты, открывает ему истину. Маркиз растрогался. Ему захотелось подойти, поднять его, прижать к своему просветленному сердцу. Но он побоялся, что еще пахнет фиалками, а потому еще раз кликнул слуг и приказал убрать из дома все фиалковые духи, проветрить дворец, продезинфицировать свою одежду в аппарате витального воздуха и в носилках доставить Гренуя к лучшему парфюмеру города. Именно этого добивался Гренуй, разыгрывая свой припадок.

Производство ароматов имело в Монпелье старую традицию, и хотя за последнее время по сравнению с городом-конкурентом Грасом оно пришло в некоторый упадок, все же в городе жили несколько хороших мастеров — парфюмеров и перчаточников. Самый почтенный среди них, некто Рунель, приняв в расчет деловые связи с семейством маркиза де ла Тайад-Эспинасса, которому он поставлял мыло, притирания и благовония, согласился на чрезвычайный шаг — уступить на час свое ателье доставленному в носилках странному парижскому подмастерью. Этот последний не выслушал никаких объяснений, не пожелал узнать, где что стоит, сказал, что сам разберется и сообразит, что к чему, и заперся в мастерской и провел там целый час, а тем временем Рунель с управляющим маркиза отправился в кабачок, где, пропустив несколько стаканов вина, был вынужден узнать, почему его фиалковая вода более не имеет права на существование.

Мастерская и лавка Рунеля были оборудованы далеко не так роскошно, как в свое время магазин ароматических товаров Бальдини в Париже. Несколько сортов цветочных масел, воды и пряностей не давали простора для фантазии обычному парфюмеру. Однако Гренуй, едва втянув воздух, сразу же понял, что имеющихся материалов для его целей вполне достаточно. Он не собирался создавать никакого великого аромата; не хотел он смешивать, как в свое время у Бальдини, и престижных духов, которые выделялись бы из моря посредственности и сводили бы людей с ума. И даже простой запах цветов апельсинового дерева, обещанный маркизу, не был его целью. Расхожие эссенции померанца, эвкалипта и кипарисового листа должны были только замаскировать настоящий аромат, который он решил изготовить, — а этим ароматом был человеческий запах. Он хотел присвоить себе, пусть даже сперва в качестве плохого суррогата, запах человека, которым сам он не обладал. Конечно, запаха человека вообще не бывает, так же как не бывает человеческого лица вообще. Каждый человек пахнет по-своему, никто не понимал этого лучше, чем Гренуй, который знал тысячи индивидуальных запахов и с рождения различал людей на нюх. И все же с точки зрения парфюмерии была некая основная тема человеческого запаха, впрочем довольно простая: потливо-жирная, сырно-кисловатая, в общем достаточно противная основная тема, свойственная в равной степени всем людям, а уж над ней в более тонкой градации колышутся облачка индивидуальной ауры.

Однако эта аура, чрезвычайно сложный, неповторимый шифр личного запаха, для большинства людей все равно неуловима. Большинство людей не знает, что обладает им, а кроме того, всячески старается упрятать его под платьем или под модными искусственными запахами. Им хорошо знаком лишь тот — основной — запах, то — первичное и примитивное — человеческое испарение;

только в нем они и живут, и чувствуют себя в безопасности, и всякий, кто источает из себя этот противный всеобщий смрад, воспринимается ими уже как им подобный.

В этот день Гренуй сотворил странные духи. Более странных до сих пор в мире еще не бывало. Он присвоил себе не просто запах, а запах человека, который пахнет. Услышав эти духи в темном помещении, любой подумал бы, что там стоит второй человек. А если бы ими надушился человек, который сам пахнет как человек, то он по запаху показался бы нам двумя людьми или, еще хуже, чудовищным двойным существом, как образ, который нельзя больше однозначно фиксировать, потому что его очертания нечетки и расплываются, как рисунок на дне озера, искаженный рябью на воде.

Для имитации этого человеческого запаха — пусть недостаточной для него, но вполне достаточной, чтобы обмануть других — Гренуй подобрал самые незаметные ингредиенты в мастерской Рунеля.

Горстку кошачьего дерьма, еще довольно свежего, он нашел за порогом ведущей во двор двери. Он взял его пол-ложечки и положил в смеситель с несколькими каплями уксуса и толченой соли. Под столом он обнаружил кусочек сыра величиной с ноготь большого пальца, явно оставшийся от какой-то трапезы Рунеля. Сыр был уже достаточно старый, начал разлагаться и источал пронзительно-острый запах. С крышки бочонка с сардинами, стоявшего в задней части лавки, он соскреб нечто пахнувшее рыбными потрохами, перемешал это с тухлым яйцом и бобровой струей, нашатырем, мускатом, роговой стружкой и пригоревшей свиной шкваркой. К этому он добавил довольно большое количество цибетина, разбавил эти ужасные приправы спиртом, дал настояться и профильтровал во вторую бутылку. Запах смеси был чудовищен. Она воняла клоакой, разложением, гнилью, а когда взмах веера примешивал к этому испарению чистый воздух, возникало впечатление, что вы стоите в жаркий летний день в Париже на пересечении улиц О-Фер и Ленжери, где сливаются запахи рыбных рядов, Кладбища Невинных и переполненных домов.

На эту жуткую основу, которая сама по себе издавала скорее трупный, чем человеческий запах, Гренуй наложил всего один слой ароматов эфирных масел: перечной мяты, лаванды, терпентина, лимона, эвкалипта, а их он смягчил и одновременно скрыл букетом тонких цветочных масел герани, розы, апельсинового цвета и жасмина. После повторного разбавления спиртом и небольшим количеством уксуса отвратительный фундамент, на котором зиждилась вся смесь, стал совершенно неуловимым для обоняния. Свежие ингредиенты сделали незаметным латентное зловоние, аромат цветов украсил омерзительную суть, даже почти придал ей интерес, и, странным образом, нельзя было больше уловить запаха гнили и разложения, он совершенно не ощущался. Напротив, казалось, что эти духи источают энергичный, окрыляющий аромат жизни.

Гренуй разлил их в два флакона, которые плотно закрыл пробками и спрятал в своих карманах. Затем он тщательно вымыл водой смесители, ступы, воронки и ложки, протер их маслом горького миндаля, чтобы удалить все следы запахов, и взял второй смеситель. В нем он быстро скомпоновал другие духи, нечто вроде копии первых, которые тоже состояли из эфирных масел и из цветочных элементов, но основа не содержала колдовского варева, а включала вполне обычный мускус, амбру, немного цибетина и кедрового масла. В общем-то, они пахли совершенно иначе, чем первые, — не так загадочно, более безупречно, менее агрессивно, — ибо им не хватало элементов, имитирующих человеческий запах. Но если ими душился обычный человек и они смешивались с его собственным запахом, то их нельзя было совершенно отличить от тех, которые Гренуй изготовил исключительно для себя.

Наполнив флаконы вторыми духами, он разделся донага и опрыскал свое платье теми, первыми. Потом надушился под мышками, между пальцами на ногах, в паху и за ушами; надушил шею и волосы, оделся и покинул мастерскую.

32

Выйдя на улицу, он вдруг испугался, так как знал, что впервые в своей жизни распространяет человеческий запах. Сам же он считал, что воняет, отвратительно воняет. И он не мог себе представить, что другие люди вовсе не воспринимают его запах как зловоние, и не решился зайти в пивную, где его ждали Рунель и мажордом маркиза. Ему казалось менее рискованным испробовать новую ауру в анонимной среде.

По самым узким и темным переулкам он прокрался к реке, где дубильщики и красильщики держали мастерские и где они занимались своим зловонным ремеслом. Встречая кого-нибудь или проходя мимо двери дома, где играли дети или сидели старухи, он заставлял себя замедлять шаг и нести свой запах вокруг себя как большое плотное облако.

С юности он привык, что люди, проходя мимо, совершенно не обращают на него внимания; не из презрения — как он когда-то думал, — а потому, что совсем не замечают его существования. Вокруг него не было пространства, в отличие от других людей он не создавал волнения атмосферы, не отбрасывал, так сказать, тени на других людей. Только когда он лицом к лицу сталкивался с кем-нибудь, в толпе или внезапно на углу улицы, тогда возникал короткий момент восприятия, и обычно встречный в ужасе отшатывался, несколько секунд глядел на него, Гренуя, так, словно видел существо, не имевшее, собственно говоря, права на существование, существо, которое, хотя, несомненно, и было здесь, каким-то образом не присутствовало, — а потом быстро удалялся и мгновенно забывал о нем...

Но теперь в переулках Монпелье Гренуй снова чувствовал и видел — и на этот раз, когда он снова это увидел, его пронизало острое чувство гордости, — что он оказывал воздействие на людей. Проходя мимо какой-то женщины, склонившейся над краем колодца, он заметил, как она на мгновение подняла голову, посмотрела на него и потом, явно успокоившись, снова занялась своим ведром. Какой-то мужчина, стоявший спиной к нему, обернулся и довольно долго с любопытством глядел ему вслед. Дети, которых он встречал, уступали ему дорогу — не из боязни, а из вежливости; и даже если они выбегали из дверей домов и нечаянно наталкивались на него, они не пугались, а просто прошмыгивали мимо, как будто старались не задеть приближавшуюся особу.

Благодаря нескольким таким встречам он точнее ощутил силу своей новой ауры и стал увереннее в себе и наглее. Он быстрее подходил к людям, старался пройти как можно ближе к ним, даже немного размахивал левой рукой и невзначай касался руки прохожего. Один раз он будто нечаянно толкнул мужчину, которого хотел обогнать. Он задержался, извинился, и человек, который еще вчера при внезапном появлении Гренуя остановился бы как громом пораженный, сделал вид, что ничего не произошло, принял извинение, даже слегка улыбнулся и хлопнул Гренуя по плечу.

Он вышел из переулков и вступил на площадь перед собором Св. Петра. Звонили колокола. С обеих сторон портала толпились люди. Только что закончился обряд венчания. Все хотели увидеть невесту. Гренуй побежал туда и замешался в толпу. Он толкался, ввинчивался в человеческую массу, в самую гущу народа, пусть они стоят вокруг него вплотную, пусть пропитаются его собственным запахом. И он расталкивал напирающую тесноту руками, и шире расставлял ноги, и разодрал ворот рубашки, чтобы запах мог беспрепятственно стекать с его тела... И радость его была безграничной, когда он заметил, что другие ничего не заметили, совершенно ничего, что все эти мужчины, и женщины, и дети, стоявшие вплотную вокруг него, так легко дали себя обмануть и вдыхали его зловоние, сварганенное из кошачьего дерьма, сыра и уксуса, как запах себе подобного, а его, Гренуя, подкидыша и ублюдка, принимали в свою среду на равных.

У своих колен он почувствовал ребенка, маленькую девочку, заклиненную между взрослыми. Он поднял ее, ханжески изображая заботу, и взял на руки, чтобы ей было лучше видно. Мать не только стерпела это, она поблагодарила его, а малышка радостно заверещала от удовольствия.

Так Гренуй, в экстазе ложной святости прижимая к груди чужого ребенка, простоял в лоне толпы примерно четверть часа. И пока свадебная процессия, сопровождаемая оглушительным звоном колоколов и ликованием людей, двигалась мимо, а над ней звенел дождь монет, в Гренуе бушевало другое ликование, черное ликование, злобное чувство триумфа, вызывавшее дрожь и дурманившее его как приступ похоти, и он с трудом сдерживался, чтобы не выплеснуть его как яд и желчь на всех этих людей и не закричать, торжествуя, им в лицо: что он их не боится, даже почти не ненавидит, но что он со всей страстью презирает их за их вонючую глупость, ибо они позволили ему обмануть и одурачить себя; ибо они суть ничто, а он — все! И, словно издеваясь, он теснее прижал к себе ребенка, набрал в легкие воздуха и вместе с хором прочих закричал:

— Ура невесте! Да здравствует невеста! Да здравствует великолепная пара!

Когда свадебная процессия удалилась и толпа начала рассеиваться, он отдал ребенка матери и пошел в церковь, чтобы оправиться от возбуждения и отдохнуть. Воздух внутри собора был насыщен ладаном, который холодными клубами поднимался из двух кадильниц по обеим сторонам алтаря и как душное одеяло расстилался над более слабыми запахами людей, только что сидевших здесь. Гренуй присел на скамейку под хорами.

Внезапно на него снизошла великая удовлетворенность. Не та пьяная удовлетворенность, которую он испытывал тогда, в чреве горы во время своих одиноких оргий, но очень холодная и трезвая удовлетворенность, какую рождает сознание собственной мощи. Теперь он знал, на что способен. С помощью самых ничтожных средств он благодаря своему собственному гению имитировал запах человека и сразу же добился такой точности попадания, что даже ребенок дал себя обмануть. Теперь он знал, что способен достичь еще большего. Знал, что сможет улучшить этот запах. Он смог бы создать не только человеческий, но сверхчеловеческий аромат, ангельский аромат, столь неописуемо прекрасный и живительный, что, услышав его, каждый будет околдован и должен будет всем сердцем возлюбить его, Гренуя, носителя этого аромата.

Да, он заставит их полюбить себя. Оказавшись в сфере воздействия его аромата, они будут вынуждены не только принять его как себе подобного, но полюбить его до безумия, до самозабвения, он заставит их дрожать от восторга, кричать, рыдать от блаженства; едва почуяв его, Гренуя, они будут опускаться на колени, как под холодным ладаном Бога! Он хотел стать всемогущим богом аромата, каким он был в своих фантазиях, но теперь — в действительном мире и над реальными людьми. И он знал, что это в его власти. Ибо люди могут закрыть глаза и не видеть величия, ужаса, красоты и заткнуть уши и не слышать людей или слов. Но они не могут не поддаться аромату. Ибо аромат — это брат дыхания. С ароматом он войдет в людей, и они не смогут от него защититься, если захотят жить. А аромат проникает в самую глубину, прямо в сердце, и там выносит категорическое суждение о симпатии и презрении, об отвращении и влечении, о любви и ненависти. Кто владеет запахом, тот владеет сердцами людей.

Совершенно спокойно сидел Гренуй на скамье и усмехался. Принимая решение покорить людей, он не испытывал эйфорического подъема. В его глазах не было безумного огня, сумасшедшая гримаса не искажала его лица. Он не бесновался. Он был преисполнен такой ясности и веселья, что спрашивал себя, зачем вообще хочет этого. И он сказал себе, что хочет этого потому, что насквозь пропитан злом. И при этом он усмехался и был очень доволен. Он выглядел вполне невинно, как какой-нибудь человек, который счастлив.

Некоторое время он оставался сидеть в задумчивом спокойствии и глубокими затяжками вдыхал насыщенный ладаном воздух. И снова самодовольная ухмылка прошла по его лицу. Какой все-таки жалкий аромат у этого Бога! Какой смехотворно дурной запах Он распространяет. То, что клубилось в кадильницах, — даже и не настоящий ладан. Это был плохой суррогат, с примесью липового угля, и корицы, и селитры. Бог вонял. Бог был маленькой жалкой вонючкой. Его обманывали, этого Бога, или сам Он был обманщиком, точно так же как Гренуй, — только намного худшим!

33

Маркиз де ла Тайад-Эспинасс был в восторге от новых духов. Поразительно, сказал он, даже для него, открывателя летального флюида, наблюдать потрясающее воздействие столь второстепенной и летучей субстанции, как духи, на общее состояние индивида: все зависит от того, насколько связаны с землей или отдалены от земли ингредиенты этой субстанции. Гренуй, который всего несколько часов назад лежал здесь бледный и близкий к обмороку, выглядит таким же свежим и цветущим, как любой здоровый человек его возраста; можно даже сказать, что он — при всех недостатках, свойственных людям его сословия, и при всей его необразованности — почти приобрел нечто вроде личной индивидуальности. Во всяком случае, он, Тайад-Эспинасс, в главе о витальной диететике своего приготовляемого к печати трактата «К вопросу о теории летального флюида» непременно опишет этот случай. А для начала он сам использует новые духи по назначению.

Гренуй вручил ему два флакона с обычными цветочными духами, и маркиз надушился. Он был вполне доволен эффектом. Ему кажется, признался он, что ужасный фиалковый запах годами давил на него свинцовою тяжестью, а теперь у него выросли цветущие крылья, и отпустила ужасная боль в колене, и ослаб шум в ушах; в общем, он чувствует себя окрыленным, бодрым и помолодевшим на несколько лет. Он подошел к Греную, обнял его и назвал своим «флюидальным братом», присовокупив, что при этом имеет в виду отнюдь не социальное, но чисто умозрительное обращение in conspectu universalitatis fluidi letalis, перед коим — и только перед ним! — все люди равны; кроме того, он планирует — а это он говорил, отрываясь от Гренуя, причем весьма дружески, без малейшего отвращения, почти как от равного — в ближайшее время учредить сверхсословную ложу с целью полного преодоления fluidum letale, дабы как можно скорее заменить его чистым fluidum vitale, и он уже сейчас обещает Греную, что тот будет первым прозелитом этой ложи. Затем он приказал записать рецептуру цветочных духов, спрятал записку в карман и подарил Греную пятьдесят луидоров.

Ровно через неделю после первого доклада маркиз де ла Тайад-Эспинасс вторично представил своего подопечного в актовом зале университета. Наплыв публики был огромный. Пришел весь цвет общества не только научного, но и прежде всего светского, в том числе много дам, которые желали увидеть сказочного пещерного человека. И хотя противники Тайад-Эспинасса — в основном представители «Дружеского кружка университетских ботанических садов» и члены «Объединения для поощрения агрикультуры» — мобилизовали всех своих приверженцев, мероприятие имело феноменальный успех. Чтобы напомнить публике о состоянии Греную неделю назад, Тайад-Эспинасс сначала передал в зал рисунки, на которых пещерный человек был изображен во всей мерзкой запущенности. Затем он приказал ввести нового Греную — в красивом сюртуке синего бархата и шелковой сорочке, нарумяненного, напудренного и причесанного; и уже то, как он шел, то есть держась прямо, мелкими шагами, изящно покачивая бедрами, как он без посторонней помощи взобрался на помост, низко поклонился, с улыбкой покивал головой туда-сюда, заставило умолкнуть всех скептиков и критиков. Даже друзья университетских ботанических садов подавленно молчали. Слишком красноречивым было изменение, слишком ошеломляющим чудо, которое здесь явно произошло: если неделю

186

назад они видели перед собой затравленное, одичавшее животное на четвереньках, то теперь на том же месте стоял поистине цивилизованный, хорошо сложенный человек. В зале распространилось почти благоговейное настроение и, когда Тайад-Эспинасс поднялся на кафедру для доклада, воцарилась полная тишина. Он в очередной раз изложил свою достаточно известную теорию летального земляного флюида, затем объяснил, какими механическими и диетическими средствами он удалил флюид из тела демонстрируемого субъекта и заменил его витальным флюидом, и в заключение призвал всех присутствующих, как друзей, так и противников, перед лицом столь убедительной очевидности отказаться от сопротивления новому учению и вместе с ним, Тайад-Эспинассом, встать на борьбу с дурным флюидом и признать положительный витальный флюид. При этом он распростер руки и возвел глаза к небу, и многие из ученых мужей повторили за ним этот жест, а женщины заплакали.

Гренуй стоял на помосте и не прислушивался. Он с величайшим удовлетворением наблюдал за воздействием совершенно другого, много более реального флюида: своего собственного. Учитывая размеры актового зала, он надушился очень сильно, и, едва он поднялся на помост, аура его запаха начала мощно излучаться в зал. Он видел, — в самом деле, он видел даже глазами! — как она захватила сначала первые ряды, затем переместилась дальше, к центру зала, и наконец достигла последних рядов и растеклась по галерее. И тот, кого она захватила — у Гренуя от радости запрыгало сердце, — тот менялся на глазах. В полосе его аромата люди, сами того не сознавая, изменяли выражение лица, изменяли свое поведение, свои чувства. Тот, кто сначала глазел на него только со сдержанным изумлением, теперь смотрел с умилением, тот, кто неподвижно и прямо сидел на стуле, критически хмуря лоб и многозначительно кривя рот, теперь свободнее подался вперед, а лицо его приняло детски доверчивое выражение; и даже на лицах боязливых, испуганных, самых чувствительных — тех, кто прежде не мог смотреть на него без ужаса, а потом без подобающего скепсиса, — появился налет дружелюбия, даже симпатии, как только их настиг его запах.

По окончании доклада все собрание поднялось с мест, охваченное бурным ликованием.

— Да здравствует витальный флюид! Да здравствует Тайад-Эспинасс! Ура флюидальной теории! Долой ортодоксальную медицину! — кричал ученый народ Монпелье, самого значительного университетского города на юге Франции, и маркиз де ла Тайад-Эспинасс пережил самый великий час своей жизни.

А Гренуй, который спустился с помоста и смешался с толпой, понял, что эти бешеные овации, собственно говоря, предназначались ему, ему одному, Жан-Батисту Греную, хотя никто из ликующих в зале этого не подозревал.

34

Он еще несколько недель оставался в Монпелье. Он приобрел некоторую известность, и его приглашали в салоны, где расспрашивали о пещерной жизни и исцелении с помощью маркиза. Снова и снова ему приходилось повторять историю о похитивших его разбойниках, о корзине и о лестнице. И каждый раз он расписывал ее все красочнее и придумывал все новые подробности. Так он снова натренировался в умении разговаривать — правда, не очень хорошо, так как с языком у него всю жизнь не ладилось — и, что было для него важнее, приобрел привычку ко лжи. В сущности, он понял, что может рассказывать людям что угодно. Доверившись однажды — а к нему они проникались доверием с первого вдоха, которым вбирали в себя его запах, — они потом верили ему. Далее он приобрел некоторую уверенность в светском обхождении, которой никогда прежде не обладал. Она выражалась даже физически. Он как бы стал выше ростом. Его горб, казалось, исчез. Он держался почти прямо. И когда к нему обращались, он больше не сгибался в поклоне, но оставался стоять, выдерживая направленные на него взгляды. Конечно, за это время он не стал ни светским человеком, ни завсегдатаем салонов, ни суверенным членом общества. Но угрюмая неуклюжесть сошла с него, уступив место манере, которую можно было истолковать как естественную скромность или, во всякое случае, врожденную робость и которая производила трогательное впечатление на некоторых господ и некоторых дам — в ту эпоху в светских кругах питали слабость к «естественному» и к чему-то вроде неотесанного шарма.

В начале марта он собрал свои вещи и ушел, тайно, ранним утром, едва открылись ворота, одетый в неброский коричневый сюртук, приобретенный накануне у старьевщика, и потрепанную шляпу, которая наполовину скрывала его лицо. Никто его не узнал, никто его не увидел, не заметил, потому что он намеренно в этот день отказался от духов. И когда маркиз около полудня приказал начать розыски, сторожа клялись и божились, что хоть они и видели разных людей, выходящих из города, но никак не того всем известного пещерного человека, который наверняка бросился бы им в глаза. Тогда маркиз распустил слух, что Гренуй покинул Монпелье с его согласия, чтобы съездить в Париж по семейным делам. Однако втайне он ужасно разозлился, ибо намеревался предпринять с Гренуем турне по всему королевству, чтобы завербовать сторонников своей флюидальной теории.

Спустя некоторое время он успокоился, поскольку его слава распространилась и без турне, почти без усилий с его стороны. В «Журналь де саван» и даже в «Курьер де л'Эроп» появились длинные статьи о fluidum letale Taillade, и со всех концов страны начали приезжать страдающие летальным отравлением пациенты в надежде обрести у него исцеление. Летом 1764 года он основал первую «Ложу витального флюида», которая в Монпелье насчитывала двенадцать членов и учредила филиалы в Марселе и Лионе. Потом он решился рвануть в Париж, чтобы оттуда завоевать для своей теории весь цивилизованный мир, но еще прежде, ради пропагандистской поддержки своего похода, совершить некий флюидальный подвиг, который бы затмил исцеление пещерного человека и все прочие эксперименты, а именно в начале декабря сопроводить группу бесстрашных адептов, отправлявшихся на пик Канигу. Пик находился на долготе Парижа и считался высочайшей вершиной Пиренеев. Этот ученый муж, стоявший на пороге старости, приказал доставить себя на вершину высотой 2800 метров и там в течение трех недель подвергнуть воздействию самого настоящего, самого свежего витального воздуха, дабы, как он объявил во всеуслышание, точно к Рождеству снова спуститься вниз в качестве крепкого двадцатилетнего юноши.

Адепты сдались уже сразу за Верне, последним человеческим поселением у подножия ужасной горы. Однако маркиза ничто не могло остановить. На ледяном холоде он сбросил с себя одежду и, исторгая громкие вопли ликования, начал восхождение один. Последнее воспоминание о нем — это его силуэт с экстатически воздетыми к небу руками, исчезающий с песней в снежной буре.

В ночь под Рождество ученики напрасно ожидали возвращения маркиза де ла Тайад-Эспинасса. Он не вернулся ни старцем, ни юношей. И весной следующего года, когда самые отважные отправились на поиски и взобрались на все еще заснеженную вершину пика Канигу, не нашлось никакого следа — ни обрывка одежды, ни кусочка тела, ни косточки.

Разумеется, это не повредило его учению. Напротив. Вскоре разошлась легенда, что на самом пике горы он слился с вечным витальным флюидом, растворил в нем себя и с тех пор невидимый, но вечно юный парит над вершинами Пиренеев, и тот, кто туда поднимется, причастится к нему и в течение года будет избавлен от болезней и процесса старения. Вплоть до конца XIX века несколько медицинских кафедр отстаивали флюидальную теорию Тайада, а многие оккультные общества применяли ее терапевтически. И в наши дни по обе стороны Пиренеев, а именно в Перпиньяне и Фигерасе, имеются тайные тайадовские ложи, которые встречаются раз в год для восхождения на пик Канигу.

Там они разжигают большой костер якобы по поводу солнцеворота или в честь святого Иоанна, на самом же деле для того, чтобы воздать божественные почести своему Мастеру Тайад-Эспинассу и его великому флюиду и достичь вечной жизни.

ЧАСТЬ ТРЕТЬЯ

35

Если для первого этапа путешествия по Франции Греную потребовалось семь лет, то второй этап он проделал менее чем за семь дней. Он больше не избегал оживленных дорог и городов, не делал обходов. У него был запах, он имел деньги, он верил в себя, и он торопился.

Уже к вечеру того дня, когда он покинул Монпелье, он пришел в Гро-дю-Руа, портовый городок к юго-западу от Эг-Морта, откуда на грузовом паруснике отплыл в Марсель. В марсельском порту он сразу же подыскал корабль, который отправлялся дальше вдоль побережья, на восток. Через два дня он был в Тулоне, еще через три дня — в Канне. Остаток дороги он шел пешком. Он следовал по тропе, ведущей в глубину страны, к северу, на холмы.

Через два часа он стоял на вершине плоскогорья, а перед ним на много миль вокруг расстилался бассейн реки, нечто вроде гигантской ландшафтной чаши, края которой составляли мягко возвышающиеся холмы и крутые горные цепи, а далекое устье покрывали свежевспаханные поля, возделанные сады и оливковые рощи. Совершенно особая, интимная атмосфера заполняла эту чашу. Хотя море было так близко, что его можно было видеть с вершин холмов, здесь не было ничего морского, ничего солоновато-песчаного, ничего открытого — лишь тихая отъединенность, словно побережье находилось на расстоянии нескольких дней пути. И хотя к северу возвышались большие горы, на которых еще лежал и еще долго будет лежать снег, здесь не ощущалось никакой дикости или скудости, никакого холодного ветра. Весна здесь продвинулась дальше, чем в Монпелье. Мягкая дымка укрывала поля, как стеклянный колокол. Абрикосовые и миндальные деревья стояли в цвету, и теплый воздух был пронизан ароматом нарциссов.

На другом конце этой большой чаши, примерно в двух милях, лежал или, лучше сказать, лепился к крутизне гор некий город. На расстоянии он не производил слишком помпезного впечатления. Там не было мощного, возвышающегося над домами собора, а только пупырышек церковной колокольни, не было доминирующей над пейзажем крепости, не было какого-нибудь великолепного здания. Стены отнюдь не казались неприступными, тут и там дома выпрастывались из-за своих оград, будто стремясь к ровной поверхности, и придавали этой мягкой картине слегка растрепанный вид. Казалось, этот город слишком часто подвергался захвату и снова высвобождался, он словно устал оказывать серьезное сопротивление будущим вторжениям — но не по слабости, а по небрежности или даже из-за ощущения своей силы. Он как будто не желал тщеславиться. Он владел большой ароматной чашей, благоухавшей у его ног, и, казалось, этим довольствовался.

Этот одновременно невзрачный и самоуверенный городок назывался Грас и вот уже несколько десятилетий считался бесспорной столицей торговли и производства ароматических веществ, парфюмерных товаров, туалетного мыла и масел. Джузеппе Бальдини всегда произносил его название с мечтательным восхищением. Он утверждал, что этот город — Рим ароматов, обетованная земля парфюмеров, и тот, кто не прошел здешней школы, не имеет права на звание парфюмера.

Гренуй смотрел на город Грас весьма трезвым взглядом. Он не искал обетованной страны парфюмерии, и сердце его не забилось при виде гнезда, прилепившегося к высоким склонам. Он пришел, потому что знал, что там лучше, чем где бы то ни было, можно изучить некоторые технические приемы извлечения ароматов. Их-то он и хотел освоить, ибо нуждался в них для своих целей. Он вытащил из кармана флакон со своими духами, экономно надушился и отправился в путь. Через полтора часа, к полудню, он был в Грасе.

Он поел на постоялом дворе в верхнем конце города на площади Оз-Эр. Площадь по всей длине пересекал ручей, в котором дубильщики мыли кожи, чтобы потом растянуть их для просушки. Воняло здесь так убийственно, что некоторые постояльцы теряли аппетит. Но не Гренуй. Ему этот запах был знаком, ему он придавал уверенности. Во всех городах он первым делом разыскивал квартал дубильщиков. Потом, выходя из среды зловония и наводя справки о других местах в городе, он уже не чувствовал себя чужаком.

Весь день, от полудня до вечера, он шнырял по городу. Город был невероятно грязным, несмотря или, скорее, благодаря большому количеству воды, которая струилась из дюжины источников и фонтанов, ворковала в неухоженных ручьях и сточных канавах и подмывала или наводняла илом переулки. Дома в некоторых кварталах стояли так тесно, что для проходов и лестничек оставалось место всего в локоть шириной и пробиравшиеся по грязи прохожие тесно прижимались друг к другу, если им нужно было обогнать идущего впереди. И даже на площадях и на немногих широких улицах кареты едва могли разминуться. И однако, при всей грязи, при всей скученности и тесноте город распирала предприимчивость ремесленников. Совершая свой обход, Гренуй насчитал не менее семи мыловарен, дюжину парфюмерных и перчаточных ателье, бесчисленное множество мелких мастерских по изготовлению дистиллятов, помад и специй и, наконец, около семи оптовых лавок, где торговали ароматическими изделиями.

Во всяком случае, тут имелись торговцы, владевшие настоящими крупными конторами по продаже ароматических веществ. По их домам это часто не было заметно. Выходящие на улицу фасады выглядели по-буржуазному скромно. Но то, что лежало за фасадами — на складах, в кладовых и в огромных подвалах: бочонки с маслом, штабеля душистого лавандового мыла, баллоны с цветочными эссенциями, винами, спиртами, рулоны пахучих кож, мешки, и сундуки, и ящики, полные пряностей... Гренуй улавливал их запахи во всех подробностях сквозь самые толстые стены, — было богатством, какого не имели и князья. А когда он принюхивался сильнее, сквозь выходящие на улицу прозаические торговые и складские помещения, он обнаруживал, что на задней стороне этих непритязательных буржуазных домов находились строения самого роскошного типа. Вокруг маленьких, но очаровательных садов, где росли олеандры и пальмы и где плескались фонтаны, окруженные клумбами, располагались выстроенные «покоем», открытым на южную сторону, жилые флигеля усадеб: залитые солнцем, обтянутые штофными обоями спальни в верхних этажах, великолепные гостиные с панелями из экзотических сортов дерева в нижнем этаже и столовые, иногда пристроенные в виде террас, выходящих в сад; здесь в самом деле, как рассказывал Бальдини, ели с фарфоровых тарелок, пользуясь золотыми вилками, и ножами, и ложками. Господа, которые жили за этими скромными кулисами, пахли золотом и властью, тяжелым надежным богатством, и они пахли всем этим сильнее, чем все в этом роде, что до сих пор обонял Гренуй во время своего путешествия по провинции.

Перед одним из таких закамуфлированных палаццо он простоял довольно долго. Дом находился в начале улицы Друат — главной улицы, пересекавшей город по всей длине с запада на восток. На вид в нем не было ничего особенного, разве что с фасада он казался шире и солиднее, чем соседние здания, но вовсе не импозантнее. Перед воротами стояла телега с бочками; ее разгружали, скатывая бочки по приставной широкой доске. Вторая телега ожидала своей очереди. Какой-то человек с бумагами вошел в контору, потом вышел из нее с другим человеком, и оба исчезли в арке ворот. Гренуй стоял на противоположной стороне улицы и наблюдал за этой суетой. То, что там происходило, его не интересовало. И все-таки он не уходил. Что-то удерживало его на месте.

Он закрыл глаза и сосредоточился на запахах, долетавших до него от здания. Тут были запахи бочек уксуса и вина, потом сотни тяжелых запахов склада, потом запахи богатства, проникавшие сквозь стены, как испарина золотого пота, и, наконец, запахи сада, по-видимому расположенного с другой стороны дома. Было нелегко уловить эти нежные запахи сада, потому что они лишь тонкими полосками перетекали через крышу дома вниз на улицу. Гренуй учуял магнолию, гиацинты, волчник и рододендрон... но, казалось, там было еще что-то, какое-то убийственно прекрасное благоухание. Он никогда в жизни — или нет, лишь один-единственный раз в жизни воспринимал обонянием столь изысканный аромат. Его потянуло приблизиться.

Он подумал, нельзя ли попытаться проникнуть в усадьбу просто через арку ворот. Но там столько людей занималось разгрузкой и проверкой бочек, что он наверняка привлек бы к себе внимание. Он решил вернуться назад по улице, чтобы найти проулок или проход, который вел бы вдоль поперечной стороны дома. Пройдя несколько метров, он остановился у городских ворот в начале улицы Друат. Он пересек ее, взял круто влево и вдоль городской стены стал спускаться вниз. Еще немного — и он учуял запах сада, сначала слабый, смешанный с воздухом полей, потом все более сильный. Наконец он понял: сад, примыкавший к городской стене, находится совсем близко, прямо перед ним. Слегка отступив назад, он мог видеть верхние ветки деревьев, росших за стеной.

Он снова закрыл глаза. На него обрушились ароматы этого сада, прочерченные отчетливо и ясно, как цветные ленты радуги. И тот, драгоценный, тот, к которому его влекло, был среди них. Гренуй почувствовал жар блаженства и похолодел от ужаса. Кровь бросилась ему в голову, как пойманному мошеннику, и отхлынула в середину тела, и снова поднялась, и снова отхлынула, и он ничего не мог с этим поделать. Слишком внезапной была эта атака запаха. На один миг — на мгновение одного вдоха, на целую вечность — ему показалось, что время удвоилось или, напротив, исчезло, ибо он перестал понимать, было ли теперь — теперь и здесь — здесь или теперь было — тогда, а здесь — там, то есть на улице Марэ, в Париже, в сентябре 1753 года: аромат, струившийся из сада, был ароматом рыжеволосой девушки, которую он тогда умертвил. То, что он снова нашел в мире этот аромат, наполнило его глаза слезами блаженного счастья, — а то, что этого могло не быть, испугало его до смерти.

У него кружилась голова, его немного шатало, и ему пришлось опереться на стену и медленно соскользнуть в ров. Там, собираясь с силами и укрощая свой дух, он начал вдыхать роковой аромат короткими, менее рискованными затяжками. И он обнаружил, что аромат за стеной хотя и невероятно похож на аромат рыжеволосой девушки, но не совершенно такой же. Разумеется, он также исходил от рыжеволосой девушки, в этом не было сомнения. Воображением своего обоняния Гренуй видел эту девушку перед собой как на картине. Она не сидела тихо, а прыгала и скакала, ей было жарко, потом она снова остывала, она явно играла в какую-то игру, во время которой нужно было быстро двигаться и замирать на месте — с каким-то вторым человеком, чей запах, впрочем, совершенно не имел значения. У нее была ослепительно белая кожа. У нее были зеленые глаза. У нее были веснушки на лице, на шее и на груди... то есть — Гренуй на момент задохнулся, потом энергичнее шмыгнул носом и попытался оттеснить воспоминания о запахе девушки с улицы Марэ, — то есть у здешней девушки вообще еще не было груди в истинном смысле слова! У нее были едва наметившиеся зачатки груди. У нее были бесконечно нежно и слабо благоухающие, обсыпанные веснушками, может быть, всего несколько дней, может быть, всего несколько часов... только сию минуту начавшие набухать колпачки грудок. Одним словом, эта девушка была еще ребенком. Но каким ребенком!

У Гренуя выступил пот на лбу. Он знал, что дети пахнут не особенно сильно — так же как зеленые, нераспустившиеся бутоны цветов. Но этот цветок, этот почти еще закрытый бутон за стеной, еще никем, кроме Гренуя, не замеченный, только еще выпускающий первые душистые острия лепестков, благоухал уже теперь так божественно, что волосы вставали дыбом. А если он распустится во всем своем великолепии, то будет источать аромат, какого никогда еще не обонял мир. Она уже сейчас пахнет лучше, подумал Гренуй, чем тогдашняя девушка с улицы Марэ, не так крепко, не так роскошно, но тоньше, многограннее и одновременно естественней. А за два-три года этот запах созреет и приобретет такую власть, что ни один человек — ни мужчина, ни женщина — не сможет не подчиниться ей. И люди будут покорены, обезоружены, беспомощны перед волшебством этой девушки, и они не будут знать почему. И поскольку они глупы и могут использовать свои носы только для чихания и думают, что могут познавать все и вся глазами, они скажут, что покорены красотой, и грацией, и обаянием этой девушки. В своей ограниченности они прославят ее заурядные черты — стройную фигуру, безупречный овал лица. У нее глаза, скажут они, как изумруды, а зубы — как жемчуг, а кожа гладкая, как слоновая кость, — каких только нет идиотских сравнений. И они провозгласят ее Жасминовой Королевой, и болван художник напишет ее портрет, и все скажут, что она — самая красивая женщина Франции. И юнцы будут под бренчание мандолины просиживать ночи под ее окном... толстые богатые мужчины, ползая на коленях, клянчить у ее отца руку дочери... и женщины любого возраста при виде ее вздыхать и во сне грезить о том, чтобы хоть один день выглядеть столь же соблазнительно, как она. И все они не узнают, что в действительности очарованы не ее внешностью, не ее якобы не имеющей изъянов красотой, но единственно ее несравненным, царственным ароматом! Только он будет это знать, он, Гренуй, он один. Он ведь и сейчас уже знал это.

Ах! Он хотел завладеть этим ароматом! Завладеть не так безрассудно, как тогда на улице Марэ. Запах той девушки он просто выпил, опрокинул в себя и тем разрушил. Нет, аромат девушки за стеной он хотел присвоить по-настоящему: снять с нее, как кожу, и сделать своим собственным. Как это должно произойти, он не знал. Но у него было два года в запасе, чтобы научиться. В сущности, это не должно было быть труднее, чем ограбить редкий цветок, отняв у него запах.

Он встал. Почти благоговейно, словно покидая святую или спящую, он удалился, сгорбившись, тихо, чтобы никто его не увидел, никто не услышал, никто не обратил внимания на его драгоценную находку. Так он добежал вдоль городской стены до противоположного конца города, где душистый аромат девушки наконец затерялся. Его впустили обратно через заставу Фенеан. Он остановился в тени домов. Зловонный чад переулков придал ему уверенности и помог укротить охватившую его страсть. Через полчаса он снова был совершенно спокоен. Во-первых, думал он, он больше не приблизится к саду за стеной. Этого делать не надо. Это слишком сильно возбуждает его. Цветок расцветет там без его участия, а каким образом он будет расцветать, ему все равно известно. Он не позволит себе раньше времени опьяняться ароматом. Он должен ринуться в работу. Он должен расширить свои знания и усовершенствовать свои ремесленные навыки, чтоб быть во всеоружии, когда придет время жатвы. У него было еще два года в запасе.

36

Недалеко от заставы Фенеан, на улице Де-ла-Лув, Гренуй обнаружил маленькую парфюмерную мастерскую и спросил, нет ли работы.

Оказалось, что хозяин, мастер парфюмерных дел Оноре Арнульфи, прошлой зимой скончался и его вдова, бойкая черноволосая женщина лет тридцати, ведет дело одна с помощью подмастерья.

Мадам Арнульфи долго жаловалась на плохие времена и свое тяжелое материальное положение, но потом заявила, что хотя она и не может позволить себе держать второго подмастерья, но весьма в нем нуждается, так как на нее навалилось много работы; кроме того, она никак не может пустить второго подмастерья к себе в дом, однако, с другой стороны, у нее имеется небольшая хижина в масличном саду за францисканским монастырем — всего в десяти минутах отсюда, — где непритязательный молодой человек смог бы, если понадобится, ночевать; конечно, продолжала мадам, она честная хозяйка и готова нести ответственность за телесное здоровье своих подмастерьев, но, с другой стороны, она не в состоянии обеспечить им две горячие трапезы в день; одним словом, мадам Арнульфи — и это Гренуй сразу учуял — была женщиной благополучной, здравомыслящей и деловой. И поскольку его самого деньги не интересовали и он удовлетворился двумя франками недельного жалованья и прочими скудными условиями, они быстро ударили по рукам. Позвали первого подмастерья, огромного парня по имени Дрюо, и Гренуй сразу догадался, что мадам привыкла делить с ним постель и не принимает без него деловых решений. Тот встал перед Гренуем (выглядевшим прямо-таки смехотворно крошечным по сравнению с этим верзилой), расставив ноги и распространяя облако запаха спермы, окинул его придирчивым взглядом, словно подозревал в нем какие-то темные намерения или возможного соперника, наконец снисходительно ухмыльнулся и кивком головы выразил свое согласие.

Таким образом, все было улажено. Гренуй получил рукопожатие, холодный ужин, одеяло и ключ от хижины, представлявшей собой сарай без окон, где приятно пахло старым овечьим пометом и сеном и где он худо-бедно устроился. На следующий день он приступил к работе у мадам Арнульфи.

Стояла пора нарциссов. Мадам Арнульфи разводила цветы на собственных маленьких участках за городом, в Грасской долине, или покупала их у крестьян, с которыми бешено торговалась за каждую корзинку. Цветы доставлялись в ателье рано утром, их высыпали из корзин десятками тысяч, сгребали в огромные, но легкие, как перья, душистые груды. Тем временем Дрюо распускал в большом котле свиное и говяжье сало; в это сметанообразное варево, которое Гренуй должен был непрерывно помешивать длинной, как метла, мутовкой, Дрюо швырял лопатами свежие цветы. Как смертельно испуганные глаза, они всего секунду лежали на поверхности и моментально бледнели, когда мутовка их подхватывала и погружала в горячий жир. И почти в тот же миг они уже размякали и увядали, и, очевидно, смерть их наступала так быстро, что им не оставалось никакого другого выбора, кроме как передать свой последний благоуханный вздох как раз той среде, в которой они тонули, ибо — Гренуй понял это, к своему неописуемому восхищению, — чем больше цветов он перемешивал в своем котле, тем сильнее благоухал жир. И ведь не мертвые цветы продолжали источать аромат в жиру, нет, это был сам жир, присвоивший себе аромат цветов.

Между тем варево густело, и им приходилось быстро выливать его на большое решето, чтобы освободить от влажных трупов и подготовить для свежих цветов. Так они продолжали засыпать, мешать и фильтровать весь день без перерыва, потому что процесс не допускал замедления, так что к вечеру вся груда цветов пропускалась через котел с жиром. Отходы — чтобы ничего не пропадало — заливались кипящей водой и до последней капли выжимались на шпиндельном прессе, что к тому же давало еще и нежно пахнувшее масло. Но основа аромата, душа целого моря цветов, оставалась в котле, запертая и охраняемая в невзрачном, серо-белом, теперь медленно застывающем жиру.

На следующий день мацерация, так называлась эта процедура, продолжалась, котел снова подогревали, жир распускали и загружали новыми цветами. Так оно шло несколько дней с утра до вечера. Работа была напряженной. У Гренуя свинцом наливались руки, на ладонях вздувались волдыри и болела спина. Вечерами, шатаясь от усталости, он еле добирался до своей хижины. Дрюо был, наверное, втрое его сильнее, но он ни разу не сменил его при размешивании, а только подбрасывал в котел легкие, как пух, цветы, следил за огнем и при удобном случае, ссылаясь на жару, уходил промочить горло. Но Гренуй не жаловался. Он безропотно с утра до вечера перемешивал цветы в жиру и во время размешивания почти не чувствовал напряжения, так как снова и снова восхищался процессом, разыгрывавшимся у него на глазах и под его носом: быстрым увяданием цветов и поглощением их аромата.

Через некоторое время Дрюо решал, что жир стал насыщенным и не сможет больше абсорбировать аромат. Они гасили огонь, последний раз процеживали сквозь решето тяжелое варево и наполняли им каменный тигель, где оно тут же застывало в великолепную благоухающую помаду.

Это был час мадам Арнульфи, которая являлась проверить работу, надписать драгоценный продукт и точнейшим образом занести в свои книги его качество и количество. Она самолично закрывала тигель, запечатывала и относила в холодные глубины своего подвала, потом надевала черное платье и вдовью шаль и обходила купцов и парфюмерные фирмы города. Взывая к состраданию, она описывала этим господам свое положение одинокой женщины, выслушивала предложения, сравнивала цены, вздыхала и наконец продавала или не продавала свой товар. Парфюмерная помада долго сохраняется в холоде. И если теперь цены оставляют желать лучшего, кто знает, может быть, зимой или следующей весной они поползут вверх. И надо подумать, стоит ли продавать товар этим выжигам, или, как это делают другие мелкие производители, отправить груз помады кораблем в Геную, или, например, принять участие в осенней ярмарке в Бокере — рискованные предприятия, конечно, но в случае успеха в высшей степени прибыльные. Мадам тщательно взвешивала эти различные возможности, сопоставляла их, а иногда и сочетала друг с другом или использовала их все, часть своих сокровищ продавала, другую часть припрятывала, а третьей торговала на свой риск. И если по наведении справок у нее складывалось впечатление, что рынок перенасыщен помадами и в обозримое время спрос на ее товар не возрастет, она в своей развевающейся шали спешила домой и приказывала Дрюо переработать всю продукцию в чистую эссенцию. Essence Absolue.

И тогда помаду снова выносили из подвала, осторожнейшим образом подогревали в закрытых горшках, добавляли чистейший винный спирт и с помощью встроенной мешалки, которую приводил в действие Гренуй, основательно перемешивали и вымывали. Возвратившись в подвал, эта смесь быстро охлаждалась, спирт отделялся от застывшего жира помады, и его можно было слить в бутыль. Теперь он представлял собой нечто вроде духов, но огромной интенсивности, в то время как оставшаяся помада теряла большую часть своего аромата. Таким образом, цветочный аромат еще раз переходил в другую среду. Но на этом операция не кончалась. После основательной фильтрации через марлю, где застревали даже мельчайшие комочки жира, Дрюо наполнял ароматизированным спиртом маленький перегонный куб и медленно дистиллировал его на самом слабом огне. После испарения спирта в емкости оставалось крошечное количество бледно окрашенной жидкости, хорошо знакомой Греную; однако в таком качестве и чистоте он не обонял ее ни у Бальдини, ни, скажем, у Рунеля: это было сплошное, чистейшее, сияющее цветочное масло, голый аромат, тысячекратно сконцентрированный в лужице Essence Absolue. Эта эссенция уже не имела приятного запаха. Она пахла почти с болезненной интенсивностью, остро и едко. И все же достаточно было одной ее капли, растворенной в литре алкоголя, чтобы снова обонятельно воскресить целое поле цветов.

Конечно, продукта было ужасно мало. Жидкости из дистиллятора хватало ровно на три маленьких флакона. Всего три флакона аромата оставалось от сотен тысяч цветов. Но они стоили целое состояние даже здесь, в Грасе. И во сколько же раз еще дороже, если их отправляли в Лион, в Гренобль, в Геную или в Марсель! При виде этих флакончиков взгляд мадам Арнульфи затуманивался красивой поволокой, она ласкала их глазами и, беря их в руки и закупоривая искусно притертой стеклянной пробкой, задерживала дыхание, чтобы не пропало ничего из драгоценного содержимого. И чтобы после закупоривания не ускользнул, не испарился ни малейший атом, она запечатывала пробки жирным воском и заворачивала в рыбий пузырь, который крепко перевязывала на горлышке флакона. Потом она ставила флаконы в ящички с ватной прокладкой, относила в подвал и запирала на ключ.

37

В апреле они мацерировали черемуху и апельсиновый цвет, в мае — море роз, чей аромат на целый месяц погрузил город в невидимый, сладкий, как крем, туман. Гренуй работал как лошадь. Скромно, с почти рабской готовностью он выполнял все подсобные операции, которые поручал ему Дрюо. Но пока он, казалось бы, тупо размешивал и сгребал цветы, мыл бутылки, подметал мастерскую или таскал дрова, от его внимания не ускользала ни одна из существенных сторон ремесла, ни одна из метаморфоз ароматов. Исправней, чем когда-либо мог это сделать Дрюо, Гренуй, благодаря своему носу, сопровождал и охранял передвижение ароматов от цветочных лепестков через жир и спирт в драгоценные маленькие флаконы. Он намного раньше, чем замечал Дрюо, чуял, когда жир начинал перегреваться, чуял, когда цветочная масса выдыхалась, когда варево насыщалось ароматом, он чуял, что происходило внутри смесителей и в какой точно момент процесс дистилляции должен был прекратиться. И каждый раз давал это понять, разумеется, словно ненароком, не снимая маски угодливости. Ему кажется, говорил он, что сейчас жир, наверное, стал слишком горячим; он почти уверен, что пора вроде бы заливать сита; у него такое чувство, как будто спирт в перегонном кубе вот-вот начнет испаряться... Дрюо хоть и не был семи пядей во лбу, но и полным тупицей тоже не был и со временем сообразил, что принимал наилучшие решения как раз тогда, когда делал или приказывал сделать так, как «казалось» Гренýю, у которого «было такое чувство». И так как Гренуй никогда не важничал и не кичился тем, что у него «было такое чувство», и никогда — тем более в присутствии мадам Арнульфи! — даже в шутку не ставил под сомнение авторитет Дрюо и привилегированность его положения, Дрюо не видел причины, почему бы ему не следовать советам Гренýя; более того — с течением времени он совершенно открыто стал перекладывать на него принятие решений.

Все чаще случалось так, что Гренуй не только мешал в котле, но еще и закладывал цветочную массу, топил печь и процеживал помаду, а Дрюо тем временем отправлялся пропустить стакан вина в «Четыре Дофина» или поднимался наверх к мадам поглядеть, что и как. Он знал, что на Гренýя можно было положиться. А Гренуй, хоть и выполнял двойную работу, наслаждался одиночеством, совершенствовался в новом искусстве и при случае немного экспериментировал. И с воровской радостью он обнаружил, что приготовленная им помада несравненно тоньше, а его Essence Absolue на порядок чище, чем изготовленная вместе с Дрюо.

В конце июня началось время жасмина, в августе — тубероз. Оба растения обладали столь изысканным и одновременно хрупким благоуханием, что нужно было не только срывать цветы до восхода солнца, но и подвергать их особенной, самой бережной обработке. Тепло уменьшало аромат, внезапное погружение в горячий мацерационный жир полностью разрушило бы его. Эти благороднейшие из всех цветов не позволяли так просто вырвать у себя душу, и ее приходилось прямо-таки выманивать хитростью. В особом помещении их рассыпали на смазанные жиром гладкие доски или, не прессуя, заворачивали в пропитанные маслом холсты, где их медленно усыпляли до смерти. Только спустя три или четыре дня они увядали, выдыхая свой аромат на соседствующий жир или масло. Потом их осторожно выбирали и рассыпали свежие цветки. Процесс повторялся десять, двадцать раз, и к тому времени, когда помада насыщалась и можно было выжимать из холстов ароматическое масло, наступал сентябрь. Здесь добычи было еще меньше, чем при мацерации. Однако качество полученной путем холодного анфлеража жасминной пасты или изготовленного по старинному рецепту туберозового масла превосходило по своей изысканности и верности оригиналу любой другой продукт парфюмерного искусства. Казалось, что сладостно-стойкий эротический аромат жасмина был запечатлен на жирных пластинах, как в зеркале, и отражался вполне естественно — cum grano salis[1] конечно. Ибо нюх Гренуя, разумеется, еще обнаруживал различие между запахом цветов и их

_____

[1] С крупинкой соли, с приправой *(лат.)*.

консервированным ароматом: словно тонкое покрывало лежал на нем собственный запах жира (сколь угодно чистого), сглаживая ароматический образ оригинала, умеряя его пронзительность, может даже вообще делая его красоту выносимой для обычных людей... Во всяком случае, холодный анфлераж был самым изощренным и действенным средством улавливания нежных запахов. Лучшего не было. И хотя даже этот метод не мог полностью обмануть нос Гренуя, он знал, что для оболванивания мира лишенных нюха тупиц его тысячу раз достаточно.

Уже очень скоро он превзошел своего учителя Дрюо как в мацерировании, так и в искусстве холодной ароматизации и дал ему это понять проверенным угодливо-тактичным образом. Дрюо охотно поручал ему выходить в город, на бойню, и покупать там самые подходящие сорта жира, очищать их, распускать, фильтровать и определять пропорции смесей. Сам Дрюо всегда боялся этой работы и выполнял ее с величайшим трудом, потому что нечистый, прогорклый или слишком отдающий свининой, говядиной или бараниной жир мог разрушить драгоценную помаду. Он передоверил Греную определять промежутки между жирными пластинами в помещении для ароматизации, время смены цветов, степень насыщения помады, он вскоре передоверил ему все рискованные решения, которые он, Дрюо, так же как некогда Бальдини, мог принимать лишь наобум, по выученным правилам, а Гренуй — со знанием дела, чем был обязан своему носу, о чем Дрюо, конечно, не подозревал.

— У него легкая рука, — говорил Дрюо. — Он нутром чувствует, что к чему.

А иногда он думал: да он просто много способнее меня, из него выйдет парфюмер в сто раз лучший, чем я. И при этом он считал его законченным болваном, поскольку Гренуй, по его мнению, не извлекал ни малейшего капитала из своего дарования, а он, Дрюо, с меньшими способностями, тем временем уже успел стать мастером. А Гренуй укреплял его в этом мнении, старательно притворялся глупым, не обнаруживал ни малейших признаков тщеславия, делал вид, что не догадывается о собственной гениальности и действует только по приказанию многоопытного Дрюо, без коего он, Гренуй, ничто.

Потом наступили осень и зима. В мастерской стало спокойней. Цветочные ароматы, запертые в тигли и флаконы, лежали в подвале. Время от времени мадам приказывала проверить ту или иную помаду или дистиллировать какой-нибудь мешок сухих трав, но в общем дел было не слишком много. Поступали еще оливки, неделя за неделей, полными корзинами (из них выжимали девичье масло, а остатки сдавали на маслобойню), и вино, часть которого Гренуй перегонял в очищенный спирт.

Дрюо все реже заглядывал в мастерскую. Он выполнял свои обязанности в постели мадам, а если и появлялся, воняя потом и семенем, то лишь для того, чтобы исчезнуть в «Четырех Дофинах». Мадам тоже стала реже спускаться вниз. Они занимались своими имущественными делами и переделкой гардероба к тому моменту, когда кончится год траура. Часто Гренуй целыми днями не видел никого, кроме служанки, приносившей ему на обед суп, а на ужин — хлеб и маслины. Он почти не выходил в город. В корпоративной жизни, а именно в регулярных встречах подмастерьев и шествиях, он участвовал ровно настолько, чтобы не бросалось в глаза ни его отсутствие, ни его присутствие. Ни друзей, ни знакомых он не имел, но тщательно следил за тем, чтобы его не сочли ни наглецом, ни отщепенцем. Он предоставил другим подмастерьям находить его общество пресным и унылым. Он был мастером в искусстве распространять скуку и выдавать себя за неотесанного болвана, разумеется не перебарщивая настолько, чтобы над ним можно было злорадно насмехаться или превращать его в жертву грубых цеховых шуток. Ему удалось казаться совершенно неинтересным. Его оставили в покое. А он больше ничего и не желал.

38

Он проводил свое время в мастерской. Дрюо он объяснял это тем, что изобретает рецепт одеколона. На самом деле он экспериментировал совсем с другими запахами. Духи, которые он изготовил в Монпелье, хоть он и расходовал их очень экономно, уже кончились. Он сочинил новые. Но на этот раз он не удовольствовался имитацией на скорую руку из случайно подвернувшихся материалов основного человеческого запаха, но вложил все свое тщеславие в создание личного аромата, и даже множества личных ароматов.

Сначала он сделал для себя запах незаметности, мышино-серое будничное платье, в котором кисловато-сырный человеческий аромат хотя и присутствовал, но пробивался лишь слегка, словно сквозь толстый слой плотной шерстяной одежды, натянутой на сухую старческую кожу. С таким запахом ему было удобно находиться среди людей. Духи были достаточно крепкие, чтобы обонятельно обосновать существование некой особы, и одновременно настолько скромные, что никто их не замечал. С их помощью Гренуй обонятельно будто не присутствовал и все же самым скромным образом всегда оправдывал свое наличие. Это было ему очень кстати как в доме мадам Арнульфи, так и во время его случайных вылазок в город.

Правда, в некоторых обстоятельствах этот скромный аромат оказывался помехой. Когда ему по заданию Дрюо приходилось делать покупки или когда он хотел у какого-нибудь торговца купить немного цибетина или несколько зерен мускуса, могло произойти так, что при его совершенной невзрачности его либо совсем не замечали и не обслуживали, либо хотя и замечали, но давали не то или забывали обслужить. Для таких случаев он сотворил себе более породистые, слегка потливые духи, с некоторыми обонятельными углами и кантами, придававшие ему более грубую внешность и заставлявшие людей думать, что он спешит по неотложным делам. Кроме того, с помощью имитации свойственной Дрюо aura seminalis, которую он сумел воссоздать путем ароматизации жирного полотняного платка пастой из свежих утиных яиц и обжаренной пшеничной муки, он добивался хороших результатов, когда надо было в какой-то мере привлечь к себе внимание.

Следующими духами из его арсенала был запах, возбуждавший сострадание, безотказно действовавший на женщин среднего и пожилого возраста. Это был запах жидкого молока и чистого мягкого дерева. В нем Гренуй — даже если он входил небритым, с кислой миной, не снимая плаща — производил впечатление невзрачного бледного паренька в рваной куртке, которому нужно было помочь. Рыночные торговки, услышав этот запах, совали ему орехи и сушеные груши — таким голодным и беспомощным он им казался. А жена мясника, известная своей неумолимостью и скупостью, позволила ему выбрать и взять задаром старые вонючие остатки мяса и костей, ибо его аромат невинности растрогал ее материнское сердце. Из этих остатков он, в свою очередь, путем прямой пропитки алкоголем извлек главные компоненты запаха, которым пользовался, если непременно хотел остаться в одиночестве. Этот запах создавал вокруг него атмосферу тихого отвращения, дуновение гнили, которое шибает по утрам из старых неухоженных ртов. Эффект был так силен, что даже не слишком брезгливый Дрюо непроизвольно отворачивался и выходил на свежий воздух, разумеется не вполне отдавая себе отчет, что́ на самом деле вытолкало его из дома. А нескольких капель этого репеллента, пролитых на порог хижины, оказалось достаточно, чтобы держать на расстоянии любого непрошеного гостя, будь то человек или зверь.

Теперь, под защитой различных запахов, которые он в зависимости от внешних обстоятельств менял, как платья, и которые позволяли ему не выделяться в мире людей и скрывать свою сущность, Гренуй отдался своей подлинной страсти — изощренной охоте за ароматами. И поскольку перед ним была великая цель и он имел в запасе больше года времени, он не только с лихорадочным рвением, но и необычайно планомерно и систематически стал оттачивать оружие, отрабатывать утонченные приемы, упорно доводить до совершенства методы. Он начал с того, на чем остановился у Бальдини, — с извлечения ароматов из неодушевленных предметов: из камня, металла, дерева, соли, воды, воздуха...

То, что тогда из-за применения грубого метода дистилляции окончилось жалкой неудачей, теперь удалось благодаря мощной абсорбирующей силе жира. Ему понравился холодный заплесневелый запах латунной дверной задвижки, и он на несколько дней обмазал ее говяжьим салом. И надо же — после того, как он соскреб сало и проверил результат, оно хоть и очень в малой степени, но все-таки однозначно пахло именно латунью. И даже после отмывания алкоголем запах еще оставался, бесконечно слабый, далекий, затененный испарением винного спирта и доступный, вероятно, во всем мире только тонкому нюху Гренуя, но все-таки он был, и это значило, что хотя бы в принципе он был в его распоряжении. Имей он десять тысяч задвижек, которые он смог бы тысячу дней подряд покрывать салом, он сумел бы получить крошечную каплю Essence Absolue, аромата такой силы, что у любого и всякого возникла бы иллюзия, что у него прямо перед носом — латунный оригинал задвижки.

То же самое удалось ему с ароматом пористого известняка, кусок которого он нашел на оливковой плантации перед хижиной. Он его мацерировал и получил маленький шарик каменной помады, чей неизъяснимый запах восхищал его неописуемо. Он скомбинировал его с другими запахами, извлеченными из всех возможных предметов, подобранных вокруг хижины, и мало-помалу смастерил миниатюрную модель оливковой плантации за францисканским монастырем, которую, заперев в крошечном флакончике, мог носить при себе и, если захочется, воскрешать из мертвых. Конечно, виртуозные кунштюки, чудесные забавы, которые он устраивал с ароматами, тешили его одного и были известны только ему. Но сам он был в восхищении от этих бессмысленных трюков, и в его жизни ни прежде, ни потом не было мгновений такого поистине невыносимого счастья, какое он испытывал, сотворяя в азарте игры благоухающие ландшафты, натюрморты и портреты отдельных предметов. А вскоре он перешел на живые объекты.

Он стал ловить зимних мух, личинок, крыс, мелких кошек и топить их в горячем жире. По ночам он залезал в сараи к коровам, козам и поросятам, чтобы на несколько часов завернуть их в обмазанные жиром холсты или обмотать промасленными бинтами. Или прокрадывался в овечий хлев, чтобы обстричь ягненка, чью душистую шерсть он стирал в винном спирте. Поначалу результаты были не слишком вдохновляющими. Ибо в отличие от таких терпеливых предметов, как латунная задвижка или камень, животные не хотели отдавать свой запах. Свиньи терлись боками о края кормушек, сдирая с себя бинты. Овцы блеяли, когда он ночью приближался к ним с ножом. Коровы упорно стряхивали с вымени жирные тряпки. Некоторые из пойманных им жуков, когда он пытался их переработать, испускали струи зловония, а крысы, наверное от страха, испражнялись в его высокочувствительные помады. Животные, которых он хотел мацерировать, в отличие от цветов, не отдавали свой аромат безропотно, с молчаливым вздохом, но отчаянно сопротивлялись умерщвлению, ни за что не давали себя утопить, брыкались и боролись и выделяли непропорционально большие количества смертного пота, вызванного страхом, так что горячий жир портился от перенасыщения кислотами. Это, конечно, мешало разумной работе. Объекты следовало успокоить, и так внезапно, чтобы они еще не успели испугаться или оказать сопротивление. Ему пришлось их убивать.

Сначала он попробовал это на каком-то щенке. Из конуры перед бойней он выманил его от матери куском мяса и привел в мастерскую, и, когда животное с радостным возбужденным тявканьем запрыгало, пытаясь выхватить мясо из левой руки Гренуя, он поленом, которое держал в правой, нанес ему короткий и резкий удар по затылку. Смерть щенка наступила так внезапно, что выражение счастья еще долго сохранялось в его глазах и лапах, когда Гренуй в помещении для ароматизации осторожно укладывал его на решетку между жирными пластинами, где он теперь испускал свой чистый, не замутненный потом страха аромат. Разумеется, нужно было все время быть начеку! Трупы, так же как сорванные цветы, быстро портились. И потому Гренуй сторожил свою жертву примерно двенадцать часов, пока не заметил, что из тела собаки потекли струйки хотя и приятного, но здесь неуместного трупного запаха. Он тут же прервал анфлераж, убрал труп и спрятал кусочек ароматизированного жира в котел, где его тщательно промыл. Он дистиллировал алкоголь, пока его не осталось с наперсток, и этот остаток вылил в крошечную стеклянную пробирку. Духи отчетливо пахли влажной, свежей, блестящей собачьей шкурой;

запах был резким, даже поразительно резким. И когда Гренуй дал его понюхать старой суке с бойни, она разразилась лаем и завизжала и не хотела отрывать ноздри от стеклянной пробирки. Но Гренуй плотно закрыл ее, положил в карман и еще долго носил при себе как воспоминание о том дне триумфа, когда ему впервые удалось отобрать благоухающую душу у живого существа.

Потом, очень постепенно и с величайшей осторожностью, он приступил к людям. Под прикрытием своего легкого запаха невзрачности он по вечерам толкался среди завсегдатаев «Четырех Дофинов» и под столами, и скамьями, и в укромных закутках прицеплял обрывки пропитанной маслом или жиром материи. Через несколько дней он собирал их и исследовал. Действительно, они, наряду со всеми возможными кухонными испарениями и запахами табачного дыма и вина, выдыхали немного человеческого аромата. Но он оставался очень расплывчатым и завуалированным — скорее общим ощущением смрада, чем личным запахом. Ту же ауру человеческой массы, но более чистую и сублимированную в возвышенно-потливое качество, можно было получить в соборе, где Гренуй 24 декабря развесил под скамьями свои пробные флажки и откуда забрал их 26 декабря, после того как над ними было отсижено не меньше семи обеден. На этих обрывках ткани, впитавшей атмосферу собора, запечатлелся жуткий конгломерат запахов прогорклого пота, менструальной крови, влажных впадин под коленями и сведенных судорогой рук, смешанных с отработанным воздухом дыхания тысяч поющих хором и шепчущих молитвы глоток и с тяжелыми вязкими парами ладана и мирры, жуткий в своей облачной бесформенности, вызывающей тошноту сгущенности и все-таки уже узнаваемо человечий. Первый индивидуальный запах Гренуй раздобыл в богадельне. Ему удалось украсть предназначенные, собственно, для сожжения простыни одного только что умершего от чахотки подмастерья кожевника, в которых он пролежал завернутым два месяца. Полотно так сильно пропиталось сальными выделениями кожевника, что впитало его испарения, как паста для анфлеража, и его можно было прямо подвергнуть отмывке. Результат был кошмарный: под носом Гренуя из раствора винного спирта кожевник восстал из мертвых, и его индивидуальный обонятельный портрет, пусть схематический, искаженный своеобразным методом репродуцирования и многочисленными миазмами болезни, но все же вполне узнаваемый, проступил в воздухе помещения: маленький человек лет тридцати, блондин с широким тупым носом, с короткими руками, плоскими сырно-белесыми ступнями, набухшим членом, желчным темпераментом и дурным запахом изо рта, этот кожевник не отличался красотой, не стоило сохранять его, как того маленького щенка. Но все-таки Гренуй целую ночь позволил привидению носиться по своей хижине и то и дело подцеплял его нюхом, счастливый и глубоко удовлетворенный чувством власти, которую он обрел над аурой другого человека. На следующий день он вытряхнул его вон.

В эти зимние дни он поставил еще один опыт. Одной немой нищенке, бродившей по городу, он платил франк, чтобы она в течение дня носила на голом теле тряпки, обработанные различными смесями жира и масла. Выяснилось, что комбинация жира ягнячьих почек и беспримесного свиного и коровьего сала в соотношении два к пяти к трем при добавлении небольших количеств девичьего масла лучше всего подходит для усвоения человеческого запаха. На этом Гренуй остановился. Он отказался от мысли овладеть целиком каким-то живым человеком и переработать его по правилам парфюмерии. Это всегда было связано с риском и не дало бы новых результатов. Он знал, что теперь владеет техническими приемами, которые позволяют насильно отобрать у человека его аромат, и это не нуждалось в новых доказательствах.

Запах человека сам по себе был ему тоже безразличен. Запах человека он мог достаточно хорошо имитировать суррогатами. То, чего он страстно желал, был запах определенных людей: а именно тех чрезвычайно редких людей, которые внушают любовь. Они-то и стали его жертвами.

39

В январе вдова Арнульфи сочеталась законным браком со своим первым подмастерьем Домиником Дрюо, который, таким образом, стал мэтром Дрюо, мастером перчаточных и парфюмерных дел. Был дан большой обед для мастеров гильдии, обед поскромнее для подмастерьев, мадам купила новый матрац для постели, которую она отныне официально делила с Дрюо, и вынула из шкафа свои яркие платья. В остальном все осталось по-старому. Она сохранила за собой доброе старое имя Арнульфи, сохранила неразделенное имущество, финансовое руководство делами и ключи от подвала;

Дрюо ежедневно исполнял свои сексуальные обязанности, а потом освежался вином; а Гренуй, хотя и оказался первым и единственным подмастерьем, выполнял основную часть навалившейся работы за неизменно маленькое жалованье, скромное питание и убогое жилье.

Год начался желтым потоком кассий, гиацинтами, фиалками и сладким дурманом нарциссов. Однажды мартовским воскресным днем — прошел примерно год с его появления в Грасе — Гренуй отправился на другой конец города посмотреть, как обстоят дела в саду за каменной стеной. На этот раз он был подготовлен к запаху и довольно точно представлял, что его ожидает... И все же, когда он ее учуял, уже у Нового моста, на полпути к тому месту за стеной, сердце его забилось громче, и он почувствовал, как кровь в его жилах вскипела пузырьками от счастья. Она была еще там — несравненно прекрасное растение невредимо перезимовало, налилось соком, подросло, расправилось, выпустило роскошнейшие побеги! Ее аромат, как он и ожидал, стал сильнее, не потеряв своей изысканности. То, что еще год назад искрилось брызгами и каплями, теперь струилось плавным, слегка пастозным потоком аромата, сверкало тысячью красок, и каждая краска была цельной и прочной и уже не обрывалась. И этот поток, блаженно констатировал Гренуй, питался из все более сильного источника. Еще один год, еще только год, еще только двенадцать месяцев, и источник забьет в полную силу, и он сможет прийти, захватить его и приручить дикое извержение его аромата.

Он пробежал вдоль стены до знакомого места, за которым находился сад. Хотя девушка явно была не в саду, а в доме, в горнице за закрытыми окнами, ее аромат веял, как ровный мягкий бриз. Гренуй стоял совсем тихо. Он не был оглушен или опьянен, как в первый раз. Он был полон счастливым чувством любовника, который издалека подстерегает или наблюдает за своей боготворимой возлюбленной и знает, что через год уведет ее к себе. В самом деле, Гренуй, этот одинокий клещ, это чудовище, эта нелюдь Гренуй, который никогда не испытывал любви и никогда не мог внушить любви, стоял в тот мартовский день у городской стены Граса, и любил, и был глубоко счастлив своей любовью.

Правда, он любил не человека, не девушку в доме, там, за стеной. Он любил аромат. Только его, и ничто другое, и любил его как будущий собственный аромат. Через год он завладеет им, в этом он поклялся себе своей жизнью. И, принеся этот своеобразный обет или заключив эту помолвку, присягнув сохранять верность своему будущему аромату, он в радостном настроении покинул место присяги и через заставу Дю-Кур вернулся в город.

Лежа ночью в своей хижине, он еще раз извлек ее аромат из воспоминания — не смог противостоять искушению — и погрузился в него, он ласкал его и позволял ему ласкать себя, он ощущал его совсем рядом, так близко, словно во сне, словно уже действительно обладал им, своим ароматом, своим собственным ароматом, и, пока длилось это опьяняюще дивное мгновение, он любил его в себе и себя благодаря ему. Он хотел заснуть с этим чувством влюбленности в себя. Но как раз в тот момент, когда он закрыл глаза и ему осталось сделать всего один вдох, чтобы погрузиться в грезу, аромат покинул его, внезапно исчез, и его место заполнил холодный запах козлиного хлева.

Гренуй ужаснулся. «А если, — подумал он, — а если этот аромат, которым я овладею, кончится? Ведь это не как в воспоминаниях, где все запахи непреходящи. Реальный запах изнашивается, соприкасаясь с миром. Он летуч. И когда он износится, не будет больше источника, откуда я его взял. И я останусь голым, как прежде, и мне придется снова помогать себе суррогатами. Нет, будет хуже, чем прежде! Ведь я уже узнаю его и овладею им, моим собственным царственным ароматом, и не смогу его забыть, так как я никогда не забываю запахов. И значит, я всю жизнь буду терзаться воспоминанием о нем, как терзаюсь уже сейчас, в момент предвкушения... Тогда зачем я вообще хочу овладеть им, зачем он мне?»

Эта мысль была чрезвычайно неприятной. Гренуй безмерно испугался, что, овладев ароматом, которым еще не владел, неизбежно снова его потеряет. Как долго он удержит его? Несколько дней? Несколько недель? Может быть, целый месяц, если будет душиться очень экономно? А потом? Он уже видел, как вытряхивает из флакона последнюю каплю, споласкивает флакон винным спиртом, чтобы не пропало ни малейшего остатка, и видит, обоняет, как его любимый аромат навсегда и безвозвратно улетучивается. Это будет медленным умиранием, он задохнется, наоборот, постепенно, в мучительных муках испарит себя наружу, в омерзительный, жуткий мир.

Его знобило. Его охватило желание отказаться от своих планов, выйти в ночь и уйти куда глаза глядят. Ему захотелось перевалить заснеженные горы, и пройти без остановки сто миль до Оверни, и там заползти в свою старую пещеру, и заснуть, и умереть во сне. Но он не сделал этого. Он остался на месте и не поддался желанию, хоть оно и было сильным. Он не поддался, ибо однажды уже хотел уйти куда глаза глядят и заползти в пещеру. Он уже испытал это. А то, чего он еще не испытал, было обладание человеческим ароматом, ароматом, столь же царственным, как аромат девушки за каменной стеной. И хотя он понимал, что за обладание и последующую потерю аромата ему придется заплатить ужасную цену, все-таки обладание и потеря казались ему желаннее, чем простой отказ от того и другого. Ибо он отказывался всю свою жизнь. Но никогда еще не обладал и не терял.

Постепенно сомнения отступили, и с ними озноб. Он почувствовал, как его снова оживила теплая кровь, и воля к свершению задуманного снова овладела им. И овладела сильнее, чем прежде, ибо теперь эта воля диктовалась не чистым вожделением, но еще и взвешенным решением. Клещ Гренуй, поставленный перед выбором — засохнуть ли в самом себе или дать себе упасть, решился на второе, вполне сознавая, что это падение будет последним. Он снова улегся на нары, зарылся в солому, накрылся одеялом и почувствовал себя героем.

Но Гренуй не был бы Гренуем, если бы надолго удовлетворился фаталистическо-героическим чувством. Для этого его воля к самоутверждению была слишком непреклонной, тело слишком закаленным, ум — слишком изощренным. Итак, он решился овладеть ароматом девушки из сада за каменной стеной. Пусть через несколько недель он его потеряет и умрет от этой потери, пусть так. Но было бы лучше не умирать и все-таки владеть ее ароматом или, по крайней мере, оттянуть эту потерю на как можно более долгий срок. Аромат надо сделать стойким. Нужно устранить летучесть аромата, не нарушив его характера, — проблема из области парфюмерии.

Есть запахи, которые обладают способностью держаться десятилетиями. Сундук, натертый мускусом, кусок кожи, пропитанный коричным маслом, комок амбры, шкатулка кедрового дерева в обонятельном смысле живут почти вечно. А другие — лиметтовое масло, бергамот, экстракты нарцисса и туберозы и многие цветочные ароматы — выдыхаются уже через несколько часов, если выставить их на воздух в чистом виде. Парфюмер борется с этим роковым обстоятельством, связывая излишне летучие ароматы — стойкими, накладывая на них оковы, укрощающие их стремление к свободе, а искусство состоит в том, чтобы наложить оковы не жестко, а предоставляя свободу связанному запаху, но все же удерживая его достаточно близко, чтобы он не мог убежать. Этот трюк дважды великолепно удался Гренную с туберозным маслом, чей эфемерный аромат он сковал крошечными количествами цибетина, ванили, ладана и кипариса и именно тем выявил его прелесть. Нельзя ли сделать нечто похожее с ароматом девушки? Разве непременно нужно расточать драгоценнейший и самый хрупкий из ароматов, употребляя его в чистом виде? Как нелепо! Как ужасающе бездарно! Разве алмазы оставляют неограненными? Разве золото носят на шее самородками? Неужто он, Гренуй, — всего лишь примитивный грабитель запахов вроде

Дрюо и прочих мацераторов, дистилляторов и выжимателей цветов? Не он ли — величайший парфюмер мира?

Он стукнул себя по лбу с досады, что не додумался до этого раньше. Конечно, этот единственный в своем роде аромат нельзя применять в натуральном виде. Ему, как драгоценному камню, нужна оправа. Он вычеканит ароматическую диадему, и его аромат будет сверкать в ней на самом верху, одновременно и вплетенный в другие запахи, и царящий над ними. Он изготовит духи по всем правилам искусства, и аромат девушки за каменной стеной будет их сердцем. Разумеется, для аранжировки, для опорной средней и разрешающей ноты, для заострения и фиксации звучания не подходят ни мускус, ни цибетин, ни розовое масло, ни амбра, это ясно. Для таких духов, для такого человеческого благоухания ему нужны другие ингредиенты.

40

В мае того же года на розовом поле, на полпути от Граса к расположенному восточнее местечку Опио, был найден обнаженный труп пятнадцатилетней девушки. Она была убита ударом дубинки по затылку. Крестьянин, обнаруживший труп, был так потрясен ужасной находкой, что чуть не навлек подозрений на себя, когда дрожащим голосом сообщил лейтенанту полиции, что никогда еще не видел такой красоты — хотя, в сущности, он хотел сказать, что никогда еще не видел ничего ужаснее.

Девушка в самом деле отличалась изысканной красотой. Она принадлежала к тому роскошному типу женщин, которые напоминают темный мед, густой, и сладкий, и необычайно вязкий; которые одним плавным жестом, одним поворотом головы, одним-единственным медленным, как вращение бича, взглядом овладевают пространством и при этом остаются спокойно стоять в центре водоворота, словно не сознавая силы притяжения, с которой они привлекают страсти и души как мужчин, так и женщин. А она была молода, в поре созревания, очарование ее типа еще не достигло совершенства. Ее роскошные формы были еще твердыми и гладкими, груди упругими, а ее плосковатое лицо, обрамленное жесткими черными волосами, еще сохраняло нежнейшие контуры и таинственную неопределенность черт. Впрочем, самих волос не было. Убийца отрезал их и унес с собой, так же как и платье.

Подозрение пало на цыган. От цыган можно было ожидать всего. Цыгане, как известно, ткали ковры из старых платьев, и набивали подушки человечьим волосом, и мастерили маленьких кукол из кожи и зубов повешенных. Такое извращенное преступление можно было приписать только цыганам. Но в то время никаких цыган не было, не было нигде в округе, последний раз они проходили здесь в декабре.

За отсутствием цыган стали подозревать итальянских батраков-сезонников. Итальянцев, правда, тоже не было, так рано они не появлялись, они придут наниматься на сбор жасмина только в июне, значит, это не могут быть итальянцы. Наконец, под подозрение попали парикмахеры, которых обыскали, пытаясь обнаружить волосы убитой девушки. Тщетно. Потом заподозрили евреев, потом якобы похотливых монахов бенедиктинского монастыря — хотя всем им было уже далеко за семьдесят, потом цистерцианцев, потом франкмасонов, потом сумасшедших из богадельни, потом углежогов, потом нищих и даже безнравственных аристократов, особенно маркиза де Кабри, потому что тот женился уже в третий раз, устраивал, как говорили, в своих подвалах оргиастические мессы и при этом пил кровь девственниц, чтобы повысить свою мужскую потенцию. Правда, ничего конкретного доказать не удалось. Никто не был свидетелем убийства, ни платья, ни волос мертвой не нашли. Через несколько недель лейтенант полиции прекратил следствие.

В середине июня прибыли итальянцы, многие с семьями, наниматься на сбор жасмина. Крестьяне, правда, брали их на работу, но, памятуя об убийстве, запрещали своим женам и дочерям общаться с ними. Береженого Бог бережет. Пусть эти сезонники действительно не отвечают за совершенное преступление, но все-таки в принципе они могли бы отвечать за него, а потому лучше их остерегаться.

Вскоре после начала сбора жасмина произошли два других убийства. Снова жертвами стали девушки — писаные красавицы того же роскошного чернокудрого типа, снова нашли их на цветочных полях обнаженными и обритыми, с тупой раной на затылке. Снова — никаких следов преступника. Новость распространилась с быстротой молнии, и угроза избиений уже нависла над пришлым народом, как вдруг стало известно, что обе жертвы были итальянками, дочерьми одного генуэзского батрака.

Это повергло людей в ужас. Они теперь не знали, на кого им направить свою бессильную ярость. Правда, кое-кто еще подозревал сумасшедших или бесноватого маркиза, но в это не очень-то верили, потому что сумасшедшие днем и ночью находились под присмотром, а маркиз давно уехал в Париж. И люди стали жаться друг к другу. Крестьяне открыли свои сараи для сезонников, которые раньше ночевали в чистом поле. Горожане в каждом квартале организовали ночные дозоры. Лейтенант полиции усилил караулы у городских ворот. Но все предосторожности оказались тщетными. Через несколько дней после двойного убийства снова нашли труп девушки, в том же изуродованном виде, как и предыдущие. На этот раз речь шла о девушке из Сардинии — прачке епископского дворца, убитой недалеко от Фонтен-де-ла-Фу, то есть прямо у городских ворот. И хотя под давлением возбужденных горожан Совет консулов принял дальнейшие меры — строжайшие проверки у застав, усиление ночных дозоров, запрещение выходить на улицу после наступления темноты всем особам женского пола, — этим летом не проходило недели, чтобы где-нибудь не обнаруживался труп молодой девушки. И всегда того возраста, когда девушка только еще начинает становиться женщиной, и всегда это были самые красивые смуглянки того самого неотразимого типа. Впрочем, вскоре убийца удостоил своим вниманием и преобладающий среди местного населения тип мягкой, белокожей и несколько полноватой девушки. Даже жгучие брюнетки, даже шатенки — если они были не слишком худыми — в последнее время становились его жертвами. Он выслеживал их везде, уже не только в окрестностях Граса, но и посреди города, даже в домах. Дочь одного столяра была найдена убитой в своей горнице на пятом этаже, и никто в доме не услышал ни малейшего шума, и ни одна из собак, которые обычно издалека чуяли и громко облаивали чужого, даже не тявкнула. Убийца казался неуловимым, бестелесным духом.

Люди возмущались и ругали власть. Малейший слух приводил к столкновениям. Один бродячий торговец любовным напитком и прочими шарлатанскими снадобьями был чуть не растерзан толпой за то, что в его порошочках якобы содержался истолченный девичий волос. Кто-то пытался поджечь особняк маркиза де Кабри и богадельню. Суконщик Александр Минар застрелил своего слугу, возвращавшегося ночью домой, приняв его за пресловутого Убийцу Девушек. Все, кто мог себе это позволить, отсылали своих подрастающих дочерей к дальним родственникам или в пансионы в Ниццу, Экс или Марсель. Лейтенант полиции по настоянию Городского совета был уволен с должности. Его преемник пригласил коллегию врачей, дабы те обследовали трупы остриженных красавиц на предмет их виргинального состояния. Выяснилось, что все они остались нетронутыми.

Странным образом это известие не уменьшило, а усилило панический ужас, ибо втайне каждый считал, что девушки были изнасилованы. Тогда, по крайней мере, был бы ясен мотив преступлений. Теперь же никто ничего больше не понимал, теперь все были совершенно беспомощны. И тот, кто верил в Бога, искал спасения в молитве, уповая на то, что дьявольское наваждение минует хотя бы его собственный дом.

Городской совет, почтенное собрание тридцати самых богатых и уважаемых буржуа и дворян

Граса, в большинстве своем просвещенные и анти-клерикально настроенные господа, которые до сих пор ни в чем не считались с епископом и с удовольствием превратили бы монастыри и аббатства в товарные склады и фабрики, — эти гордые влиятельные господа из Городского совета были настолько подавлены, что направили монсеньору епископу униженную петицию, прося предать умерщвляющее девушек чудовище, перед которым светская власть оказалась бессильной, анафеме и отлучению, подобно тому как это проделал в 1708 году его предшественник, когда город подвергся ужасному бедствию — нашествию саранчи, угрожавшей тогда всей стране. И в самом деле, в конце сентября Грасский Убийца Девушек, который уже погубил не менее двадцати четырех самых красивых девиц всех сословий, был торжественно предан анафеме и отлучению: текст отлучения был прибит к дверям всех церквей города и возглашен со всех амвонов, в том числе с амвона Нотр-Дам-дю-Пюи, где его торжественно прочел сам епископ.

Успех был ошеломляющим. Убийства прекратились на другой же день. Октябрь и ноябрь прошли без трупов. В начале декабря дошли слухи из Гренобля, что там в последнее время орудует некий Убийца Девушек, который душит свои жертвы, рвет на них в клочья платья и целыми прядями вырывает с головы волосы. И хотя эти топорные преступления никак не совпадали с аккуратно выполненными грасскими убийствами, все тут же уверились, что речь идет об одном и том же преступнике. Жители Граса трижды с облегчением перекрестились: теперь уже выродок зверствовал не у них, а в Гренобле, до которого семь дней пути.

Они организовали факельное шествие в честь епископа, а 24 декабря отстояли большую благодарственную литургию. С 1 января 1766 года усиленные караулы были сняты, и женщины получили разрешение по ночам выходить из дому. С невероятной быстротой общественная и частная жизнь вошла в нормальную колею. Страх словно ветром сдуло, никто больше не говорил о том ужасе, который всего несколько месяцев назад царил в городе и окрестностях. Даже в семьях жертв об этом не говорили. Казалось, анафема, возглашенная епископом, изгнала не только убийцу, но и всякое воспоминание о нем. А людям было только того и надо.

Лишь тот, у кого была дочь, входящая в пору чудесной юности, старался не оставлять ее без надзора, испытывал страх с наступлением сумерек, а по утрам, находя ее живой и здоровой, был счастлив — хотя, конечно, сам себе не признавался отчего.

41

Однако был в Грасе человек, который не доверял наступившему миру. Его звали Антуан Риши, он исполнял должность Второго Консула и жил в городской усадьбе в начале улицы Друат.

Риши был вдовец и имел дочь по имени Лаура. Хотя ему не было и сорока и он отличался завидным здоровьем, он не торопился вступать в новый брак. Сначала он хотел выдать замуж дочь. И не за первого встречного, но за человека благородного происхождения. У него был на примете некий барон де Буйон, имевший сына и поместье под Вансом; барон пользовался хорошей репутацией, состояние его расстроилось, и Риши уже получил его согласие на будущий брак детей. А когда Лаура будет надежно пристроена, тогда он запустит свои жениховские щупальца в какое-нибудь из благородных семейств — Дре, Моберов или Фонмишель, — не потому, что он был тщеславен и ему приспичило иметь в постели супругу-аристократку, но потому, что он желал основать династию и наставить свое потомство на путь, ведущий к высокому общественному положению и политическому влиянию. Для этого ему требовалось по меньшей мере еще двое сыновей, из которых один продолжил бы его дело, а второй достиг бы успехов на юридическом поприще и в парламенте Экса и таким путем пробился бы наверх, в дворянское сословие. Однако подобные амбиции имели шансы на успех лишь при условии, что он теснейшим образом свяжет свою личность и свою фамилию с провансальской знатью.

Столь далеко идущие планы оправдывались тем, что он был сказочно богат. Антуан Риши был намного богаче любого буржуа в округе. Он владел латифундиями не только в окрестностях Граса, где разводил апельсины, оливы, пшеницу и овес, но и под Вансом, и под Антибом, где держал аренду. Он владел домами в Эксе, домами по всей провинции, имел свою долю дохода от кораблей, ходивших в Индию, постоянную контору в Генуе и самый крупный торговый склад ароматических товаров, специй, масел и кожи во Франции.

Однако истинной драгоценностью Риши была его дочь. Она была его единственным ребенком, ровно шестнадцати лет от роду, с темно-рыжими волосами и зелеными глазами. Лицо ее было так восхитительно, что посетители любого пола и возраста столбенели и больше не могли оторвать от нее взгляда, они прямо-таки слизывали глазами ее лицо, как слизывают языком мороженое, и при этом у них появлялось типичное для подобного занятия выражение глуповатой сосредоточенности. Сам Риши при виде своей дочери ловил себя на том, что на некоторое время — на четверть часа, на полчаса, может быть — забывал весь мир и все свои дела, чего вообще-то не случалось с ним даже во сне, совершенно растворялся в созерцании царственной девушки и потом не мог припомнить, чем он, собственно, был так занят. А с некоторых пор — он с досадой отдавал себе в этом отчет, — по вечерам, когда он укладывал ее в постель, или иногда по утрам, когда он приходил ее будить, а она еще лежала спящая, словно убаюканная Господом Богом, и под покровом ночного одеяния угадывались формы ее бедер и груди, а из выреза рубашки от шеи, изгиба подмышек, впадин под локтями и гладкой руки, на которой покоилось ее лицо, струилось ее спокойное и горячее дыхание... что-то жалко сжималось у него внутри, перехватывало горло и заставляло сглатывать слюну, и — Боже милостивый! — он проклинал себя, что приходится этой женщине отцом, что он не чужой, не какой-нибудь посторонний мужчина, перед которым она лежала бы так, как лежит сейчас перед ним, а он мог бы лечь к ней, на нее, в нее со всей своей жаждой обладания. И у него выступал пот, и он дрожал всем телом, задавливая в себе эту чудовищную мысль, и склонялся над ней, чтобы разбудить ее целомудренным отцовским поцелуем.

В прошлом году, во время убийств, он еще не испытывал подобных фатальных борений. Волшебная власть, которую тогда имела над ним его дочь — так ему по крайней мере казалось, — была еще волшебной властью детства. И потому он никогда всерьез не опасался, что Лаура станет жертвой убийцы, который, как было известно, не нападал ни на детей, ни на женщин, но исключительно на взрослых девушек, еще не потерявших невинность. Все же он усилил охрану своего дома, велел поставить новые решетки на окнах верхнего этажа и приказал горничной ночевать в спальне Лауры. Но мысль о том, чтобы отослать ее из города, как это сделали со своими дочерьми, и даже с целыми семьями, его товарищи по сословию, была ему невыносима. Он находил подобное поведение позорным и недостойным члена Совета и Второго Консула, который, по его мнению, обязан подавать согражданам пример сдержанности, мужества и несгибаемости. Кроме того, он был человеком, которому никто не смеет навязывать своих решений — ни охваченная паникой толпа, ни тем более один-единственный анонимный подонок-преступник. И в течение всего ужасного времени он был одним из немногих в городе, кто не поддался лихорадке страха и сохранил ясную голову. Но странным образом теперь это изменилось. В то время как люди на улицах, словно они уже повесили убийцу, праздновали конец его злодеяний и почти забыли то недоброе время, в сердце Антуана Риши, как некий отвратительный ад, проник страх. Сначала он не хотел допускать, что именно страх вынуждал его откладывать давно назревшие поездки, реже выходить в город, сокращать визиты и совещания, только чтобы быстрей вернуться. Он долго оправдывался перед самим собой ссылками на занятость и переутомление, но в конце концов решил, что несколько озабочен, как был бы озабочен на его месте каждый отец, имеющий дочь-невесту, ведь такая озабоченность — дело житейское... Разве не разнеслась уже по свету слава о ее красоте? Разве не вытягиваются все шеи, когда по воскресеньям входишь с ней в церковь? Разве некоторые господа в Совете не намекали уже на возможное сватовство от своего имени или от имени своих сыновей?..

42

Но однажды в марте Риши сидел в гостиной и видел, как Лаура вышла в сад. На ней было синее платье, по которому рассыпались ее рыжие волосы, искрившиеся в солнечном свете, никогда он не видел ее такой красивой. Она скрылась за живой изгородью и появилась из-за нее, может быть, на два удара сердца позже, чем он ожидал, — и он смертельно испугался, ибо в течение двух ударов сердца думал, что потерял ее навсегда.

В ту же ночь он пробудился от ужасного сна, содержания которого не помнил, но сон был связан с Лаурой, и он бросился в ее комнату, убежденный, что найдет ее в постели мертвой, убитой, оскверненной и остриженной, — но нашел невредимой.

Он вернулся в свою спальню, весь мокрый от пота и дрожащий от возбуждения, нет, не от возбуждения, а от страха, теперь наконец он себе в этом признался, он успокоился, и в голове у него прояснилось. Если говорить честно, то он с самого начала не верил в действенность епископской анафемы; не верил и в то, что теперь убийца орудует в Гренобле; и в то, что он вообще покинул город. Нет, он еще жил здесь, среди жителей Граса, и когда-нибудь снова нанесет удар. В августе и сентябре Риши осматривал некоторых убитых девушек. Зрелище это ужаснуло его и, признаться, одновременно восхитило, ибо все они, и каждая на свой лад, отличались изысканной красотой. Никогда бы он не подумал, что в Грасе столько неоцененной красоты. Убийца раскрыл ему глаза. Убийца отличался отменным вкусом. И действовал по системе. Мало того что все убийства были выполнены одинаково аккуратно, сам выбор жертв выдавал почти математический расчет. Правда, Риши не знал, чего, собственно, убийца желал от своих жертв, ибо главное их богатство — красоту и очарование юности — он ведь у них не похитил... Или похитил? Во всяком случае, как ни абсурдно это звучит, казалось, что цель убийств не разрушение, а бережное коллекционирование. Если, например, рассуждал Риши, представить все жертвы не как отдельные индивиды, но как часть некоего высшего принципа и идеалистически помыслить их столь различные свойства слитыми в единое целое, то картина, составленная из подобной мозаики, была бы, в общемто, картиной красоты и волшебство, исходящее от нее, имело бы не человеческую, но божественную власть. (Как мы видим, Риши был просвещенным и мыслящим человеком, который не шарахался в страхе даже от кощунственных выводов, и, хотя он мыслил не в обонятельных, но в оптических категориях, он все же был весьма близок к истине.)

Допустим, рассуждал далее Риши, убийца является таким коллекционером красоты и работает над портретом Совершенства, пусть даже это фантазия его больного мозга; допустим далее, что он человек высочайшего вкуса и скрупулезно методичный, что на самом деле весьма вероятно, тогда нельзя думать, что он откажется от драгоценнейшего строительного камня для этого портрета, какой только можно найти на земле, — от красоты Лауры. Вся пирамида убийств ничего не стоит без нее. Она была камнем, венчающим его здание.

Выводя это ужасающее заключение, Риши сидел на своей постели в ночной рубашке и изумлялся собственному спокойствию. Он больше не дрожал от озноба. Неопределенный страх, терзавший его несколько недель, исчез, уступив место осознанию конкретной опасности. Замысел убийцы был явно направлен на Лауру — с самого начала. А все остальные убийства — антураж этого последнего, завершающего убийства. Правда, оставалось неясным, какую материальную цель преследуют эти убийства и вообще есть ли у них цель. Но основное, а именно систематический метод убийцы и его стремление к идеалу, Риши угадал верно. И чем дольше он над этим раздумывал, тем больше нравилось ему и то и другое и тем большее уважение он испытывал к убийце, — впрочем, подобное уважение, как в гладком зеркале, отражало его отношение к себе, ведь не кто иной, как он, Риши, своим тонким, аналитическим умом проник в замысел противника.

Если бы он, Риши, был убийцей, одержимым теми же страстными идеями, он не мог бы действовать иначе, чем до сих пор действовал тот, и он бы поставил на карту все, чтобы увенчать свое безумное предприятие убийством царственной, не имеющей себе равных Лауры.

Эта последняя мысль ему особенно понравилась. То, что он оказался в состоянии мысленно стать на место будущего убийцы дочери, давало ему, в сущности, огромное преимущество над убийцей. Ибо убийца, разумеется, при всей своей сообразительности, конечно, не был в состоянии поставить себя на место Риши — хотя бы потому, что он, конечно, не мог предполагать, что Риши давно поставил себя на его место — на место убийцы. По сути, здесь все обстояло так же, как и в деловой жизни — mutatis mutandis[1], а как же. Если ты разгадал замысел конкурента, преимущество на твоей стороне; он уже не положит тебя на лопатки; не положит, если твое имя — Антуан Риши и ты прошел огонь, воду и медные трубы и не привык уступать в борьбе. В конце концов, Антуану Риши принадлежит крупнейшая во Франции торговля ароматическими товарами, ни богатство, ни должность Второго Консула не свалились на него с неба, он завоевал их упорством и хитростью, вовремя распознавая опасность, проницательно разгадывая планы конкурентов и сметая с пути противников. И своих будущих целей — власти и дворянского титула для потомков — он достигнет точно так же. И точно так же он перечеркнет план убийцы — своего конкурента в борьбе за обладание Лаурой, — хотя бы уже потому, что Лаура — венец в здании и его, Риши, планов. Конечно, он любил ее, но он и нуждался в ней. А того, в чем он нуждался для осуществления своих

---

[1] С соответствующими изменениями (*лат.*).

высочайших амбиций, он не уступал никому, за это он цеплялся когтями и зубами.

Теперь ему полегчало. После того как ему удалось свои ночные размышления касательно борьбы с демоном спустить на уровень делового конфликта, он почувствовал, что снова полон отваги и даже азарта. Улетучился последний остаток страха, исчезло ощущение подавленности и гнетущей заботы, мучившее его как впавшего в маразм старика, развеялся туман мрачных предчувствий, в котором он несколько недель ощупью искал дорогу. Он находился на знакомой территории и был готов принять любой вызов.

43

Почувствовав облегчение, почти удовлетворение, он спрыгнул с кровати, потянул за шнур звонка и приказал заспанному слуге укладывать платье и провизию, поскольку он решил на рассвете в сопровождении своей дочери ехать в Гренобль. Затем он оделся и поднял с постелей всю прочую челядь.

Посреди ночи дом на улице Друат проснулся, и в нем забурлила жизнь. На кухне пылали очаги, по проходам шмыгали возбужденные служанки, вверх-вниз по лестницам носился личный слуга хозяина, в подвалах звенели ключи кладовщика, во дворе горели факелы, кучера выводили лошадей, другие вытягивали из конюшен мулов, взнуздывали, седлали, бежали, грузили — можно было подумать, что на город наступают, как в 1746 году, австро-сардинские орды грабителей, сметающие все на своем пути, и хозяин дома в панике готовится к бегству. Но ничего подобного! Хозяин дома спокойно и гордо, как маршал Франции, сидел за письменным столом в своей конторе, пил кофе с молоком и отдавал приказания сбивавшейся с ног челяди. Попутно он писал письма мэру и Первому Консулу, своему нотариусу, своему адвокату, своему банкиру в Марселе, барону де Буйону и различным деловым партнерам.

К шести часам утра он отправил корреспонденцию и отдал все необходимые для его планов распоряжения. Он положил за пазуху два дорожных пистолета, защелкнул пряжку на поясе с деньгами и запер письменный стол. Потом он пошел будить дочь.

В восемь утра маленький караван тронулся в путь. Впереди верхом ехал Риши, он был великолепен в своем камзоле цвета красного вина, с золотыми позументами, в черном английском плаще и черной шляпе с дерзким султаном из перьев. За ним следовала его дочь, одетая более скромно, но столь ослепительно красивая, что народ на улице и у окон не мог оторвать от нее глаз, в толпе раздавались благоговейные охи и ахи, и мужчины снимали шляпы — якобы перед Вторым Консулом, на самом же деле перед этой девушкой с осанкой королевы. За ней скромно следовала ее горничная, далее слуга Риши с двумя вьючными лошадьми — использование кареты исключалось из-за скверного состояния гренобльского тракта, — замыкал кортеж десяток мулов, груженных всевозможными товарами, под надзором двух погонщиков. У заставы Дю-Кур стража взяла на караул и опустила ружья лишь тогда, когда последний мул проследовал сквозь ворота. Дети еще долго бежали за процессией, махали вслед каравану, медленно удалявшемуся по крутой, извилистой дороге.

242

На людей отъезд Антуана Риши с дочерью произвел странно глубокое впечатление. Им казалось, что они присутствовали при какой-то архаической церемонии жертвоприношения. Кругом только и было разговоров, что Риши уезжает в Гренобль, то есть в город, где с недавних пор орудует убивающий девушек монстр. Люди не знали, что об этом и думать. Чем объяснить поступок Риши? Предосудительным легкомыслием — или достойным восхищения мужеством? Был ли он вызовом или попыткой умилостивить богов? Но их томило смутное предчувствие, что красивую девушку с рыжими волосами они только что видели в последний раз. Они предчувствовали гибель Лауры Риши.

Это предчувствие сбылось, хотя оно и основывалось на совершенно ложных посылках. Дело в том, что Риши отправился вовсе не в Гренобль. Помпезный выезд был не чем иным, как финтом. В полутора милях к северо-востоку от Граса, неподалеку от деревни Сен-Валье, он приказал остановиться, вручил своему слуге полномочия и сопроводительное письмо и приказал доставить караван мулов в Гренобль; погонщиков он тоже отослал с караваном.

Сам же он с Лаурой и ее горничной повернул на Кабри, где устроил остановку на обед, и затем двинулся через горный перевал Таннерона на юг. Эта дорога была чрезвычайно тяжелой, но она позволяла обогнуть Грас и грасскую долину широким полукругом с запада и к вечеру незаметно достичь побережья... Риши планировал на следующий день перебраться с Лаурой на Леренские острова, на самом маленьком из которых находился хорошо укрепленный монастырь Сент-Онора. Монастырское хозяйство вела горстка монахов, которые, несмотря на старость, еще вполне могли постоять за себя. Риши хорошо знал их, так как много лет подряд покупал и перепродавал всю монастырскую продукцию: эвкалиптовый ликер, семена пиний и кипарисовое масло. И именно там, в монастыре Сент-Онора, который наряду с замком Иф и государственной тюрьмой на острове Сент-Маргерит считался самым надежным местом Прованса, он собирался на первых порах укрыть свою дочь. Сам же он немедленно вернется на побережье и обогнет Грас на этот раз с востока через Антиб и Канн, чтобы к вечеру того же дня попасть в Ванс. Он уже пригласил туда своего нотариуса, чтобы подписать соглашение с бароном де Буйоном о бракосочетании их детей — Лауры и Альфонса. Он хотел сделать Буйону предложение, которое тот не смог бы отклонить: уплата долгов барона в размере 40 000 ливров, приданое на ту же сумму, несколько земельных участков и маслобойня под Маганоском, ежегодная рента в размере 3000 ливров для молодой пары. Единственное условие Риши заключалось в том, чтобы контракт вступил в силу через десять дней и чтобы молодые сразу же после свадьбы переехали в Ванс.

Риши понимал, что такая поспешность несоразмерно поднимет размер платы за соединение его семьи с семьей этих Буйонов. Он заплатил бы много дешевле, будь у него время на выжидание. Пришлось бы тогда барону, как нищему, вымаливать у богатого купца согласие на эту сделку: ведь слава о красоте Лауры будет расти, как и богатство Риши, а Буйоны, того и гляди, совсем разорятся. Ну да ладно! Ведь его противником был не барон, а неизвестный убийца. Вот кому надо было испортить обедню. Замужняя женщина, потерявшая девственность и, может быть, беременная, уже не впишется в его изысканную галерею. Последняя клеточка этой мозаики останется пустой, Лаура потеряет для убийцы всякую ценность, его предприятие лопнет. И надо дать ему почувствовать горечь поражения! Риши хотел сыграть свадьбу в Грасе, с большой помпой, при всем честном народе. И пусть он не знает и никогда не узнает своего противника, все же будет наслаждением сознавать, что тот присутствует при событии и собственными глазами видит, как желанную добычу уводят у него из-под носа.

План был рассчитан тонко. И мы снова должны изумиться чутью Риши — тому, как близко он подошел к разгадке истины. Ибо в самом деле брак Лауры Риши с сыном барона де Буйона означал бы полное поражение Грасского Убийцы Девушек. Но план еще не осуществился. Риши еще не спрятал Лауру, еще не доставил ее под спасительный надежный кров монастыря Сент-Онора. Три верховых путника еще пробиваются через негостеприимный перевал Таннерона. Иногда дорога становится такой трудной, что всадники спешиваются. Все идет очень медленно. К вечеру они надеются достичь побережья около Ла-Напули — маленького селения к западу от Канна.

44

В тот момент, когда Лаура Риши со своим отцом покидала Грас, Гренуй находился на другом конце города в мастерской Арнульфи и мацерировал жонкилии. Он был один и в хорошем настроении. Его время в Грасе кончалось. Предстоял день триумфа. У него в хижине, в ящичках, проложенных ватой, лежали двадцать четыре миниатюрных флакона с каплями пролитой ауры двадцати четырех невинных девушек — драгоценные эссенции, добытые Гренуем в прошлом году путем холодного анфлеража тел, дигерирования волос и платья, лаважа и дистилляции. А двадцать пятую — самую роскошную, самую важную эссенцию — он получит сегодня. У него уже приготовлен тигелек с многократно очищенным жиром, кусок тончайшего полотна и баллон чистейшего спирта для последней добычи. Местность была разведана. Стояло новолуние.

Он знал, что усадьба на улице Друат хорошо охраняется и проникнуть в нее с помощью взлома не удастся. Поэтому он хотел пробраться туда еще в сумерках, до закрытия ворот, и под прикрытием отсутствия собственного запаха, которое, как шапка-невидимка, делало его незаметным для людей и животных, спрятаться в каком-либо углу дома. Позже, когда все уснут, он, следуя в темноте за компасом своего нюха, поднимется наверх, к своему сокровищу. Он обработает его тут же, на месте, завернув в пропитанную жиром простыню. Только волосы и платье он, как всегда, возьмет с собой, потому что эти части могут быть промыты прямо в винном спирте, что удобнее проделать в мастерской. Для конечной переработки помады и ее дистиллировки в концентрат ему понадобится еще одна ночь. И если все пойдет хорошо — а у него не было оснований сомневаться в том, что все пойдет хорошо, — тогда послезавтра он станет владельцем всех эссенций, необходимых для изготовления лучших в мире духов, и он покинет Грас как человек, пахнущий лучше всех на земле.

К обеду он покончил с жонкилиями. Он погасил огонь, закрыл котел с жиром и вышел из мастерской, чтобы проветриться. Ветер дул с запада.

Уже с первого вдоха он насторожился. В атмосфере было что-то не так; что-то не в порядке. В запахе города, в этом его одеянии, в его невидимом шлейфе, сотканном из многих тысяч нитей, не хватало золотой нити. За последние несколько недель эта благоуханная нить стала такой крепкой, что Гренуй явственно ощущал ее даже за городом, у своей хижины. Теперь она пропала, исчезла, ее нельзя было обнаружить обонянием. Гренуй словно окаменел от страха.

«Она мертва, — подумал он. Потом еще ужаснее: — Меня опередил другой. Другой сорвал мой цветок и присвоил себе аромат!» Он не закричал, для этого потрясение было слишком велико, но слезы набухли в уголках его глаз и вдруг хлынули потоком.

И тут явился к обеду Дрюо из «Четырех Дофинов» и между прочим рассказал, что сегодня утром Второй Консул с двенадцатью мулами и со своей дочерью отбыл в Гренобль. Гренуй сглотнул слезы и бросился бежать через весь город к заставе Дю-Кур. На площади у ворот он остановился и принюхался. И в чистом, не тронутом городскими запахами западном ветре он действительно снова обнаружил свою золотую нить, пусть тонкую и слабую, но ни с чем не сравнимую. Впрочем, любимый аромат доносился не с северо-запада, куда вела дорога на Гренобль, а скорее с юго-запада, с направления на Кабри.

Гренуй спросил у стражи, по какой дороге поехал Второй Консул. Один из сторожей показал на север. А не на Кабри? Может, он отправился к югу, на Орибо или Ла-Напуль? Нет, конечно, сказал сторож, он видел это собственными глазами.

Гренуй ринулся назад, через город, к своей хижине, запихнул в заплечный мешок кусок полотна, горшок для помады, шпатель, ножницы и маленькую гладкую дубинку из оливкового дерева и, не мешкая, отправился в путь — не по дороге в Гренобль, но по дороге, указанной ему нюхом: на юг.

Этот путь, прямой путь на Ла-Напуль, вел вдоль отрогов Таннерона через долины Фрайеры и Сианьи. Идти было легко. Гренуй быстро продвигался вперед. Когда справа возник пейзаж Орибо, словно повисшего на склонах гор, он учуял, что почти нагнал беглецов. Скоро он оказался на одной высоте с ними. Теперь он чуял каждого из них в отдельности, он даже различал на нюх их лошадей. Они, наверное, находились, самое большее, в миле от него, где-то в лесах Таннерона. Они держали путь на юг, к морю. Точно так же, как он.

Около пяти часов пополудни Гренуй пришел в Ла-Напуль. Он нашел постоялый двор, поел и спросил насчет дешевого ночлега. Дескать, он — подмастерье дубильщика из Ниццы и идет в Марсель. Можно переночевать на конюшне, был ответ. Там он забрался в угол и выспался. Приближение трех верховых он почуял издалека. Теперь оставалось только ждать.

Через два часа — уже сильно смеркалось — они подъехали. Чтобы сохранить свое инкогнито, все трое переоделись. Обе женщины были в темных платьях и вуалях, Риши — в черном камзоле. Он выдавал себя за дворянина из Кастелланы; завтра он хочет переправиться на Леренские острова, пусть хозяин приготовит завтрак к рассвету.

Есть ли в доме другие постояльцы? Нет, сказал хозяин, только подмастерье дубильщика из Ниццы, но он ночует на конюшне.

Риши отправил женщин в комнаты. Сам же заглянул на конюшню, чтобы взять кое-что из поклажи, как он сказал. Сначала он не смог найти подмастерья, и ему пришлось попросить конюха принести фонарь, тогда он заметил его в углу: подмастерье дубильщика лежал на соломе и старой попоне и крепко спал, положив под голову заплечный мешок. Он выглядел таким невзрачным и незаметным, что Риши на миг показалось, что его вообще нет, что это химера, причудливая тень, отброшенная колеблющимся светом свечи в фонаре. Во всяком случае, Риши тут же стало ясно, что от этого прямо-таки трогательного безобидного существа не исходит ни малейшей опасности, и он тихо удалился, чтобы не нарушить его сон, и вернулся в дом.

Он поужинал вместе с дочерью в ее комнате. При отъезде он не объяснил ей цели их путешествия, не сделал этого и теперь, хотя она и просила его. Завтра он посвятит ее во все, сказал он, и она может не сомневаться, что все, что он планирует и делает, направлено к ее благу и в будущем принесет ей счастье. После ужина они сыграли несколько партий в ломбер, и он все проиграл, потому что не смотрел в свои карты, а любовался красотой ее лица. Около девяти он проводил ее в ее комнату, расположенную напротив его комнаты, и запер дверь снаружи. Потом и сам он лег спать.

Он вдруг почувствовал страшную усталость — сказалось напряжение тяжелого дня и предыдущей ночи, но в то же время он был доволен собой и ходом вещей. Без малейшей озабоченности, без мрачных предчувствий, терзавших его бессонницей вплоть до вчерашнего дня каждый раз, когда он гасил лампу, он тут же заснул и спал без сновидений, без стонов, без судорожных вздрагиваний или нервозного переворачивания с одного боку на другой. Впервые за долгое время Риши обрел глубокий, спокойный сон.

В то же время Гренуй поднялся со своей подстилки в конюшне. Он тоже был доволен собой и ходом вещей и чувствовал себя вполне отдохнувшим, хотя не спал ни секунды. Когда Риши заходил на конюшню, он только притворялся спящим, чтобы сделать еще нагляднее то впечатление безвредности, которое уже сам по себе внушал его «невзрачный» запах. Он-то воспринял Риши чрезвычайно остро, то есть нюхом, и от него отнюдь не укрылось облегчение, испытанное Риши при виде его.

Таким образом, в момент их краткой встречи оба они убедились в безобидности друг друга, и, по мнению Гренуя, это было хорошо, ибо его мнимая безобидность и действительная безобидность Риши облегчали дело для него, Гренуя. Впрочем, Риши был совершенно того же мнения о положении собственных дел.

45

Гренуй приступил к делу с профессиональной осмотрительностью. Он открыл мешок, вынул оттуда кусок полотна, помаду и шпатель, расстелил полотно на попоне, на которой лежал, и начал обмазывать его жирной пастой. Эта работа требовала времени, потому что жир следовало наносить неравномерно — где более тонким, где более густым слоем, в зависимости от того, на какое место тела придется та или иная часть полотна. Рот и подмышки, грудь, половой орган и ступни выделяют больше аромата, чем, например, голени, спина или локти; внутренние стороны руки — больше, чем тыльные; брови — больше, чем ресницы, и т. д. — и соответственно для них нужно больше жира. Так что Гренуй одновременно моделировал на полотне ароматическую диаграмму подлежащего обработке тела, и эта часть работы доставляла ему, собственно говоря, наибольшее удовлетворение, ибо речь шла о некой артистической технике, занимавшей в равной мере органы чувств, фантазию и руки и, кроме того, позволявшей предвкушать наслаждение от ожидаемого конечного результата.

Израсходовав весь горшочек помады, он нанес несколько завершающих штрихов — где-то положил слой жира погуще, где-то снял лишний жир, подретушировал и еще раз проверил смоделированный жиром ландшафт, — впрочем, пользуясь носом, а не глазами, ибо все происходило в кромешной тьме, что было, возможно, лишним поводом для ровного и радостного настроения Гренуя. В эту ночь новолуния ничто не отвлекало его. В мире не было ничего, кроме запаха да, пожалуй, шума прибоя, доносящегося с моря. Он был в своей стихии. Потом он сложил полотно, как складывают кусок обоев, чтобы обмазанные жиром поверхности приходились друг на друга. Для него это было болезненной операцией, ибо он хорошо знал, что при всей осторожности части смоделированных контуров из-за этого смажутся и сдвинутся.

Но у него не было другой возможности перенести полотно. Сложив его так, чтобы можно было без больших затруднений взять его под мышку, он положил в карман шпатель и ножницы, захватил оливковую дубинку и прокрался во двор.

Небо было затянуто тучами, дом погружен в темноту. Единственная искра в этой кромешной тьме мерцала на востоке: маяк форта на острове Сент-Маргерит, расположенный в миле от Ла-Напули, напоминал сверкающую булавочную головку на черном как вороново крыло покрывале. С бухты дул легкий ветер, доносивший запах рыбы. Собаки спали.

Гренуй подошел к сараю с зерном, к стене которого была приставлена лестница. Он захватил свободной правой рукой три перекладины, приподнял лестницу, удерживая ее в вертикальном положении и оперев на правое плечо выступающую часть, перенес через двор к ее окну. Окно было приоткрыто. Поднимаясь по перекладинам наверх, как по удобным ступеням, он поздравил себя с тем обстоятельством, что имеется возможность собрать урожай аромата этой девушки здесь, в Ла-Напули. В Грасе, где окна были зарешечены, а дом строго охранялся, все было бы намного труднее. Здесь она даже спала одна. Ему не придется избавляться от служанки.

Он открыл створку окна, проскользнул в комнату и положил на пол сложенную простыню. Потом повернулся к кровати. Аромат ее волос доминировал, так как она лежала на животе, уткнув в подушку обрамленное сгибом руки лицо, и ее затылок был прямо-таки идеально подставлен под удар дубинки.

Звук удара был глухим и скрипучим. Он ненавидел его. Он ненавидел его уже потому, что это был шум, шум в его бесшумном деле. Лишь стиснув зубы, он смог вынести этот отвратительный звук, и, когда звук затих, он еще некоторое время стоял в застывшей и горькой позе, судорожно сжимая рукой дубинку, словно боясь, что звук может возвратиться откуда-то, как эхо. Но звук не возвратился, а в комнате снова воцарилась тишина, даже более глубокая тишина, ибо ее уже не нарушало захлебывающееся дыхание девушки. И только тогда Гренуй изменил позу (которую можно было бы истолковать как почтительную или как что-то вроде судорожной минуты молчания), и его тело обмякло и расслабилось.

Он отставил в сторону дубинку и со всей старательностью принялся за дело. Сначала он расправил принесенное полотно и расстелил его чистой стороной на столе и стульях, следя за тем, чтобы не коснуться жирной стороны. Роскошный аромат девушки, который вдруг хлынул из нее теплой густой волной, на этот раз не растрогал его. Он ведь был ему знаком, а наслаждаться до опьянения он будет позже, после того как действительно им завладеет. Теперь надо было собрать его как можно больше, упустить его как можно меньше, теперь от него требовались сосредоточенность и проворство.

Ловкими движениями ножниц он взрезал ночную сорочку, вынул из нее девушку, схватил простыню и набросил ее на обнаженное тело. Потом приподнял тело, пропустил под ним свисающую часть полотна и завернул в ткань — так булочник сворачивает рулет, — сложил концы и забинтовал ее как мумию — с головы до пят. Незабинтованными остались только волосы. Он обрезал их как можно ближе к коже и упаковал в ночную сорочку, завязав ее в узел. Затем он прикрыл стриженый череп свободным куском полотна и разгладил перекинутый конец бережным нажатием пальцев. Он проверил весь пакет. В нем не было ни единой щелочки, ни одной дырочки, ни одной нерасправленной складочки, откуда мог бы просочиться аромат. Девушка была упакована великолепно.

Больше делать было нечего. Оставалось только ждать, ждать шесть часов — до рассвета.

Он взял маленькое кресло, на котором лежало ее платье, поставил его у постели и сел. В широком черном одеянии еще держалось нежное дуновение ее аромата, смешанного с запахом анисовых лепешек, которые она сунула в карман перед дорогой. Он положил ноги на край ее постели у ее ног, прикрылся ее платьем и съел анисовые лепешки. Он устал. Но спать он не хотел, так как спать за работой не подобало, даже если работа состояла только из ожидания. Он вспомнил ночи, когда занимался отгонкой в мастерской Бальдини: покрытый сажей перегонный куб, пылающий огонь, легкий, призрачный звук капель дистиллята, ударяющихся о дно флорентийского сосуда. Время от времени приходилось следить за огнем, доливать воду, подставлять новые флорентийские сосуды, заменять выдохнувшуюся массу дистиллируемого материала. И все-таки ему всегда казалось, что спать нельзя. Не потому, что надо выполнять те или иные очередные операции, но потому, что бодрствование имеет свой собственный смысл. Даже здесь, в комнате постоялого двора, где процесс анфлеража происходил сам по себе, даже больше того — где несвоевременная проверка, переворачивание и возня вокруг благоухающего свертка могли оказаться только помехой, — даже здесь, как казалось Греную, его неусыпное присутствие играло важную роль. Сон мог бы спугнуть духа удачи.

Впрочем, несмотря на усталость, ему не было трудно бодрствовать и ждать. Это ожидание он любил. И все двадцать четыре раза с другими девушками ему нравилось такое ожидание — не отупляющая тоска по прошлому и не страстное нетерпение, но осмысленное, заботливое, в известной степени действенное ожидание. Во время такого ожидания что-то происходило. Происходило самое существенное. И даже если он не совершал этого сам, оно совершалось благодаря ему. Он сделал все, что от него зависело. Он проявил все свое искусство. Не допустил ни единой ошибки. Его деяние было единственным и неповторимым. Оно увенчается успехом... Ему оставалось только несколько часов подождать. Оно давало ему глубочайшее удовлетворение, это ожидание. Никогда в жизни он не чувствовал себя так хорошо, так покойно, так уравновешенно, не чувствовал такого единения с самим собой — даже тогда, в своей горе, — как в эти часы требуемого ремеслом перерыва, когда он сидел глубокой ночью около своих жертв и, не смыкая глаз, ждал. Только в такие моменты в его мрачном мозгу возникали почти веселые мысли.

Странным образом эти мысли не были устремлены в будущее. Он думал не об аромате, который добудет через несколько часов, не о духах из двадцати пяти девичьих аур, не о планах на будущее, не о счастье и не об успехе. Нет, он вспоминал прошлое. Он вызывал в памяти остановки на своем жизненном пути — от дома мадам Гайар и влажной, прогретой солнцем поленницы дров перед этим домом до его сегодняшнего путешествия в маленький, пропахший рыбой поселок Ла-Напуль. Он вспоминал дубильщика Грималя, Джузеппе Бальдини, маркиза де ла Тайад-Эспинасса. Он вспоминал город Париж, его огромные, переливающиеся тысячами оттенков смрадные испарения, рыжеволосую девушку с улицы Марэ, свободные просторы земли, слабый ветер, леса. Он вспоминал и гору в Оверни — он отнюдь не избегал этого воспоминания, — свою пещеру, воздух без человеческого запаха. Он вспоминал и свои сны. И он вспоминал обо всех этих вещах с большим удовольствием. Да, оглядываясь назад, он думал, что счастье было к нему особенно благосклонно и что судьба вела его пусть запутанным, но в конечном счете верным путем, — а иначе разве мог бы он очутиться здесь, в этой темной комнате, у цели своих стремлений? Он, если хорошо поразмыслить, — воистину благословенная личность!

Он совсем расчувствовался в приливе смирения и благодарности.

— Я благодарю тебя, — тихо сказал он, — я благодарю тебя, Жан-Батист Гренуй, что ты таков, каков есть! — Настолько он был в восхищении от самого себя.

Потом он прикрыл глаза — не для того, чтобы заснуть, а чтобы полностью предаться умиротворению этой Святой Ночи. Мир наполнял его сердце. Но ему казалось, что и вокруг него царит мир.

Он обонял мирный сон служанки в соседней комнате, глубокий, умиротворенный сон Антуана Риши в комнате напротив, он обонял мирную дрему хозяина и слуг, собак, животных в стойлах, всего местечка и моря. Ветер улегся. Все было тихо. Ничто не нарушало мира.

Один раз он отодвинул ногу в сторону и очень мягко коснулся ноги Лауры. Собственно, не ноги, а как раз полотна, которое ее укрывало, с тонким слоем жира на изнанке, который впитывал ее аромат, ее — его! — царственный аромат.

46

Когда запели птицы — то есть задолго до рассвета, — он поднялся и закончил работу. Он развернул полотно и стащил его, как пластырь, с мертвой. Жир хорошо сходил с кожи. Только в углубленных местах еще оставались небольшие сгустки, которые ему пришлось собирать шпателем. Остальные потеки помады он вытер нижней сорочкой Лауры, которой напоследок вытер все тело с головы до ног так тщательно, что извлек мельчайшие капли жира даже из пор ее кожи и вместе с ними последние ниточки и обрывочки ее аромата. Теперь она была для него действительно мертвой, увядшей, блеклой и дряблой, как цветочные отходы.

Он бросил нижнюю сорочку в большое ароматизированное полотно, в котором только она и продолжала жить, положил туда же ночную рубашку с ее волосами и свернул все в маленький тугой пакет, уместившийся у него под мышкой. Он не дал себе труда прикрыть труп на постели. И хотя чернота ночи уже превратилась в серую синеву рассвета и вещи в комнате начали обретать контуры, он больше не взглянул на ее постель, чтобы хоть раз в жизни увидеть ее глазами. Ее фигура не интересовала его. Она больше не существовала для него как тело, а только как не имеющий тела аромат. А его он держал под мышкой и уносил с собой.

Он тихо вспрыгнул на подоконник и спустился по приставной лестнице вниз. На дворе снова поднялся ветер, небо прояснилось и разливало над землей холодный темно-синий свет. Через полчаса одна из служанок развела огонь в кухонном очаге. Выйдя во двор за дровами, она заметила прислоненную лестницу, но не сделала никаких выводов, так как была еще слишком сонной. Вскоре после шести взошло солнце. Огромное, цвета червонного золота, оно поднялось из моря между Леренскими островами. На небе не было ни облачка. Начинался сияющий весенний день.

Риши, чья комната выходила на запад, проснулся в семь. Впервые за много месяцев он отлично выспался и, против обыкновения, еще четверть часа нежился в постели, потом блаженно потянулся и вздохнул и прислушался к приятным звукам, доносившимся из кухни. Тогда он встал, и настежь открыл окно, и увидел, что на дворе прекрасная погода, и вдохнул свежий пряный утренний воздух, и услышал шум прибоя, и его хорошее настроение стало совсем безудержным, и он, сложив губы трубочкой, засвистел какой-то веселый мотив.

Одеваясь, он продолжал свистеть и все еще свистел, выходя из комнаты, и быстрым шагом пересекая коридор, и подходя к двери комнаты своей дочери. Он постучал. И снова постучал, совсем тихо, чтобы не испугать ее. Ответа не было. Он улыбнулся. Он решил, что она еще спит.

Он осторожно вставил в скважину ключ и повернул ручку, тихо, совсем тихо, чтобы не спугнуть ее, почти желая застать ее спящей, чтобы разбудить ее поцелуем, еще раз, последний раз, прежде чем придется отдать ее другому мужчине.

Дверь отворилась, он вошел, и солнечный свет ударил ему в лицо. Комната была словно залита расплавленным серебром, все сияло, и от боли ему пришлось на мгновение прикрыть глаза.

Открыв их снова, он увидел лежащую на постели Лауру — голую и мертвую, остриженную наголо и ослепительно белую. Это было как в кошмарном сне, который он видел прошлой ночью в Грасе — и забыл, а теперь этот кошмар, словно удар молнии, возник в его памяти. Все вдруг стало в точности как в том сне, только намного ярче.

47

Весть об убийстве Лауры Риши так быстро разнеслась по окрестностям Граса, словно кто-то объявил: «Король умер!», или «Война!», или «Пираты высадились на берег!» — и вызвала подобный же или еще более панический ужас. В мгновение ока вернулся старательно забытый страх, столь же заразительный, как прошлой осенью, со всеми его побочными явлениями: паникой, возмущением, яростью, истерическими подозрениями, отчаянием. По ночам люди оставались в домах, запирали своих дочерей, баррикадировались, не доверяли друг другу и лишались сна. Каждый думал, что теперь все повторится, как тогда: каждую неделю будет совершаться убийство. Казалось, время отодвинулось на полгода назад.

Страх был еще более парализующим, чем полгода назад, ибо внезапное возвращение опасности, которую считали давно преодоленной, распространяло среди людей чувство беспомощности. Если не помогло проклятие самого епископа! Если Антуан Риши, всесильный Риши, самый богатый житель города, Второй Консул, влиятельный, рассудительный человек, располагавший всеми средствами самозащиты, не смог уберечь свое собственное дитя! Если рука убийцы не дрогнула при виде небесной красоты Лауры — ибо она в самом деле казалась святой всем, кто ее знал, особенно теперь, когда она была мертва. Как же после всего этого питать надежду на избавление от убийцы? Он был ужаснее чумы, потому что от чумы можно было убежать, а от этого убийцы — нельзя, как доказал пример Риши. Он явно обладал сверхъестественными способностями. Он, конечно, состоял в союзе с дьяволом, если не был самим дьяволом. И многим, прежде всего людям попроще, недалекого ума, осталось только одно — идти в церковь и молиться; каждое ремесленное сословие молилось своему патрону: слесари — святому Алоизию, ткачи — святому Криспину, садовники — святому Антонию, парфюмеры — святому Иосифу. И они брали с собой своих жен и дочерей, вместе с ними молились, ели и спали в церкви, не выходя из нее даже днем, уверенные, что обезопасить себя от чудовища (если вообще была еще какая-то безопасность!) они смогут только под защитой отчаявшейся общины прихожан и перед ликом Мадонны.

Другие, более сообразительные головы сплачивались, поскольку Церковь уже один раз оказалась бессильной, в оккультные группы, нанимали за большие деньги хорошо зарекомендовавшую себя ведьму из Гурдона, заползали в какой-нибудь из многочисленных гротов грасского подземелья и служили черные мессы, чтобы показать нечистому, что согласны ему поклоняться. Некоторые почтенные буржуа и образованные дворяне делали ставку на научные методы — магнетизировали свои дома, гипнотизировали своих дочерей, образовывали флюидальные тайные кружки в своих салонах и пытались путем совместной передачи мыслей на расстояние телепатически изгнать дух убийцы.

Церковные коллегии устраивали покаянные процессии из Граса в Ла-Напуль и обратно. Монахи пяти монастырей города ввели круглосуточные богослужения с пением псалмов, так что то на одном, то на другом конце города слышались беспрерывные причитания — днем и ночью. Почти никто не работал.

Таким образом, все население Граса пребывало в лихорадочном бездействии, почти с нетерпением ожидая следующего убийства. В том, что оно предстояло, не сомневался никто. И втайне каждый желал поскорее услышать жуткую новость в единственной надежде, что она коснется не его, а кого-то другого.

Однако власти в городе, округе и провинции на этот раз не заразились истерическим настроением народа. Впервые с тех пор, как Убийца Девушек заявил о себе, началось планомерное и разветвленное сотрудничество городских властей Граса, Драгиньяна и Тулона на уровне магистратов, полиции, Интенданта, парламента и морского флота.

Причиной такой солидарности сильных мира сего было, с одной стороны, опасение всеобщего народного восстания, с другой же стороны, тот факт, что с момента убийства Лауры Риши появились отправные точки, позволявшие наконец начать систематическое преследование убийцы. Убийцу видели. Речь, несомненно, шла о том подозрительном подмастерье дубильщика, который в роковую ночь находился на конюшне постоялого двора в Ла-Напули, а наутро бесследно исчез. Хозяин, конюх и Риши согласно свидетельствовали, что это был невзрачный, малорослый человек в коричневатой куртке с холщовым заплечным мешком. Хотя в остальном показания этих трех свидетелей были странно расплывчатыми и они не смогли описать, например, черты лица, цвет волос или речь этого человека, хозяин постоялого двора все же припомнил, что, если он не ошибается, в повадке и походке незнакомца обращало на себя внимание что-то неуклюжее, словно у него была когда-то сломана голень или изуродована ступня.

Снабженные этими приметами, два верховых отряда береговой охраны примерно в полдень того же дня, когда произошло убийство, начали преследование в направлении на Марсель — один вдоль побережья, другой — по дороге в глубь провинции. Ближайшие окрестности Ла-Напули было приказано прочесать добровольцам. Двое уполномоченных грасского суда отправились в Ниццу, чтобы там навести справки о подмастерье дубильщика. Во Фрежюсе, в Канне и Антибе подверглись досмотру все выходящие в море суда, все дороги в Савой были перекрыты, у путешественников требовали документы, удостоверяющие личность. Розыскной лист с описанием преступника вручался всем, кто умел читать, у всех городских ворот Граса, Ванса, Гурдона и у церковных дверей в деревнях. Трижды в день его зачитывали на площадях глашатаи. Правда, упоминание о хромоте усиливало подозрение, что преступником был сам дьявол, и скорее сеяло панику, чем помогало сбору достоверных сведений.

Лишь после того, как председатель грасского суда от имени Риши пообещал за сведения о преступнике не менее двухсот ливров вознаграждения, в Грасе, Опио и Гурдоне было задержано по доносам несколько подмастерьев, из коих один в самом деле имел несчастье быть хромоногим. Его уже собирались, несмотря на подтвержденное многими свидетелями алиби, подвергнуть пыткам, но тут, на десятый день после убийства, в мэрию обратился один человек из городской стражи и сделал судьям следующее заявление: в полдень того самого дня, когда он, Габриэль Тальяско, капитан стражи, как обычно нес службу у заставы Дю-Кур, к нему обратился некий субъект, который, как ему теперь кажется, вроде бы отвечает описанию примет в гончем листе; субъект этот несколько раз настойчиво спрашивал, по какой дороге уехал из города утром Второй Консул со своим караваном. Капитан не придал этому случаю никакого значения ни тогда, ни позже и наверняка ни за что не припомнил бы этого субъекта — уж больно он невзрачный, — если бы случайно не встретил его, причем здесь, в Грасе, на улице Де-ла-Лув, перед мастерской мэтра Дрюо и мадам Арнульфи; и на этот раз ему бросилось в глаза, что этот человек, входя в мастерскую, заметно прихрамывал.

Через час Гренуй был арестован. Хозяин постоялого двора в Ла-Напули и его конюх, еще прежде вызванные в Грас для опознания других задержанных, сразу же узнали ночевавшего у них подмастерья дубильщика: это он, и никто другой, заявили они, это и есть разыскиваемый убийца.

Обыскали мастерскую, обыскали хижину в оливковой роще за францисканским монастырем. В углу, почти на виду, лежали разрезанная ночная рубашка, нижняя сорочка и рыжие волосы Лауры Риши. А когда вскопали земляной пол, одно за другим обнаружились платья и волосы остальных двадцати четырех жертв. Нашлась дубинка — орудие преступления — и холщовый заплечный мешок. Улики произвели потрясающее впечатление. Было приказано звонить в колокола. Председатель суда велел расклеить объявления и оповестить народ через глашатаев, что пресловутый Убийца Девушек, которого ловили почти год, наконец схвачен и посажен в тюрьму под строгий надзор.

48

Сначала люди не поверили этому оповещению. Они считали, что это трюк, которым власти пытаются прикрыть свою беспомощность, чтобы успокоить назревающее в народе волнение. Все еще слишком хорошо помнили время, когда говорили, что убийца убрался в Гренобль. На этот раз страх слишком глубоко въелся в души людей.

Только на следующий день, когда на соборной площади перед зданием суда были выставлены на всеобщее обозрение улики — жутко было глядеть на эти двадцать пять одеяний и двадцать пять пучков волос, насаженные, как пугала, на жерди и расставленные в ряд, — только тогда общественное мнение всколыхнулось.

Многие сотни людей медленно продефилировали мимо этой чудовищной галереи. Родственники жертв, узнававшие платья, с криками падали в обморок. Остальная толпа, частью из любви к сенсациям, частью желая устранить сомнения, требовала показать убийцу. Вскоре выкрики стали такими громкими, волнение на маленькой площади, заливаемой толпами людей, таким угрожающим, что председатель суда решился: он приказал вывести Гренуя из камеры и показать его толпе из окна второго этажа.

Когда Гренуй подошел к окну, толпа умолкла. Внезапно стало совсем тихо, как тихо бывает в жаркий поддень, когда все уходят на работу в поля или забираются в тень домов. Не было слышно ни шарканья ног, ни шороха, ни вздоха. Целую минуту толпа стояла раскрыв глаза и рот. Никто не мог постичь, что этот хилый, маленький, согбенный человек, стоявший там, в окне, что этот червячок, эта горстка праха, это ничтожество совершило две дюжины убийств. Он просто не был похож на убийцу. Правда, никто не мог бы сказать, как он, собственно, представлял себе убийцу — этого дьявола, — но в одном все были единодушны: не так! И все же — хотя убийца совершенно не соответствовал представлениям людей и потому его наглядная демонстрация, казалось бы, должна была быть малоубедительной — уже само появление этого человека в окне и то обстоятельство, что именно он, и никто другой, был показан как убийца, парадоксальным образом оказало убеждающее воздействие. Все подумали: не может быть, это неправда! — и в тот же момент поняли, что это должно быть правдой.

Разумеется, как только стража оттащила человечка назад, в темноту комнаты, как только он перестал быть присутствующим и видимым, но еще, пусть на кратчайшее время, продолжал оставаться воспоминанием, чуть ли не символом мерзкого убийцы в мозгах людей — ошеломление толпы схлынуло, уступив место подобающей случаю реакции: заработали языки, тысячи глаз снова оживились. И тогда все крики слились в один-единственный громовой раскат гнева и мести:

— Отдайте его нам! — И они бросились штурмовать здание суда, чтобы собственными руками задушить его, разорвать, разодрать в клочки. Страже с огромным трудом удалось забаррикадировать ворота и оттеснить беснующуюся толпу. Гренуя немедленно увели в его застенок. Председатель подошел к окну и обещал, что суд будет скорым и беспощадным. Тем не менее понадобилось еще несколько часов, чтобы разошлась толпа, и еще несколько дней, чтобы хоть немного успокоился город.

Действительно, процесс против Гренуя продвигался чрезвычайно быстро, ибо в деле имелись неопровержимые улики, да и сам обвиняемый на допросах без обиняков признался в совершении убийств, в которых его обвиняли.

Только на вопрос о мотивах преступлений он не сумел дать удовлетворительного ответа. Он лишь повторял, что девушки были ему нужны и поэтому он их убивал. Зачем они были ему нужны и что это вообще значило, что они «были ему нужны», — об этом он молчал.

Тогда его подвергли пыткам, на несколько часов подвесили за ноги, влили в него семь пинт воды, надели испанские сапоги — без малейшего успеха. Этот человек казался нечувствительным к телесной боли, он не проронил ни звука и на повторный вопрос все так же отвечал: «Они мне были нужны». Судьи сочли его умалишенным. Они прекратили пытки и решили как можно скорее, без дальнейших допросов, закончить процесс.

Единственная небольшая оттяжка была вызвана юридической перебранкой с мэрией Драгиньяна, в подчинении которой находилась Ла-Напуль, и парламентом в Эксе, поскольку и Драгиньян, и Экс желали присвоить процесс себе. Но грасские судьи не позволили отнять у себя это дело. Они, и никто другой, схватили преступника, в сфере их юрисдикции было совершено преобладающее большинство убийств, и им угрожал взрыв народного гнева, если бы они передали убийцу другому суду. Его кровь должна была пролиться в Грасе.

15 апреля 1766 года приговор был вынесен и зачитан обвиняемому в его камере. «Подмастерье парфюмера Жан-Батист Гренуй, — гласил приговор, — должен быть в течение сорока восьми часов выведен на заставу Дю-Кур и там, лицом к небу, привязан к деревянному кресту, и ему будет нанесено двенадцать ударов железным прутом по живому телу, каковые удары раздробят ему суставы рук, ног, бедер и плечей, после чего он останется прикрученным к кресту до его смерти». На этот

раз палачу было категорически запрещено оказывать преступнику обычную милость — удушение ниткой после раздробления суставов, — даже если предсмертные мучения будут продолжаться несколько дней. Затем труп следовало закопать на живодерне, а место не отмечать.

Гренуй никак не отреагировал на приговор. Служащий суда спросил, есть ли у него последнее желание.

— Нет, — сказал Гренуй; у него было все, что нужно.

В камеру вошел священник, чтобы исповедовать Гренуя, но уже через четверть часа вышел оттуда, не выполнив своей миссии. Приговоренный при упоминании имени Господа взглянул на него абсолютно отрешенно, словно только что услышал это имя впервые, а потом растянулся на своих нарах, чтобы тотчас же погрузиться в глубочайший сон. Дальнейшие увещевания, сказал священник, не имели бы смысла.

В течение двух следующих дней приходило множество людей, чтобы поглядеть на знаменитого убийцу вблизи. Стражники позволяли им заглянуть в камеру через глазок в двери, и за каждый взгляд брали шесть су. Один гравер по меди, который хотел сделать набросок, был вынужден заплатить им шесть франков. Но рисунок скорее разочаровывал. Заключенный, прикованный цепями за запястья и лодыжки, все время лежал на своих нарах и спал. Он отвернулся лицом к стене и не реагировал ни на стук, ни на окрики. Вход в камеру посетителям был строго воспрещен, и стражники, несмотря на соблазнительные предложения, не рисковали нарушить этот запрет. Опасались, что заключенный может быть преждевременно убит кем-нибудь из близких его жертв. По той же причине ему не передавали от посетителей пищу. Она могла бы оказаться отравленной.

Все время пребывания в тюрьме Гренуй получал еду из кухни для челяди епископского дворца, главный надзиратель обязан был снимать с нее пробу. Впрочем, последние два дня он вообще не ел. Он лежал и спал. Время от времени его цепи позванивали, и когда стражник кидался к глазку, он успевал увидеть, что Гренуй делал глоток из фляжки с водой, снова валился на нары и засыпал. Казалось, человек этот так устал от своей жизни, что не желает проводить в состоянии бодрствования даже ее последние часы.

Между тем лобное место у заставы Дю-Кур было подготовлено для казни. Плотники сколотили эшафот двухметровой высоты, с большим помостом, с перилами и прочной лестницей — такого великолепного в Грасе еще никогда не бывало. Кроме того, они соорудили деревянную трибуну для почетных гостей и ограду, чтобы удерживать на расстоянии простонародье. Места у окон в домах слева и справа от заставы Дю-Кур и в здании городской стражи давно были сданы внаем по бешеным ценам. Даже в богадельне, расположенной несколько наискосок, подручный палача снял на время у больных их комнаты и с большой выгодой пересдал их любопытствующим взглянуть на казнь. Продавцы лимонада кувшинами запасали лакричную воду, гравер отпечатал несколько сотен экземпляров портрета убийцы, сделанного в тюрьме и весьма приукрашенного полетом фантазии, бродячие торговцы дюжинами стекались в город, пекари пекли памятные пряники.

Палач, мсье Папон, которому уже много лет не приходилось совершать казни через раздробление суставов, заказал у кузнеца тяжелый четырехгранный железный прут и ходил с ним на бойню, чтобы поупражняться в ударах на трупах животных. Он имел право нанести только двенадцать ударов, и этими двенадцатью ударами должны были быть наверняка раздроблены двенадцать суставов, но при этом не повреждены ценные части тела, например грудь или голова, — сложная задача, требовавшая величайшей чувствительности пальцев.

Жители города готовились к этому событию как к торжественному празднику. То, что день будет нерабочим, было понятно само собой. Женщины наглаживали свои воскресные наряды, мужчины выколачивали пыль из сюртуков и курток и до блеска начищали сапоги. Те, кто имел военный чин или занимал должность, был цеховым мастером, адвокатом, нотариусом, главой братства или еще чем-то значительным, надевали мундир или мантию, ордена, шарфы, цепи и белый как мел пудреный парик. Верующие предполагали post festum[1] собраться в церкви для богослужения, поклонники сатаны — устроить пышную благодарственную мессу Люциферу, образованная знать — отправиться на магнетические сеансы в особняки семейств Кабри, Вильнев и Фонмишель. В кухнях уже вовсю пекли и жарили, из подвалов несли вино, с рынков — цветы для украшения столов, в соборе репетировали органист и церковный хор.

В доме Риши на улице Друат было тихо. Риши запретил себе всякую подготовку ко Дню освобож-

---

[1] После праздника *(лат.)*.

дения, как назвали в народе день казни. Ему все было отвратительно. Отвратителен внезапно воскресший ужас людей, отвратительно их лихорадочное предвкушение радости. И сами они, эти люди, все вместе, были ему отвратительны. Он не участвовал ни в представлении преступника и его жертв на соборной площади, ни в процессе, ни в омерзительном променаде зевак перед камерой осужденного. Для опознания волос и платья своей дочери он пригласил членов суда к себе домой, кратко и сдержанно дал свои показания и попросил оставить ему эти вещи в качестве реликвий, что и было сделано. Он отнес их в горницу Лауры, положил разрезанную ночную рубашку и нижнюю сорочку на ее кровать, распустил по подушке ее рыжие волосы, сел перед кроватью и больше не отходил от нее, словно эта бессменная вахта могла восполнить то, чего он не сделал в ту ночь в Ла-Напули. Он был так полон отвращения, отвращения к миру и к самому себе, что не мог плакать.

И к убийце он испытывал отвращение. Он не желал больше видеть в нем человека, но только жертву, обреченную на заклание. Он увидит его только в момент казни, когда тот будет лежать на кресте и на него обрушатся двенадцать ударов, вот когда он его увидит, увидит совсем вблизи, он оставил за собой место в самом первом ряду. И когда народ разойдется, через несколько часов, тогда он поднимется к нему на окровавленный эшафот, и сядет рядом, и будет нести вахту целыми днями и ночами, если понадобится, и смотреть ему в глаза, этому убийце своей дочери, и по капле будет вливать в его глаза, вливать в его агонию все свое отвращение, как едкую кислоту, пока эта гадина не сдохнет...

А потом? Что он сделает потом? Он не знал этого. Может быть, он вернется к привычной жизни, может быть, женится, может быть, зачнет сына, может быть, не сделает ничего, может быть, умрет. Ему это было совершенно безразлично. Думать об этом казалось ему столь же бессмысленным, как думать о том, что делать после смерти: разумеется, ничего, о чем он мог бы знать уже теперь.

49

Казнь была назначена на пять часов пополудни. Уже утром пришли первые любители зрелищ и обеспечили себе места. Они принесли с собой стулья и скамейки, подушки для сидения, провизию, вино и привели своих детей. Когда ближе к полудню со всех сторон к городу начали стекаться толпы сельского люда, на площади у заставы Дю-Кур уже было так тесно, что новоприбывшим пришлось располагаться на полях и в садах, разбитых террасами на склонах плато, и вдоль дороги на Гренобль. Бродячие торговцы уже развернулись вовсю, люди ели, пили, кругом стоял шум и смрад, как на ярмарке. Вскоре собралось тысяч десять народу, больше, чем на праздник Королевы Жасмина, больше, чем на самый большой крестный ход, больше, чем когда-либо вообще собиралось в Грасе. Люди усыпали все склоны. Они залезали на деревья, они карабкались на стены и крыши, они десятками, дюжинами теснились в проемах окон. Лишь в центре площади, за барьером ограждения, словно вырезанное ножом из теста человеческой толпы, еще оставалось свободное место для трибуны и эшафота, который вдруг стал совсем маленьким, как игрушка или сцена кукольного театра. И еще оставался свободным узкий проход от места казни к заставе Дю-Кур и по улице Друат.

Примерно в три часа появились мсье Папон и его подручные. Их встретили одобрительным гулом. Они подтащили к эшафоту сбитый из бревен крест и установили его на четырех тяжелых плотницких козлах, подобрав подходящую для работы высоту. Подмастерье плотника прибил его к козлам. Каждое действие подручных палача и плотника толпа сопровождала аплодисментами. А когда после этого к эшафоту приблизился Папон с железным прутом, обошел крест со всех сторон, отмерил число своих шагов и стал то с одной, то с другой стороны наносить воображаемые удары, разразилась настоящая овация.

Около четырех начала заполняться трибуна. Явилось много благородных господ, богачей с лакеями и прекрасными манерами, красивых дам, больших шляп, блестящих туалетов — было на что полюбоваться. Собралась вся знать города и провинции. Прошли на свои места члены Городского совета, держась сомкнутым строем, во главе с обоими Консулами. Риши был в черном, в черных чулках, в черной шляпе. За советом выступал магистрат под предводительством председателя суда. Последним появился епископ в открытых носилках, в сиянии фиолетового облачения и в зеленой шапочке. Те, кто еще не снял шляпу, поспешили хотя бы теперь обнажить голову. Торжественный момент приближался.

Потом минут десять не происходило ничего. Господа заняли места, народ замер, никто больше не ел, все ждали. Папон и его подручные стояли как вкопанные на сцене эшафота. Солнце, большое и желтое, висело над Эстерелем. Из грасской долины дул теплый ветер, доносивший аромат цветущих апельсиновых деревьев. Было жарко и прямо-таки невероятно тихо.

Наконец, когда уже казалось, что напряжение достигло предела и тишину вот-вот разорвет тысячеголосый вопль, свалка, драка или еще какое-нибудь событие в толпе, послышался топот копыт и скрип колес.

На улице Друат появилась запряженная парой карета, карета лейтенанта полиции. Она проехала через городские ворота и, видимая теперь всем, въехала в узкий проулок, который вел к месту казни. Лейтенант полиции настоял на таком способе доставки, так как думал, что иначе не сможет гарантировать безопасность преступника. Вообще-то это не было принято. Тюрьма находилась всего в пяти минутах от места казни, и если приговоренный по какой бы то ни было причине не мог преодолеть это расстояние пешком, то его привозили туда на открытой телеге, запряженной ослом. Чтобы кого-то везли на собственную казнь в богатом экипаже, с кучером, ливрейными лакеями и конным эскортом — такого еще никогда не бывало.

Несмотря на это, в толпе не возникло ни беспокойства, ни недовольства, напротив, все были довольны, что вообще что-то происходит, и восприняли экипаж как удачную идею, подобно тому как в театре благосклонно принимают известную пьесу в неожиданно новой постановке. Многие даже нашли уместным такой выход главного героя. Такому исключительно мерзкому преступнику полагалось исключительное обращение. Нельзя же его, как заурядного разбойника, тащить на площадь в цепях и бить батогами. В этом не было бы ничего сенсационного. То ли дело поднять его с мягкого сиденья богатого экипажа да подвести к кресту — в этом была куда более изобретательная жестокость. Карета остановилась между эшафотом и трибуной. Лакеи спрыгнули с запяток, открыли дверцу и спустили маленькую откидную подножку. Вышел лейтенант полиции, за ним офицер охраны и, наконец, Гренуй. Он был в голубой куртке, белой рубашке, белых шелковых чулках и черных туфлях с пряжками. Никаких оков на нем не было. Никто не вел его под руки. Он вышел из кареты как свободный человек.

И тогда произошло чудо. Или нечто вроде чуда, а именно нечто настолько непостижимое, неслыханное и невероятное, что все свидетели назвали бы это потом чудом, если бы они вообще еще когда-нибудь решились заговорить об этом, а они никогда не говорили, ибо все они позже стыдились признаться, что вообще были причастны к такому делу.

А дело было в том, что десять тысяч человек на площади у ворот и на окружающих склонах внезапно, в один миг, прониклись непоколебимой верой, что маленький человек в голубой куртке, только что вышедший из кареты, *никак не мог быть убийцей*. Не то чтобы они усомнились в его идентичности! Перед ними стоял тот самый человек, которого они несколько дней назад видели на соборной площади в окне суда и которого они, попадись он им тогда в руки, линчевали бы с бешеной ненавистью. Тот самый, которого два дня назад по закону приговорили к смерти на основании неопровержимых улик и собственного признания. Тот самый, чьего умерщвления палачом они страстно ждали всего минутой раньше. Это был он, несомненно он!

И все-таки не он, не мог он им быть, не мог он быть убийцей. Человек, стоявший на лобном месте, был воплощенная невинность. В тот момент это знали все — от епископа до продавца лимонада, от маркиза до маленькой прачки, от председателя суда до уличного мальчишки.

И Папон это знал. И его кулаки, сжимавшие железный прут, задрожали. Его сильные руки вдруг стали такими слабыми, колени такими мягкими, сердце таким пугливым, как у ребенка. Он не смог бы поднять этот прут, никогда в жизни у него не нашлось бы сил поднять его против маленького невинного человека, ах, он боялся того момента, когда его приведут сюда, наверх, он зарыдал, он был вынужден опереться на свой убийственный прут, чтобы не упасть от слабости на колени, — большой, сильный Папон!

И десять тысяч собравшихся мужчин, и женщин, и детей, и стариков испытали то же самое: они стали слабыми, как маленькие девочки, не способные устоять перед обаянием совратителя. Их захлестнуло мощное чувство влечения, нежности, безумной детской влюбленности, да, видит Бог, любви к маленькому злодею, и они не могли, не хотели ему сопротивляться. Это было как плач, от которого нет защиты, который поднимается из нутра, из живота и чудесным образом разлагает, разжижает, уносит прочь все, что ему сопротивляется. Люди, казалось, расплавились, их разум и душа растворились, превратились в аморфную, жидкую стихию и ощущали только комок сердца, безудержно колотящийся внутри, и они — каждый, каждая из них — вложили его на веки вечные в руки маленького человека в голубой куртке: они любили его.

Гренуй вот уже несколько минут стоял у открытой дверцы кареты и не двигался. Лакей, оказавшийся рядом с ним, опустился на колени и продолжал опускаться, пока не принял той распластанной позы, какую на Востоке принимают перед султаном или Аллахом. И даже в этом положении он еще дрожал, и раскачивался, и стремился опуститься еще ниже, растечься по земле, под землей. Ему хотелось уйти под землю, просочиться в нее до другого конца света, из чистой преданности. Офицер охраны и лейтенант полиции, двое здоровенных мужчин, чьей задачей было отвести осужденного на эшафот и передать в руки палачу, потеряли координацию движений. Они заплакали и сняли шляпы, снова их надели, бросили их на землю, кинулись друг другу в объятия, расцепились, бессмысленно замахали руками, начали судорожно дергаться и гримасничать, как одержимые пляской святого Витта.

Находившиеся на некотором расстоянии почетные граждане предавались своему умилению еще более нескромно. Каждый дал полную волю своему сердцу. Были дамы, которые при виде Гренуя застонали от блаженства, засунув кулаки между колен; и другие, которые от страстного влечения к царственному юноше — ибо таким он им казался, — не издав ни звука, попадали в обморок.

Были господа, которые вдруг взвились со своих сидений, и снова на них рухнули, и снова вскочили,

277

оглушительно сопя и сжимая в руках рукояти шпаг, словно хотели вытащить их из ножен, и, уже вытаскивая, снова совали их в ножны, так что стояли лязг и треск; были другие, молча устремлявшие глаза к небу и судорожно сжимавшие руки для молитвы; и монсеньор епископ, словно ему стало дурно, наклонившись всем телом вперед, уткнулся головой в колени, и зеленая шапочка слетела с его головы; при этом ему вовсе не было дурно, но впервые в жизни его обуял религиозный восторг, ибо на глазах у всех свершилось чудо: Господь Бог самолично удержал руку палача, явив ангельскую сущность того, кого свет принимал за убийцу, — довелось же такому произойти еще в восемнадцатом веке. Воистину Господь велик! А сам ты мал и ничтожен, ибо предал ангела анафеме, не веруя в это, но лишь для успокоения народа! О, какая дерзость, какое маловерие! И вот Господь являет чудо! О, какое великое унижение, какое сладкое уничижение, какая благодать ниспосланы Господом епископу ради усмирения гордыни.

Между тем народ по ту сторону барьера предавался чувственному опьянению, которое охватило всех при появлении Гренуя. Тот, кто при виде его испытал лишь сострадание и умиление, теперь преисполнился вожделения, тот, кто испытал изумление и влечение, дошел до экстаза. Человек в голубой куртке предстал перед всеми самым прекрасным, самым привлекательным и самым совершенным существом, какое они могли только вообразить; монахиням он казался Спасителем во плоти, поклонникам сатаны — сияющим князем тьмы, людям просвещенным — Высшим Существом, девицам — сказочным принцем, мужчинам — идеальным образом их самих. Все чувствовали себя так, словно он угадал и нащупал у них самое чувствительное место, поразил их прямо в эротический центр. Как будто у этого человека было сто тысяч невидимых рук и как будто каждому из десяти тысяч окружавших его людей он возложил руку на половой орган и ласкал его именно тем способом, которого сильнее всего жаждал каждый в отдельности, мужчина или женщина, в своих самых сокровенных фантазиях.

В результате запланированная казнь омерзительнейшего преступника своего времени превратилась в величайшую вакханалию, какую видел мир со второго века от Рождества Христова: благонравные женщины раздирали на себе блузы, с истерическими криками обнажали грудь, высоко задрав юбки, кидались на землю. Мужчины с безумными взглядами, спотыкаясь, блуждали по этому полю сладострастно распростертой плоти, дрожащими пальцами вынимали из штанов отвердевшие как от невыносимого озноба члены, падали с хрипом куда придется, совокуплялись в самых немыслимых положениях и сочетаниях: старец с невинной девушкой, поденщик с супругой адвоката, мальчишка-подмастерье с монахиней, иезуит с франкмасонкой — все вперемешку, кому с кем придется. Воздух отяжелел от сладкого потного запаха похоти и наполнился криками, хрюканьем и стонами десяти тысяч бестий. Это был ад.

Гренуй стоял и улыбался. Более того, людям, которые его видели, казалось, что он улыбается самой невинной, самой ласковой, самой очаровательной и одновременно самой неотразимой улыбкой в мире. Но в действительности не улыбка, а гадкая, циничная ухмылка змеилась на его губах, отражая весь его триумф и все его презрение. Он, Жан-Батист Гренуй, рожденный без запаха в зловоннейшем месте мира, вышедший из отбросов, грязи и гнили, выросший без любви, выживший без душевной человеческой теплоты из одного упрямства и в силу отвращения, маленький, горбатый, хромой, уродливый, отринутый, физический и нравственный калека — он достиг того, что понравился миру! Мало того! Он любим! Почитаем! Обожаем! Он совершил Прометеев подвиг. Божественную искру, которая с колыбели дается людям ни за что ни про что и которой он, единственный в мире, был лишен, эту искру он добыл бесконечным изощренным упорством. Больше того! Он, в сущности, высек ее сам, в своем «я». Он был более велик, чем Прометей. Он создал себе ауру, такую сияющую и неотразимую, какой не обладал до него ни один человек. И он не обязан ею никому — никакому отцу, никакой матери и менее всего какому-то милосердному Богу, — но исключительно самому себе. Он в самом деле был своим собственным богом, и богом более великолепным, чем тот, воняющий ладаном Бог, который ютился в церквах. Живой епископ валялся перед ним на коленях и визжал от удовольствия. Богатые и власть имущие, гордые господа и дамы, умирали от восхищения, а окружавший его широким кольцом народ, в том числе отцы, матери, братья, сестры его жертв, праздновали оргию в его честь и во имя его. Ему достаточно кивнуть, и все отрекутся от Бога и будут молиться на него, Великого Гренуя.

Да, он был Великий Гренуй! Именно сейчас это стало ясно. Он был им, как когда-то в своих самовлюбленных фантазиях, так и теперь — в действительности. В этот миг он пережил величайший триумф своей жизни. И ужаснулся.

Он ужаснулся, ибо ни секунды не смог им насладиться. В эту минуту, когда он вышел из камеры на залитую солнцем площадь, надушенный духами, которые внушают людям любовь, духами, над которыми он работал два года, духами, которых он жаждал всю жизнь... В эту минуту, когда он видел и обонял, что люди не в силах ему противостоять и что аромат, захлестываясь, как петля аркана, притягивает к нему людей, — в эту минуту в нем снова поднялось все его отвращение к людям и отравило его триумф настолько, что он не испытал не только никакой радости, но даже ни малейшего удовлетворения. То, чего он всегда так страстно желал, а именно чтобы его любили другие люди, в момент успеха стало ему невыносимо, ибо сам он не любил их, он их ненавидел. И внезапно он понял, что никогда не найдет удовлетворения в любви, но лишь в ненависти своей к людям и людей — к себе.

Но ненависть его к людям не получала отклика. Чем больше он ненавидел их в это мгновение, тем больше они его боготворили, ибо ничто в нем не воспринималось ими как истина, кроме присвоенной ауры, кроме ароматической маски, краденого благоухания, а оно в самом деле было достойно обожествления.

Теперь он был бы рад всех их стереть с лица земли, этих тупых, вонючих, эротизированных людишек, точно так же как тогда, в стране его души, черной как вороново крыло, ему хотелось стереть все чужие запахи. И он желал, чтобы они заметили, как он их ненавидит, и чтобы они ответили взаимной ненавистью на это единственное, когда-либо испытанное им подлинное чувство и, со своей стороны, были бы рады стереть его с лица земли, что они первоначально и намеревались сделать. Он хотел один раз в жизни разоблачиться. Раз в жизни ему захотелось стать таким, как другие люди, и вывернуть наружу свое нутро: как они обнажали свою любовь и свое глупое почитание, так он хотел обнажить свою ненависть. Он хотел один раз, всего один-единственный раз, быть воспринятым в своей истинной сути и получить от людей отклик на свое единственное истинное чувство — ненависть.

Но ничего из этого не вышло. Из этого и не могло ничего выйти. Ведь он был замаскирован лучшими в мире духами, а под этой маской у него не было лица, не было ничего, кроме тотального отсутствия запаха. И тут ему внезапно стало дурно, потому что он почувствовал, как снова поднимаются туманы.

Как тогда в пещере, в сновидении, во сне, в сердце, в его фантазии внезапно поднялись туманы, жуткие туманы его собственного запаха, который нельзя было воспринять обонянием, ибо он имел иную природу. И как тогда, он испытал бесконечный ужас и страх и подумал, что вот-вот задохнется.

Но сейчас это было не сновидением и не сном, а голой действительностью. И он не лежал один в пещере, а стоял на площади на виду у десятков тысяч людей. И сейчас здесь не помог бы крик, который разбудил бы и освободил его, и не было пути назад в добрый, теплый, спасительный мир. Ибо это, здесь и сейчас, было миром и это, здесь и сейчас, было его осуществленным сном. И он сам этого так хотел.

Ужасные зловонные туманы все поднимались из бездонной топи его души, пока народ вокруг него стонал, изнемогая в безудержных сладострастных содроганиях. К нему бежал какой-то человек. Он вскочил с самого переднего ряда трибуны для почетных зрителей так стремительно, что его черная шляпа свалилась с головы, и в развевающемся черном сюртуке пронесся через эшафот как ворон или ангел мести. Это был Риши.

«Он убьет меня, — подумал Гренуй. — Он — единственный, кого не ввела в заблуждение моя маска. Он не даст себя обмануть. На мне — ароматы его дочери, эта улика неопровержима, как кровь. Он должен узнать меня и убить. Он должен это сделать».

И он простер руки, чтобы принять в объятия низвергшегося на него ангела. Ему уже казалось, что он ощущает удар меча или кинжала, этот благостный удар в грудь, чувствует, как лезвие рассекает все ароматические кольчуги и зловонные туманности и проникает в середину его холодного сердца — наконец, наконец в его сердце нечто, нечто иное, чем он сам. Он почти уже почувствовал избавление.

И что же? Риши лежал у него на груди, не ангел возмездия, но потрясенный, жалобно всхлипывающий Риши, и обнимал его, прямо-таки цеплялся за него, словно не нашел иного пристанища в море благорастворения. Никакого освобождающего удара меча, никакого укола в сердце, даже никакого проклятия или хотя бы крика ненависти. Вместо этого мокрая от слез щека Риши прилипла к его щеке, а дрожащие губы тянулись к нему с визгом:

— Прости меня, сын мой, мой дорогой сын, прости меня!

И тут все побелело у него в глазах, а внешний мир стал чернее черного. Не нашедшие выхода туманы слились в бурлящую жидкость, как поднимающееся из-под пены кипящее молоко. Они захлестнули его, с невыносимой силой надавили на внутреннюю оболочку его тела, но им некуда было просочиться. Ему хотелось бежать, ради Бога бежать, но куда... Ему хотелось лопнуть, взорваться, чтобы не захлебнуться самим собой. Наконец он повалился наземь и потерял сознание.

50

Снова придя в себя, он обнаружил, что лежит в постели Лауры Риши. Ее реликвии, одежда и волосы, были убраны. На ночном столике горела свеча. Из притворенного окна доносился далекий шум ликующего города. Антуан Риши сидел на скамеечке у его постели и бодрствовал. Он держал руку Гренуя в своей и грел ее.

Прежде чем открыть глаза, Гренуй прозондировал атмосферу. Внутри него было тихо. Ничто больше не бурлило и не давило. Снова в его душе царила привычная холодная ночь, которая была нужна ему для того, чтобы сделать его сознание ледяным и ясным и направить его вовне: там он услышал запах своих духов. Они изменились. Пики немного сгладились, так что сердцевина аромата (запах Лауры Риши) засверкала еще великолепнее — мягким, темным, мерцающим огнем. Он чувствовал себя уверенно. Он знал, что еще несколько часов будет неприкосновенным, и открыл глаза.

Риши не сводил с него глаз. В его взгляде были бесконечная доброта, нежность, умиление и глуповатая глубина влюбленного.

Он улыбнулся, крепче сжал руку Гренуя и сказал:

— Теперь все будет хорошо. Магистрат отменил приговор. Все свидетели отказались от показаний. Ты свободен. Ты можешь делать что хочешь. Но я хочу, чтобы ты остался у меня. Я потерял дочь, я хочу усыновить тебя. Ты так похож на нее... Ты так же красив, как она, твои волосы, твои губы, твоя рука... Я все время держал тебя за руку, у тебя такая же рука, как у нее. А когда я смотрю в твои глаза, мне кажется, что она смотрит на меня. Ты ее брат, и я хочу, чтобы ты стал моим сыном, моей радостью, моей гордостью, моим наследником. Живы ли еще твои родители?

Гренуй покачал головой, и лицо Риши стало пурпурно-красным от счастья.

— Значит, ты согласен стать мне сыном? — выдохнул он и вскочил со своей скамеечки, чтобы пересесть на край кровати и сжать вторую руку Гренуя. — Согласен? Согласен? Ты хочешь, чтобы я стал твоим отцом? Не говори ничего! Не разговаривай! Ты еще слишком слаб, чтобы разговаривать. Только кивни!

Гренуй кивнул. И тут счастье, как красный пот, выступило из всех пор Риши, и он склонился к Греную и поцеловал его в губы.

— Теперь спи, дорогой мой сын, — сказал он, выпрямляясь. — Я посторожу тебя, пока ты не заснешь. — Он еще долго глядел на него с молчаливым благоговением. — Ты делаешь меня очень, очень счастливым.

Гренуй слегка растянул углы губ, подражая людям, которые улыбаются. Потом закрыл глаза. Некоторое время он подождал, успокаивая и углубляя свое дыхание, как это делают спящие. Он ощущал любящий взгляд Риши на своем лице. Один раз он почувствовал, что Риши наклонился над ним, чтобы еще раз поцеловать, но не решился, боясь разбудить его. Наконец, задув свечу, Риши на цыпочках выскользнул из спальни.

Гренуй оставался лежать, пока в доме и в городе не затих шум. Когда он поднялся, уже светало. Он оделся и, тихо пройдя через прихожую, спустился с лестницы и через гостиную вышел на террасу.

Отсюда можно было заглянуть за городскую стену и увидеть чашу Грасской долины, в ясную погоду — до самого моря. Сейчас над полями висел легкий туман, даже марево, и доносившиеся снизу ароматы травы, дрока и роз казались отмытыми дочиста, простыми, просто утешительными. Гренуй пересек сад и перелез через стену.

На площади у заставы Дю-Кур ему еще раз пришлось пробиваться сквозь человеческие испарения, прежде чем он выбрался на волю. Вся площадь и склоны холмов напоминали огромный бивуак разложившегося войска. Тысячами лежали опьяневшие, обессилевшие от излишеств ночной оргии тела, некоторые были голы, некоторые полуобнажены и полуприкрыты одеждой, под которую они забрались, как под кусок одеяла. Воняло кислым вином, самогоном, по́том и мочой, детским поносом и пригорелым мясом. Тут и там еще чадили остатки костров, вокруг которых еще недавно жрали, пили и танцевали люди. Там и сям из тысячекратного храпа вдруг вырывалось чье-то бормотание или хохот. Возможно, кое-кто еще бодрствовал и заглушал последние вспышки сознания. Но никто не заметил Гренуя, который перешагивал через распростертые тела, осторожно и в то же время быстро, будто шел по болоту. А тот, кто замечал, не узнавал его. Он больше не издавал запаха. Чудо миновало.

Дойдя до конца площади, он не повернул ни в сторону Гренобля, ни в сторону Кабри, но пошел прямиком через поля в западном направлении, ни разу не оглянувшись назад. Когда взошло солнце — жирное, и желтое, и жгуче жаркое, его давно уже и след простыл.

Жители Граса проснулись в ужасном похмелье. Даже те, кто не пил, чувствовали свинцовую тяжесть в голове, рези в желудке, тошноту и дурноту. На площади средь бела дня, при всем честном народе скромные крестьяне разыскивали одежду, сорванную с себя в возбуждении оргии, благонравные женщины разыскивали мужей и детей, совершенно чужие друг другу люди в ужасе высвобождались из интимнейших объятий, знакомые, соседи, супруги вдруг публично оказались друг перед другом в самой мучительной наготе.

Многим это событие показалось столь жутким, столь необъяснимым и совершенно несовместимым с их собственными моральными представлениями, что они буквально в тот миг, когда оно произошло, выключили его из памяти, а потому и позже в самом деле не могли о нем вспомнить. Другие, не столь суверенно владевшие своим аппаратом восприятия, пытались не видеть, не слышать и не думать, что было не так-то просто, ибо позор был слишком очевидным и публичным. Те, кто нашел свои причиндалы и своих ближних, постарались как можно скорее скрыться с места происшествия. К полудню площадь опустела, словно ее вымели метлой.

Только к вечеру люди в городе, и то далеко не все, вышли из домов по самым неотложным делам. Встречаясь, они едва здоровались, говорили только о пустяках. О вчерашних событиях и о прошедшей ночи не поминали ни словом. Если вчера все еще чувствовали себя непринужденными и здравомыслящими, то сегодня все были охвачены стыдом. Казалось, никогда между жителями Граса не было лучшего взаимопонимания. Воцарились тишь и гладь.

Правда, некоторые были вынуждены по долгу службы более непосредственно заняться тем, что произошло. Традиция публичной жизни, незыблемость права и порядка потребовали принятия энергичных мер. Уже после полудня собрался Городской совет. Господа, в том числе и Второй Консул, молча обнялись, словно этот заговорщицкий жест был призван заново учредить почетное собрание. Затем без всякого упоминания о событиях, а уж тем более об имени Гренуя, было единодушно решено «незамедлительно снести трибуну и эшафот на площади у заставы Дю-Кур и привести в первоначальный опрятный вид площадь и окружающие ее истоптанные поля». На это было отпущено сто шестьдесят ливров.

Одновременно прошло заседание суда. Магистрат без обсуждения согласился считать «инцидент Г.» исчерпанным, акты закрыть и, не регистрируя, сдать в архив и возбудить новое дело против неизвестного Убийцы Двадцати Пяти Девиц в Грасском округе. Лейтенанту полиции был отдан приказ незамедлительно начать следствие.

Уже на следующий день он добился успеха. На основании явно подозрительных моментов был арестован Доминик Дрюо, мастер-парфюмер с улицы Де-ла-Лув, — ведь, в конце концов, хижина, где были найдены волосы и платья всех жертв, принадлежала ему. Сначала он отрицал свою вину, но судьи не дали ввести себя в заблуждение. После четырнадцатичасовой пытки он во всем признался и даже просил по возможности ускорить казнь, которую ему и назначили на следующий день. На рассвете его вздернули — без большой помпы, без эшафота и трибун, просто в присутствии палача, нескольких членов магистрата, врача и священника. После того как наступила, была установлена и запротоколирована смерть, труп приказали немедленно предать земле. Таким образом, с делом было покончено.

Город и так уже забыл о нем — настолько, что приезжие, попавшие в город в следующие дни и между прочим осведомлявшиеся о пресловутом Грасском Убийце Девушек, не находили ни одного разумного человека, который смог бы поведать об этом. Только несколько дурачков из богадельни, всем известные сумасшедшие, несли какую-то чушь о большом празднике на площади Дю-Кур, из-за которого им пришлось освободить свои комнаты.

И скоро жизнь вошла в свою колею. Люди прилежно работали, и хорошо спали, и занимались своими делами, и вели себя благопристойно. Вода по-прежнему струилась из множества родников и колодцев и разносила по переулкам ил и грязь.

Скаредный город снова гордо высился на склонах холмов над плодородной долиной. Солнце пригревало. Вскоре наступил май. Начался сбор роз.

ЧАСТЬ ЧЕТВЕРТАЯ

51

Гренуй шел по ночам. Как и в начале своего путешествия, он обходил города, избегал дорог, на рассвете укладывался спать, вставал вечером и шел дальше. Он пожирал то, что находил по пути: траву, грибы, цветы, мертвых птиц, червей. Он пересек Прованс, переплыл в украденном челноке Рону южнее Оранжа, вдоль течения Ардеши углубился в Севенны и затем двинулся к Аллье, на север.

В Оверни он приблизился к Плон-дю-Канталь. Вершина лежала к западу, высокая, серебристо-серая в лунном свете, и он чуял запах доносящегося с нее холодного ветра. Но его не тянуло туда. У него больше не было страстной тоски по пещерному одиночеству. Этот опыт уже был проделан и оказался непригодным для жизни. Точно так же, как и другой опыт, опыт жизни среди людей. Задыхаешься и тут и там. Он вообще не хотел больше жить. Он хотел вернуться в Париж и умереть. Вот чего он хотел.

Время от времени он лез в карман и сжимал в руке маленький стеклянный флакон со своими духами. Флакончик был еще почти полон. На выступление в Грасе он истратил всего одну каплю. Остального хватит, чтобы околдовать весь мир. Если бы он пожелал, он смог бы в Париже заставить не десятки, а сотни тысяч людей восторгаться им; или отправиться гулять в Версаль, чтобы король целовал ему ноги; послать Папе надушенное письмо и явиться перед всеми новым Мессией; вынудить королей и императоров помазать его в Нотр-Дам на царство как сверхимператора, даже сделать из него Бога на земле — если вообще можно Бога помазать на царство...

Все это он мог бы совершить, если бы только пожелал. Он обладал для этого властью. Он держал ее в руке. Эта власть была сильнее власти денег, или власти террора, или власти смерти: неотразимая власть внушать людям любовь. Только одного не могла дать эта власть: она не могла дать ему его собственного запаха. И пусть перед всем миром благодаря своим духам он предстанет хоть Богом — раз сам он не может пахнуть и потому никогда так и не узнает, кто он такой, то плевать ему на это: на весь мир, на самого себя, на свои духи.

Рука, недавно державшая флакон, едва слышно благоухала, и, когда он приближал ее к носу и принюхивался, ему становилось грустно, и он на несколько секунд останавливался, и стоял, и нюхал. «Никто не знает, как на самом деле хороши эти духи, — думал он. — Все только покоряются их воздействию, даже не зная, что это духи, что они обладают колдовскими чарами. Единственный, кто сумел оценить их настоящую красоту, — это я, потому что я сам их создал. И в то же время я — единственный, кого они не могут околдовать. Я — единственный, перед кем они бессильны».

И еще как-то раз (он тогда был уже в Бургундии) ему подумалось: «Когда я стоял за каменной стеной у сада, где играла рыжеволосая девочка, и до меня доносился ее аромат... Пожалуй, даже обещание ее аромата, ведь ее позднейший аромат вообще еще не существовал, — может быть, то, что я ощутил тогда, похоже на то, что чувствовали люди на площади, когда я затопил их своими духами?.. — Но он тут же отбросил эту мысль. Нет, здесь было что-то другое. — Ведь я-то знал, что хочу иметь аромат, а не девочку. А эти люди думали, что их влечет ко мне, а к чему их действительно влекло, осталось для них тайной».

Потом он ни о чем больше не думал, так как вообще не любил предаваться размышлениям; скоро он очутился в Орлеане.

Он переправился через Луару у Сюлли. Через день его нос уловил запах Парижа. 25 июня 1767 года он вступил в город через улицу Сен-Жак рано утром, в шесть.

День становился жарким, такой жары в тот год еще не было. Тысячи разных запахов и вонючих испарений текли наружу, как из тысячи лопнувших гнойников. Не было ни малейшего ветра. Зелень на рыночных прилавках завяла еще до полудня. Мясо и рыба испортились. В переулках стояло зловоние. Даже река, казалось, больше не текла, а стояла и источала смрад. Это было как раз в день рождения Гренуя.

Он перешел через Новый мост на правый берег и дальше к рынку и к Кладбищу Невинных. В аркадах божьих домов вдоль улицы О-Фер он присел на землю. Территория кладбища расстилалась перед ним, как развороченное поле битвы, разрытое, изборожденное, иссеченное могилами, засеянное черепами и скелетами, без дерева, куста или травинки, — свалка смерти.

Вокруг не было ни единой живой души. Трупное зловоние было таким тяжелым, что спасовали даже могильщики. Они вернулись только после захода солнца, чтобы до глубокой ночи при свете факелов рыть могилы для мертвых следующего дня.

Лишь после полуночи — могильщики уже ушли — сюда начал стекаться всевозможный сброд: воры, убийцы, бандиты, проститутки, дезертиры, малолетние преступники. Разложили небольшой костер, чтобы сварить еду и уменьшить вонь.

Когда Гренуй вышел из-под аркад и смешался с толпой этих людей, они сначала не обратили на него внимания. Он смог беспрепятственно подойти к их костру, словно был одним из них. Позже это укрепило их во мнении, что они имели дело с духом или ангелом. Так как обычно они очень остро реагируют на близость чужака.

Но этот маленький человек в голубой куртке внезапно оказался среди них, будто вырос из-под земли, с маленьким флакончиком в руках, из которого он вынимал пробку. Это было первое, о чем они все могли вспомнить. И потом он с головы до ног опрыскал всего себя содержимым этого флакончика и вдруг весь засиял красотой, как от лучистого огня.

На миг они отпрянули, от благоговения и глубочайшего изумления. Но тут же почувствовали, что отпрянули так, словно бросились к нему толпой, их благоговение превратилось в вожделение, их изумление — в восторг. Этот человек-ангел притягивал их. Притягивал как водоворот, против которого не мог устоять никто, тем более что никто не желал устоять, ибо то, что вздымало этот водоворот, что увлекало их, гнало их к нему, было волей, волей в чистом виде.

Они окружили его кольцом, двадцать, тридцать человек, и стягивали этот круг все сильнее и сильнее. Скоро круг уже не вмещал их всех, они начали теснить друг друга, отпихивать и выталкивать, каждый хотел быть как можно ближе к центру.

А потом их последние сдерживающие рефлексы отказали, и круг разомкнулся. Они кинулись к этому ангелу, набросились на него, опрокинули его наземь. Каждый хотел коснуться его, каждый хотел урвать от него кусок, перышко, крылышко, искорку его волшебного огня. Они сорвали с него одежду, волосы, кожу с тела, они ощипали, разодрали его, они вонзили свои когти и зубы в его плоть, накинувшись на него, как гиены.

Но ведь человеческая плоть отличается прочностью, и ее не так-то просто разорвать; когда четвертуют преступника, даже лошадям приходится тянуть изо всех сил. И вот засверкали ножи, кромсая мышцы, и топоры, и мечи со свистом опустились на суставы, с хрустом дробя кости. В кратчайшее время ангел был разодран на тридцать частей, и каждый из этой дикой своры ухватил себе кусок, отбежал в сторону, гонимый похотливой алчностью, и сожрал его. Через полчаса Жан-Батист Гренуй до последней косточки исчез с лица земли.

Когда, завершив трапезу, эти каннибалы снова собрались у огня, никто из них не сказал ни слова. Кто-то срыгнул, кто-то выплюнул косточку, слегка прищелкнул языком, подбросил ногой в пламя обрывок голубой куртки. Им всем было немного неловко и не хотелось глядеть друг на друга. Убийство или какое-то другое низменное преступление уже совершал каждый из них, будь то мужчина или женщина. Но чтобы сожрать человека? На такое ужасное дело, думали они, они не пошли бы никогда, ни за что. И удивлялись тому, как легко все-таки оно им далось, и еще тому, что при всей неловкости они не испытали ни малейшего угрызения совести. Напротив! Хотя в животе они и ощущали некоторую тяжесть, на сердце у них явно полегчало. В их мрачных душах вдруг заколыхалось что-то приятное. И на их лицах выступил девический, нежный отблеск счастья. Может быть, поэтому они и робели поднять взгляд и посмотреть друг другу в глаза.

Когда же они все-таки решились сделать это, сначала тайком, а потом совершенно открыто, они не смогли сдержать ухмылки. Они были чрезвычайно горды. Они впервые совершили нечто из любви.

1985

ОТ ПЕРЕВОДЧИКА

«В немецкую литературу вошло чудовище... Жан-Батист Гренуй. И стало литературным событием» («Штерн», Гамбург).

«...Международная издательская братия до беспамятства влюбилась в этот роман, который прямо-таки благоухает успехом...» («Либерасьон», Париж).

«Достойно изумления, достойно прославления, достойно зависти» («Зюддойче цайтунг», Мюнхен).

«Читательское потрясение, какое редко доводится пережить, феноменальный замысел» («Свенска дагбладет», Стокгольм).

«Восхитительный анахронизм посреди модного литературного косноязычия» («Шпигель», Гамбург).

«До дрожи прекрасный романтический детектив» («Абендцайтунг», Мюнхен).

«Блистательно, образно, осязаемо и импонирующе иронично» («Тагес анцайгер», Цюрих).

«Счастливый случай в немецкоязычной литературе» («Нюрнбергер нахрихтен»).

Все эти комплименты можно прочесть на клапане суперобложки знаменитого романа, вот уже много лет занимающего место в первой десятке мировых бестселлеров. Он чуть ли не каждый год выходил по-немецки, переведен почти на все европейские языки.

О его авторе известно, что он родился в семье профессионального литератора, изучал историю в Мюнхене и Эксе, писал короткие новеллы и сценарии для ТВ, зарабатывал на жизнь редактированием реферативного журнала и игрой в настольный теннис, что он никогда не выступает по телевизору, редко появляется на публике и принципиально никогда не дает интервью. Написал одноактную пьесу-монолог «Контрабас», имеющую заметный успех на немецкой сцене. Живет в Париже и Мюнхене, издан и в Латинской Америке.

Меня роман увлек так же, как и других читателей (и даже, наверное, больше, раз я рискнула его перевести). Но это отнюдь не значит, что мне удалось до конца расшифровать феномен его обаяния. Уверена, что многое в нем осталось загадочным и еще долго будет манить и интриговать и читателей, и критику.

Лежащая в основе замысла метафора запаха как универсальной подсознательной, всеохватной связи между людьми позволяет предложить бесконечное количество интерпретаций (классический признак классической удачи!). Метафорами такого масштаба в немецкоязычной прозе XX века могут похвастаться разве что Томас Манн (болезнь Адриана Леверкюна) или Герман Гессе (игра в бисер).

Герой Патрика Зюскинда, лишенный материнской любви, семейного тепла, дружеского участия и всякого представления о Боге, опровергает привычную русскому слуху формулу: «Гений и злодейство — две вещи несовместные». История Жан-Батиста Гренуя читается как предостережение о преступлении, таящемся в разрыве с природой, в бесстыдном и безжалостном насилии над ней, в стремлении человечества присвоить, высосать, поглотить ее красоту, в забвении заповедей смирения и воздержания, в самодовольном и ненасытном тщеславии обладания, разъедающем нашу цивилизацию, — будь то притязания тирана (любого) на мировое господство, экологическая нечистоплотность или обыденная уголовщина. Поистине, все зло мира проистекает из одного источника, и этот источник — вакуум человеческой любви к Богу и ближнему.

Э. ВЕНГЕРОВА

СОДЕРЖАНИЕ

Зюскинд П.

З 98   Парфюмер : История одного убийцы : роман / Патрик Зюскинд ; пер. с нем. Э. Венгеровой. — СПб. : Азбука, Азбука-Аттикус, 2015. — 304 с. — (Азбука-классика).

ISBN 978-5-389-05917-7

Блистательный и загадочный «Парфюмер» Патрика Зюскинда был впервые напечатан в Швейцарии в 1985 году. Сегодня он признан самым знаменитым романом, написанным на немецком языке со времен «На Западном фронте без перемен» Ремарка, издан тиражом более 12 миллионов экземпляров, включая латынь, и, наконец, экранизирован. Фильм, вышедший в мировой прокат в 2006 году, имел огромный успех, а его создатели получили шесть наград Германской киноакадемии. Сегодня победное шествие Жан-Батиста Гренуя — великолепного всепобеждающего монстра — продолжается. Несомненно, этот захватывающий романтический детектив, уже ставший классикой, еще долго будет будоражить, притягивать и интриговать читателей самых разных пристрастий и вкусов.

УДК 821.112.2
ББК 84(4Шва)-44

Литературно-художественное издание

ПАТРИК ЗЮСКИНД
ПАРФЮМЕР

Ответственная за выпуск Галина Соловьева
Художественный редактор Илья Кучма
Технический редактор Татьяна Раткевич
Компьютерная верстка Андрея Грибанова
Корректоры Татьяна Виноградова, Татьяна Бородулина

Главный редактор Александр Жикаренцев

Знак информационной продукции
(Федеральный закон № 436-ФЗ от 29.12.2010 г.): **16+**

Подписано в печать 19.06.2015.
Формат издания 75 × 100 $^1/_{32}$. Печать офсетная.
Тираж 7000 экз. Усл. печ. л. 14,06.
Заказ № 9289.

ООО «Издательская Группа „Азбука-Аттикус“» —
обладатель товарного знака **АЗБУКА**®
119334, г. Москва, 5-й Донской проезд, д. 15, стр. 4

Филиал ООО «Издательская Группа „Азбука-Аттикус“»
в Санкт-Петербурге
191123, г. Санкт-Петербург, Воскресенская наб., д. 12, лит. А

ЧП «Издательство „Махаон-Украина“»
04073, г. Киев, Московский пр., д. 6 (2-й этаж)

Отпечатано в ОАО «Можайский полиграфический комбинат»
143200, г. Можайск, ул. Мира, д. 93
www.oaompk.ru, www.оаомпк.рф
Тел.: (495) 745-84-28, (49638) 20-685

YVAK1389306R

Книги Патрика Зюскинда

Патрик Зюскинд относится к числу самых популярных писателей конца XX века. Первый литературный успех Зюскинду принес одноактный монолог «Контрабас», сочиненный им летом 1980 года. После премьеры в Мюнхенском театре в 1981 году пьеса стала одной из самых популярных в Европе. Но истинную славу Зюскинд приобрел благодаря роману «Парфюмер», впервые напечатанному в 1985 году в Швейцарии. Сегодня «Парфюмер» признан лучшим романом, написанным на немецком языке со времен «На Западном фронте без перемен» Ремарка, издан тиражом более 12 миллионов экземпляров, переведен на 47 языков, экранизирован.

В издательстве «Азбука» вышли в свет книги Патрика Зюскинда:

«Контрабас»
«Парфюмер. История одного убийцы»
«Голубка. Три истории и одно наблюдение»
«Повесть о господине Зоммере»
«О поисках любви»

АЗБУКА